「ある程度(?)の魔法の才能」で
今度
ライフを
くります
3
比古 新
illust.ゆーにっと

シロ
「ワン！　ワン！
アググ……、
むしゃむしゃむしゃ……」
ヴィンセント
グレイトウォール
公爵家次男

レイン
プラウドロード男爵家長男
「ちょ、シロ……？ お前それさすがに食べ過ぎじゃないか？」
「うまい、これほんまうまいわぁ……むしゃむしゃむしゃ……。ん？ へひんふん、どないひはん？ ふひのはほひっほひへ？」
ユリ・エチゼンヤ
エチゼンヤ商会会長の一人娘

「……我は喚ぶ……、
地の底に揺蕩う紅蓮……。
原初の炎はやがて悉くを灰塵と化す
灼熱へとその姿を変えん……」

「……されど、荒ぶる焦熱は我が支配の下に……。
此の身に纏いて彼の者を滅ぼさん……。
イザベル
強盗団のボス
来い！ヴァインド・インフェルノ!!」

「先日、友人のワッツという
ドワーフからここの工房を紹介されて
…………ってあれ……？」
「な、なんか頭が痛い……って？
……うあいてててててて……!?」

「坊やは今、『ワッツ』って言わなかったかな……？」
ガラテア
ガラテア工房の
工房主

「プ、プラウドロード家の家紋が入ってる……」

「ある程度（?）の魔法の才能」で今度こそ異世界でスローライフをおくります

3

比古新

illust.ゆーにっと

contents

第一話　王都への旅立ちと、その道中で

「突然だが、私とともに国王へ謁見してもらう」

「はい……？」

俺は一瞬、耳の調子を疑った。

今しがたマッチョ父の執務室へ呼ばれるや、突然そう宣告されたからだ。

「申し訳ありません、父上。少々都合が悪く、誠に残念ですが、私は行けそうにありません」

もちろん、俺は速攻でお断りする。

ダメよ、ダメダメ！

めんどくさい臭いがプンプンするからな！

「だめだ。どうせそうやって言い訳するだろうと思っていたゆえ、突然申し付けた次第なのだ。もう私とフリードは王都への出発準備はできている」

「そ、そうですか……それはまた用意のよろしいことで……」

そう相槌を打ちながら、俺は部屋の棚付近に設置されている窓に目を向ける。

父の執務室は屋敷の二階にあるため、十分に窓を破壊して逃走可能だ。

いざとなれば……。

「窓から逃げるのは、私の話を聞いてからだぞ？」

　父は俺に先手を打って釘を刺す。

　むむ、バレていたか……。さすがは頭も切れるマッチョ……。

　俺はため息をつき、仕方なく父の話を聞く態勢をつくる。

「そもそも、此度の私とお前の召喚は、国王直々のものなのだ」

「……え、王様……ですか？」

　そう言いながら父は、王家の家紋入りの仰々しい書状を俺に見せる。

　そして召喚状の最後には、確かにこう署名がなされていた。

「ルーファス・グリフィン・グレイトバリア……」

　よう知らんが、確かこの国の王様はそんな名前だった気がする。

「ブリヤート族との交易や、その後の経緯について書面で報告したところ、すぐにこの書状が届いた。加えて先般の謁見の際も、何故《なにゆえ》お前を連れてこなかったのかと、散々嫌味を言われてな。今回ばかりは私に同行してくれないか」

　父は両肘を机に置き、顔の前で両手を組みつつ、真剣な目で俺を見る。

（ん～、王様から直接呼び出されたとなると、行かないわけにはいかないか……。まあ父が叱られるのは別にどうでもいいとして。うん、それはほんっとにどうでもいいとして……。万が一俺のわがままで大切なエリーが何か不利益を被るようなことがあっては困るしなぁ……。しゃあないか。まあそろそろ王都で行きたい場所もあったしな）

「しかし何のために私を……？」

そもそも俺みたいな子供に、なぜ王様が会いたがるのかがよくわからん。

「さぁな。書状には来ればわかる、とも書かれている。まあ昔から、そういうざっくばらんなお方だ。そう書かれているなら、悪いようにはなるまいよ」

父は肩をすくめてそう言った。

「……はあ、承知いたしました。では王都へ行かせていただきます。父上」

俺は父に向かって大きく頷いた。

「……おお？　い、いやに素直だな。よいのか？」

父は、やだ嘘、信じらんな～い！　といった表情で、俺の顔を何度も覗き込む。

やめんかい。

「はい。そろそろワッツがかつて働いていたという工房を訪ねたいと考えておりましたし、順調に収穫できている作物の販売経路についても新規開拓したいと思案しておりましたので」

領内の食糧事情は安定したし、今のところ領民が飢える心配はない。

また、ワッツが頑張ってくれているお陰で、農具をはじめとした生活用品等にも問題はない。

しかし……、しかし、だ。

困ったことに、逆に今の現状では、これ以上の発展が見込めない状況にある。

俺がしばらくブリヤート大草原にいたせいで、エルフ村への地下鉄計画も当然進んでいない。

加えてワッツ一人に負担が集中しているせいで、増え続ける領民に対する生活用品の供給がギリギリの状態になっていたのだ。

俺の言葉に、父は心底ホッとした様子で息をついた。

「そうか、それはよかった。いやあ、本当にどうしようかと思っていたところだったのだ。だめなら食事に睡眠薬を混ぜて眠らせ、そのまま何重にもワッツ特製の鎖で縛りあげて、最後に鋼鉄の箱に入れて連れて行くしかないか……、などと考えていたのだがな。はっはっはっはっ」

「父上……。私を変な魔獣か何かと勘違いしていらっしゃいませんか……？」

俺行くのやめようかな……、ぷんぷん！

「そう怒るな。そうでもせんとお前には通じないだろう？　正直それでも足りんと思っているがな。まあいい、善は急げだ。国王との謁見はちょうど今から八日後。ここから王都まで、私はフリードとともに馬車で七日。お前はどうせシロに乗って行くのだろう？　おそらく身軽なお前の方が先に到着するはずだ。宿は既に国王が手配してくれており、いつでも宿泊できるそうだ。なので、王都の宿で落ち合うこととしようではないか。よいな？」

「わかりました。では私も準備ができ次第、出発させていただきます。道中は適当に過ごしますので、ご心配なさらず」

父はそんな俺を見ながら、小さくため息をついた。

「……最早私は、お前が子供だからという理由では心配などしておらん。とはいえ、国王との謁見を控えた身だ、あまり目立った行動は慎むようにな。むしろそっちの方が私は心配だぞ」

「大丈夫ですよ。お任せください」

俺は胸をどん！　と右手で叩くと笑顔で父の執務室を退出した。

「だから心配なのだがなぁ……」

父の小さなつぶやきを聞き流しながら、俺はゆっくりと扉を閉めた。

すると、ちょうどそこにぱっちりお目々とくるりん巻き毛の素敵な少女の姿が。

俺のかわいすぎる妹、エリーだ！

「おにたま、お出かけするのですか？　またとおいところですか？」

エリーはクマのぬいぐるみをギュッと抱きしめながら、不安そうな目で俺を見つめている。

「ん？　あぁ、ごめんなエリー。なんか偉い王様の所へ行かなければいけないんだって。めんどくさいよなぁ？　でもまぁ心配しなくても、すぐに帰ってくるよ」

「わかった。エリーいい子いい子でまってるね。おにたまも気をつけてね」

「うん。ありがとうな、エリー」

俺はエリーの頭をよしよしと撫でてやる。

エリーは笑顔で大きく頷くとその場から歩き出したが、ふと立ち止まって俺の方を振り返った。

「あ、おにたま！」

「どうしたんだい、エリー？」

「あまりあぶないことしたらメッですよ。おっきな竜さんやミミズさん、エリーは怖いです」

「……へ？　あ、あぁ、わかった。気をつけるよ、ありがとうな、エリー」

「えへへ！」

俺がそう言うと、エリーは嬉しそうに手を振り、クマのぬいぐるみを連れてその場から走っていった。

　そこでふと、俺の頭に疑問が湧く。

「……？　……ブリヤート大草原でのおっきいミミズはいいとして……。竜？　俺あのドラゴンと戦ったこと誰かに話したっけなぁ？　ややこしいから、エルフの話以外は黙ってた気がしたけど……？」

　右手で頭を掻きながら、少し思案した俺だったが……。

「……まあいいか。気にしても仕方ないし、こうしちゃいられない、準備準備。おーいシロー！」

　せっかくの王都、んでもって宿付きだっていうしな。

　これはちょうどいい機会だ。せいぜい早く着いて、色々やらないとな！

※※※

　そのような経緯もあり、俺はシロに乗り、王都に向かって旅をしている。

　家を出て三日目、そろそろ日も傾きだした。

　俺はプラウドロード男爵領から北方向へ延びる街道をひたすら進んでいた。

　旅はすこぶる順調で、魔獣などに襲われることもなかった。

「さて、今日はこの辺までにして……ご飯食べよっかシロ」

「ワン！　ワン！」

そんな風に俺がシロをモフりつつ、晩御飯の準備をしようとしていた矢先の出来事だった。

「きゃ――――っっ！」

「な……何をする、貴様ら⁉」

「黙れ‼　大人しくしろ、商人どもめ‼」

俺たちが野宿をしようとした場所から若干離れた場所ではあるらしいが、何やら言い争う声と、何かを破壊するような物音が確かに聞こえた。

まったく……、今から飯食っていい夢見ながら寝ようって時に……。

「……ちっ、仕方ない！　シロ、行くぞ！」

「ワンワン！」

悲鳴を聞いて駆け出した俺たちは、程なくしてその争いの現場に到着したのだが……。

「あいったたたた……」

「うぅ……。大丈夫ですか、お嬢……」

「くそ……、大事な荷物が……」

そこには、地面に倒れた男女三名と、ボコボコにされた馬車、そして複数の空の木箱や破壊された荷物などが散乱していた。

「大丈夫ですか⁉」

俺はシロとともに、まず倒れていた女性の下に駆け寄った。

「え？　あ、あぁ……、通りすがりの人か？　いやぁ、さっきいきなり盗賊みたいな奴らに襲われてしもてなぁ……、いたたた」

　肩口で綺麗に切り揃えられた黒髪で、動きやすそうな軽装の服を着用した若い女性は顔をしかめて、少しずつ身体を起こしながらそう言った。

（うお……!?　か、関西弁みたいなニュアンス！）

　この世界にも方言的なものはあるのか……？　などと思っている場合じゃないな。

「そ、そうですか、それはそれは大変でしたね……。見たところ相手方は既に逃走した後でしょうか。それよりもお怪我は大丈夫ですか？」

「う、うちは大丈夫や。くっそ～、あいつら酷いことしよってからに……。よっこいしょっと……あいたっ!?　……つ～……くっそ、足くじいてもたか……。ちょっとごめんやで……？」

　女性は痛めた自分の足を顧みることなく、俺の肩に手を置いて横を通り過ぎると、倒れている男たちの方へと歩いていく。

「スーケ……、大丈夫か？」

　女性はスーケと呼ばれた男性の下にしゃがみ込む。

　スーケ……さん？

「お嬢、私の方は大きな怪我はありません。……それよりも、カークが……」

　スーケと呼ばれた男はゆっくりと起き上がると、もう一人の地面に倒れたままの男を指さした。

　女性は足をひきずりながら今度はゆっくりとそちらへ向かう。

「カ、カーク……。大丈夫か……って、カーク！　おい⁉」

カーク……さん？

ぽた……ぽた……。

女性がカークと呼んだ男性を抱き起こすと、その左腕の付け根辺りから、何か鋭利な刃物で切られでもしたのか、かなり出血している様子が見て取れた。

唇をぎゅっと嚙みしめた女性は、自分の右手を服の内ポケットに突っ込むと、懐から小さな瓶を取り出した。

それは高さ約一五センチ程度の瓶。その中には紫色の濁った液体が……。

（何だ、あの毒々しい色の液体は……？）

カークと呼ばれた男は、そんな女性の仕草を見るや、息も絶え絶えといった様子で言う。

「お嬢……、いけねぇ……。そりゃたまたま奪われなかった最後のポーションだろう……？　納めなけりゃなんねえ大事な商品を、俺なんかのために使っちゃいけねぇよ……！」

「あほなこと言いなや！　黙っとき‼　商売なんかより、あんたの怪我の方が大事に決まっとるやろうが！」

女性は一転、男に対しすごい剣幕でそう怒鳴ると、躊躇せず小瓶の蓋を開き、中の液体を一気に男の傷口に振り掛けた。

すると……。

シュウゥゥ……。

「うぅ……」

なんと液体が掛けられた箇所の傷が、みるみるうちに塞がっていくではないか。

「うわぁ……、すごい……！」

「クーン」

俺は初めて見た光景に驚いた。無意識のうちに、ついシロをモフモフしてしまっていたほどだ。

「ん？　何や坊はポーション初めて見たんか？　って横の犬でかいな！」

女性はさっきの液体の説明とともに、シロに対して的確なツッコミを入れた。

……にしてもこれがポーションかぁ、初めて見たなぁ。

そう言えば父の書斎でシロと爆睡してた時、シロのよだれでびしょびしょになった本に、ポーションと呼ばれる傷を治す液体があるってことが載っていた気はするが……。

「はぁ、助かったよお嬢。……けど、面目ねぇ……」

男は起き上がったものの、回復を喜ぶ様子もなく、あぐらを掻きながらがっくり肩を落とした。

「何言うとんねん。かまへん。ポーションはまた仕入れたらええ。スーケやカークが無事やっただけでうちは大満足や……。さぁみんな。悔しいけど、しょげとってもしゃあない。後片付けしたら、一旦王都へ戻るで！」

「あの、よろしければ僕もお手伝いしましょうか？」

「おお、悪いなぁ。通りすがりの坊に手伝わしてしもて。後で飴ちゃんあげるからな？　でかいワンワンもな」

そんなやり取りをしながら、俺たちは後片付けをはじめた。

幸い馬車は簡単な応急修理で走れるようで、牽引していた馬も無事だった。

だが、スケさんとカクさん……もとい、スーケと、カークは何度もため息をつきながら、沈痛な面持ちで作業を進めていた。

そこで俺はふと尋ねてみる。

「あの……、どうしたんです？　何か困ったことでもあったんですか？」

スーケとカークは顔を見合わせると、再び同時に大きなため息をついた。

「実はなぁ……、さっきお嬢が俺に使ったポーション……とある大貴族様の家に納めなきゃなんねえ貴重な商品だったんだよ……」

「質の良くない粗悪なポーションなどは王都のどこでも売られているのですが……。あれは高品質の、いわゆるハイポーションと呼ばれる物なのです……」

「そうだったんですか……」

成程……、そういう事情があったのか。しかも大貴族って……。

ここまでしょんぼりするんだから、多分うちの家とは比べものにならんくらい、格式高いお家なんだろう。

「お嬢と方々駆け回ってかき集めたハイポーション……。あの盗賊ども！　根こそぎ奪って行きやがって‼　ちくしょうめ！」

カークは涙目で拳を握りしめる。

（ポーション……か。実物を見るのは初めてだったけど、要は回復する水……だよな？）

カラン。

俺はさっきお嬢と呼ばれた女性が使い切ったハイポーションの空き瓶を拾い上げ、右手に持つと、目を閉じて集中し、身体の中で魔力を練り込みはじめた。

（まずは綺麗な水……、美しい清流を思わせる水の魔力だ。そして次は治癒の力……。どんな怪我でも治せる光の魔力をその水と混ぜ合わせて……。うん、せっかくだし、口当たりもまろやかで、めちゃくちゃおいしい水だな！）

キィ――ン……！

「な……、何や⁉」

「うおっ……⁉　ま、魔法、か……⁉」

三人は一斉に俺の方を見た。

それもそのはず。俺を中心に、幻想的な水色と白色の光が溢れていたからだ。

「一応……できた、かな？」

俺は、淡い光を帯びた、美しい水色の液体で満たされた瓶をカークに手渡した。

「お、お嬢……、これ……？」

カークは恐る恐る、受け取ったそれを女性の方へと差し出す。

「ちょ……！　ちょっとそれうちに見せ……、あ痛っ……⁉」

女性は、カークの方に走り出したかと思いきや、突然足首を押さえると同時に、崩れ落ちるようにその場にしゃがみ込んでしまった。

「どうしました⁉　……うわっ。こ、これは……」

俺が女性に駆け寄り状況を確認すると、左足首が青紫に変色して酷く腫れ、かなりの熱を持っていた。さらによく見れば、女性は身体中から汗を流している。

これはおそらく、強い痛みを我慢していた際の冷や汗の類だな……。

「お嬢……、これ……！」

「お嬢だってこんなすげぇ怪我してたんじゃねぇか……！」

だがお嬢と呼ばれた女性は、みんなの心配をよそに、青い顔をしながらも俺の方を見て嬉しそうに笑った。

「なあ、坊……。あんたが創ったそれ……、ポーションなんやろ？」

女性は苦痛に顔を歪めながら、唐突にそうつぶやいた。

「さて、どうでしょう……。見よう見まねで創ったんで、あまり自信はありませんが……、多分」

「ポ、ポーションですって……⁉　お嬢……、まさかそんな……」

スーケとカークは驚いた表情で、俺が手渡した瓶を凝視した。

「ちょ、ちょうどええわ……。それ、うちの足にかけてみてくれへんか？　ほんまにポーションなんやったら、多分この痛みもちょっとはマシなるはずやろ……？」

「い、いいのですか……、お嬢？」

スーケは、俺の方をちらりと見る。

ま、そりゃそうだろう。自分の大切な仲間に対し、でっかい犬を連れた、通りすがりのわけのわからん子供が創った液体を処方するのは、なかなか勇気がいることだろうな。

俺としてもポーションなんてもんは初めて創ったし、ここは事情を説明して、信頼と実績の治癒の魔法を……。

「かまへんスーケ、やってくれ。うちはな、さっきの光に勝機と……そして商機を見たんや。あれはきっとうちの店を救ってくれる希望の光や……。まあ勘やけどな」

女性はそう言い切った。

店を救うとか何とか事情は知らんが、そこまで信頼されましても……。

だ……だめなら逃げようか、シロ。

「お嬢がそう言うなら……、わかりやした。お嬢、いきますぜ？」

カークは、俺が創ったポーション？　を女性の左足首に掛けようとした。

だが俺はそこで、待ったをかける。

「あ、あの、ちょっと待ってください。その液体は経口するイメージで創りましたので、そちらの方に飲ませてあげてくれませんか？」

その瞬間、カークはぎょっとした表情をする。

「け、けどお前さん。ポーションってのは、不味くて不味くて飲めたもんじゃねぇんだぜ？　普通は怪我したとこに振りかけて使うもんだ……。それを飲ませろっていうのはちょっと……」

不味いという言葉を聞くと、ついエルフ村のリアの顔とその手料理が目に浮かぶ……。

「そ、そうなんですか？　すみません。ポーションっていう物をさっき初めて見たので……。でも多分美味しいと思いますよ？　そのようにイメージしてますので……」

パシッ！

その時、女性はカークの手から瓶を奪い取った。

「お、お嬢⁉」

「ええんや、ごちゃごちゃ言いな！　創った本人が飲める言うんやったら飲めるんやろ！　うちは飲むで！　虎穴に入らずんば虎子を得ず、や！」

両手で持った瓶をしばらく見つめていた女性は、意を決したように両目をつむると、一気に液体を呷った。

「お嬢！」

「ちょっと、お嬢⁉」

だが飲み終わった次の瞬間、女性は大きく目を見開いて、空になった瓶を見つめていた。

「うま！　ちょ……、これめちゃめちゃうまいがな‼　うちこんなうまいもん飲んだん初めてやで！　いや……、そ、そんなことよりも……、足……、うちの足が⁉」

そこで三人は、さらなる驚愕に目を奪われた。

その液体を飲んだ瞬間、お嬢と呼ばれた女性の青紫色に痛々しく腫れあがっていた足首は、瞬く間に治癒し、白く美しい女性の素足に戻ったからだ。

女性は自分の身体に起こった変化に戸惑いながら、さらに続ける。

「スーケ、カーク……。こ、これな……、うちの足首もそうなんやけど、他にもあった擦り傷とか打ち身とか……、何というか、身体中の悪いとこ全部残らず治ってしもとる……」

「お、お嬢……、これは……」

「こ……、こんなことが……」

ほほう！　その様子から察するに、俺の人生初ポーションはなんとか成功したようだな。

ということは、このポーションを量産して各地に売り捌けば、また将来の安寧に向かって一歩前進じゃないか！

イェイ、どストライク！　俺の幸運はエクストラだぜ！

俺はシロをモフモフとモフりながら、逸る心を落ち着けた。

気が付けば、街道は間もなく日が落ちる。

はるか遠くに見える夕暮れと星空が境界部分で混ぜ合わさってグラデーションを構成し、それはとても美しい光景だった。

第二話　思わぬ再会と扉の向こうに待つモノ

「ここが納品先のお家……、ですか？」

俺は、偶然というか、はたまた運命のいたずらというか、この状況に驚いていた。

（うわぁ……。これはまた、めちゃくちゃ見覚えのある家紋だなぁ。何度も手紙のやり取りをしている人の家の紋章だし、そりゃ見間違えるはずないが……）

「そや。えっと、レイン君、やったかな？　まあ小っちゃいし坊のままでええか？　坊もグレイトウォール公爵家っていう名前ぐらい聞いたことあるやろ？　この国で絶対に怒らしたらあかん貴族の一角や。うちらはここのお家にハイポーションを納品する予定やってん」

王都に入った俺たちは、貴族の邸宅が建ち並ぶ地区に来ていた。

そこは、俺の実家などとは比べ物にならないぐらいでっかい家々ばかりで、いかにもお偉いさんが住んでいそうな場所だった。

さらに、これが全て各地の有力貴族が建てた王都別邸というから驚きだ。

実際領地に建てられているそれぞれの本家は、さぞかし大きいのだろう。

「ワン！　ワン！」

シロもその街並みに驚いたのか、珍しくソワソワしている……と思いきや、どうやらオシッコがしたかっただけらしく、グレイトウォール家別邸を囲う、高さも値段も高い壁に向かって、絶贅マーキング中だ。俺は何も見てない、見てないからな。

　そんなこんなで無事王都へ入った俺たちは、美しく整備された道路を進みつつ、現在グレイトウォール公爵家別邸の門の前で案内を待っているという次第だ。

「あの、そういえばまだお名前をお伺いしていませんでした。成り行きでスケさんとカクさんのお名前は知っているのですが」

　俺はグレイトウォール家の人が中から出てくる前に、お嬢と呼ばれていた女性に尋ねてみた。

「おお、なんや坊？　いっちょ前にお姉さんの名前が知りたいんか？　か～、こんな坊まで誘惑してしもて、うちは罪な女やなぁ……。せやけど坊、うちに惚れたら火傷してしまうで？」

「そ、そうですね……。炎上しないように気を付けます……」

　……名前がわからないと不便なだけなんだが。

「うちは、ユリ・エチゼンヤっちゅうんや。エチゼンヤ商会っていうたら、王都でもけっこう有名な商家なんやで？　あと後ろの二人はスーケとカークでええ。坊はスケさんカクさんって言いよったけど、ちょっと発音が違うで？」

「以後お見知りおきを」

「よろしくな、坊！」

　スーケとカークは、わざわざ俺に頭を下げて改めて自己紹介をしてくれた。

「しっかし坊……、あんたの魔法はそら大したもんやで……。美人お姉さんも目から竜の鱗やわ。うちの怪我の治り具合からみても、十分ハイポーションぐらいの効能はあるんちゃうか」

ユリ・エチゼンヤと名乗った女性は顎に手を添えながら、俺を見て続ける。

「加えてポーションなんてもんは、普通どこも錬金ギルドや薬剤ギルドなんちゅう奴らが作り方を独占しとるからなぁ。だから値段も相手の言い値になってまうし、なかなか市場にええもんは出てこうへんねん」

ユリは、どうやら王都に大きな店を構える商家の娘さんらしい。

俺が魔法で創り出したポーションを絶賛しつつも、現在のポーション市場については眉をひそめ、思う所があるようだ。

「成程、参考になります。察するに、この僕のお手製ポーションに関しては、無闇に公にしない方がいい、ということですね？」

「ちゅうことやな。変な奴らに目つけられたらややこしいで？」

ユリの言葉を聞いた俺は、腕を組んで思案にふける。

……確かに、既存の市場を突然全てぶち壊すのは、色々と問題があるだろうな。ギルド云々の話が出たところを見ても、きっとポーションの生産・販売に関しては様々な人間模様が複雑に絡み合い、それぞれが大なり小なり利権を喰いあったりもしているはず……。

（下手をすると、刃傷沙汰か……）

このレイン君特製魔法ポーションの作成や販売は、特に慎重に扱った方がよさそうだな。

「ではユリさん、もしあれを売ろうと思ったら……」

俺がそう言いかけた時だった。

「坊、すまん、話は後や。グレイトウォール家の人が来たで。えっと、あれは誰やろか……？　うえぇほぉっ⁉　あ、ああ、あのお人は……‼」

ギギギギギィ……。

グレイトウォール家の重厚かつ美しい意匠が施された巨大な門扉がゆっくりと開放され、そこに一人の男性が姿を現した。

精悍な顔立ちにスラリとした長身の男性、それは……。

「……！　……君は、レイン君……、か？」

（ま、当然こうなる可能性もあったわけだよな……）

そう、俺の前に姿を現したその男は、王国の財務を担うグレイトウォール公爵家の次男にして、剣も魔法もなんでもござれの新進気鋭の王国騎士。

加えて若くして国内の税務を取り仕切る超エリートにして、金髪、長身、超絶イケメンのおまけつき……。

ヴィンセント税務査察官こと、ヴィンセント・グレイトウォールその人だったのだ。

「あの、えへへへ。ど、どうもヴィンセント様、ご無沙汰しております……」

俺は驚いた表情のヴィンセントに向かって、ペコリと頭を下げた。

野菜作りに関するやり取りは今も手紙で頻繁に行っているとはいえ、以前の悲しい行き違いもあり、やはり面と向かって会うと、若干微妙な空気が流れてしまう。

「こ、こうして会うのはかなり久しいな……。横の白くて大きいのは、手紙にも書かれていたシロか。まあ、なんだ、その……、野菜作りは順調か……？」

何となく、よそよそしい感じのヴィンセント。

おい、何か遠距離恋愛の二人が久し振りに会いましたね的な態度はやめてくれません⁉

めっちゃ気まずいから！

「そ、そうですね。お陰様で、かなり順調と言えます。おそらく王都に後着する父が、トマートなどもたくさん馬車に積んで来ているはずですよ」

「そ、そうか！　それは素晴らしいな！　ふっ、今日は久し振りにいい日だと思えるよ」

ヴィンセントはそう言いながら、フワリと左手で前髪をかき上げる。

くっ、ムカつくけどなんと絵になる仕草……。イケメンめ……。

「……それから、その、何というか……。まあ、君と私の仲だ……。その……、ヴィンセント様……、という呼び方は公の場以外では必要ない。うむ、『ヴィニー』とでも呼んでくれていいぞ？　親しい者は皆、私のことをそう呼ぶのでな」

お、おおぅ？　なんかこの間家に来た時とは、人が変わったように優しくなったな。

うちの野菜は人の性格を穏やかにする効能でもあるのか？

まあいいや。実は根は優しかった、ということで納得しておくとしよう。

「ありがとうございます。しかしそれではあまりに礼を失することになるかと。あ、僕のことはもちろんレインでけっこうですので」

「そ、そうか……。まあ好きに呼んでくれればいい」

ヴィンセントは、若干残念そうに苦笑いした。

何となく手紙のやり取りはしていたが、やはり直接会って話すことでわだかまりが溶け、少しだけ距離が縮まったように感じる。

「あ、あの～……」

その時、ふと一人の女性が、何だかとても気まずそうに声をかけてきた。

そう、ヴィンセントと俺とのやり取りを目を白黒させながら見ていたユリ・エチゼンヤだ。

「あ、あぁ、すまない。つい彼との話に夢中になってしまったな。君たちはエチゼンヤ商会の方々だね？　依頼していたポーションを納品しに来てくれた、ということでよいのかな？」

「あ！　は、はじめまして！　うちはユリ・エチゼンヤと申します！　ほ、本日はお日柄もよく、絶好のポーション納入日和……なんですけど……。ちょっと道中、色々とトラブルがございまして、困っとったところをこの坊に助けてもろたんです……。あの、つかぬことを伺いますが、ヴィンセント様は、この坊とお知り合いでいらっしゃるんですか？」

ユリは、物腰柔らかなヴィンセントの視線に、顔を赤くして照れながら話す。

（ちっ、イケメンめ。……爆発しろ）

「ふっ、ユリと言ったか？　君が坊と呼ぶ隣の彼は温厚な人柄ゆえ、不敬だなんだと騒ぎ立てることはしないと思うが、その名をレインフォード・プラウドロード。プラウドロード男爵家の長男だ。……そして、数少ない私の友人の一人さ……」

その言葉を聞いた瞬間、ユリは顔を真っ青にしながら、ギギギ……という音が聞こえそうな壊れた人形のように、ゆっくりと俺の方へ顔の向きを変えた。

「ひっ、ひぇぇぇ⁉　坊……、いやいや、レインフォードお坊ちゃまは、貴族のお方やったんですかぁ⁉　か、かか、堪忍してください！　どうか不敬罪で市中引き回しの上、打首獄門とかだけは勘弁してくださいぃ‼　な、何でもしますさかいぃ‼」

　ユリをはじめ、スーケとカークも同じような表情で、いきなり俺に土下座をはじめた。
　リ、リアルジャンピング土下座なんて初めて見たぜ……。
「や、やめてくださいよ！　名前くらいで打首とか、そんなバカなことするわけないでしょう⁉　今までどおり接してください！　僕はそんなつまんないことで怒ったりしませんから！」

　俺が逆に必死にそう説明すると、三人は心底安堵したような顔でゆっくりと立ち上がった。

（マ、マジでこっちが気遣うわ……。ほんっと、この世界での貴族って、どんだけ偉いんだよ？　日本出身の俺が世情にうといだけなのか……？　はぁ……）

「さて、いいか？　ここでは少々目立つ。全員屋敷へ入ってくれ。ポーションを巡るトラブルだったか？　その件も含め、中でじっくり話を聞かせてもらいたい」

　そして俺たちは招かれるまま、ヴィンセントへ続いて屋敷の中へと入っていった。


　外観もかなり立派だったが、屋敷の内部に関しては、それはそれは豪華な造りだった。

　俺たちは、運動会の徒競走でもできそうな長い廊下を延々と歩いていく。

　まずは応接間に案内してくれるらしい。

（何というか、昔テレビでヴェルサイユ宮殿の特集をやってたけど、まさにそんな感じだな……）

「ほんますんません……、ほんますんませんでした……。何とお詫びをしたらよいやら……」

ユリはその道すがら、何度も何度も俺に謝ってくる。……もういいってば。

「あの、本当に何も気にしてませんから。じゃあよければ、後でちょっとお願いしたいことがありますので、それを聞いてくださいませんか？　それでチャラということで……」

「ひえ⁉　もしやそれはうちの身体目当てですか⁉　そういえばさっきから、うちのこと嘗め回すように見てましたもんね……？　わかりました……。エチゼンヤ商会存続のためやったら、うちの身体ぐらい捧げます……。好きなだけ蹂躙してください。……ヨヨヨ……」

何言ってんだコイツ？　バカなの？

「ちょっと、人聞きの悪いことを言わないでください！　僕は正真正銘ただの商談をしたいだけですから！」

「さ、さようですか……。ホッ、よかった……」

ユリは右手でそっと胸を撫でおろす。

そっちの方が不敬だっつーの！　ぷんぷん‼

「さぁ、ここだ。座ってくれ」

俺たちはヴィンセントに応接間へと通された。

ここにも豪華な調度品や、いかにも高級そうな絵画等が所狭しと並べられている。

俺たちが感心しながら部屋を見回していると、ヴィンセントに指示されたメイドさんがお茶を出してくれた。

「どうぞ、粗茶であるが飲んでくれたまえ。ところで、さっそくだがポーションの話をしよう。見たところ、どうやら君たちは手ぶらでここに来ている様子だが……。頼んでいたポーションはあるのか？」

ヴィンセントは紅茶を飲みながら、静かにそう言った。しかし一見和やかな雰囲気だが、その目はまったく笑っていない。

（……？　何かおかしいぞ……？）

いや、そもそも最初からちょっと違和感があった。

なぜ最初に屋敷から出てきたのがヴィンセント本人だったのか。

グレイトウォール公爵家といえば、貴族の中の貴族。ざっくり言うと、王様の次くらいに位の高い家柄だ。

いくら別邸とはいえ、そういう格式高い家柄の屋敷を訪ねて来た者に対し、そこの主たるヴィンセントがおいそれと応対するわけがない。それは執事や使用人の仕事だ。

ましてや、俺はたまたま居合わせただけだし、訪ねて来たのは平民であるユリたちだ。

なおさらヴィンセントがのこのこ屋敷から出てくるはずがないのだ。

加えてこの屋敷……、人の気配が少なすぎる……。

普通これだけの屋敷ならば、もっと多くの使用人やらメイドやら庭師やらがいてもいいはずだ。

（……なんだかこのポーション話、ちょっときな臭い感じがするな……）

俺がそんなことを考えていたところで、ユリはポーションを差し出す。

「へぇ、ご注文の物はここに」

ユリは懐から小さな瓶を取り出すと、机の上にそれを置いた。

俺に謝り続けていたさっきとは打って変わって、今はヴィンセントの迫力にも負けない商人の顔つきになっている。大したもんだ。

そんなユリが提示した瓶の中は、淡い光を帯びた美しい水色の液体で満たされていた。

そう、それは俺が魔法で創り出したポーションだ。

それを見たヴィンセントは目を大きく見開いた。

「こ、これは……！　本当にポーションか……？　私の知っているものとは違い、何やら神々しい魔力で満ち満ちているように感じられるのだが……」

ヴィンセントはゴクリと唾を飲み込むと、小さな瓶を手に取ってあちこちから見定める。

「もしや……、これは君が……？」

ふと何かを感じたのか、ヴィンセントが真剣な眼差しで俺の方を見た。

俺はちらりとユリの方を見ると、お互いに頷き合う。

こんな所でつまらない嘘をついても仕方がないことは、ユリも理解しているらしい。

「お察しのとおりです、ヴィンセント様。そのポーションは、僕が魔法で創り出しました」

俺がはっきりそう答えると、ユリはスーケとカークとともに、盗賊と思しき者たちの襲撃を受けたこと、せっかく仕入れたハイポーションを根こそぎ奪われてしまったことなど、事実をありのままヴィンセントに説明する。

それらを一言一句聞き漏らすまいと耳を傾けていたヴィンセントは、ユリたちの話を聞き終えるとやさしく微笑み、静かに口を開いた。

「そうであったか、委細承知した。苦労をかけたな、エチゼンヤ。レインも偶然の通りすがりとは言え、すまなかった。おい、あれを持て」

ヴィンセントは使用人に声をかけると、持って来させた二つの大きな革袋を机の上に置いた。

ドスン！

おそらく多数の金貨が入っているのであろう革袋が、大きな音を立てながらその場に鎮座する。

「お……、お嬢……、これ……」

スーケも思わず額から汗を伝わせる。

ユリも目の前の光景に目を見開いて驚くと、目を白黒させながらヴィンセントを見た。

「ヴィ、ヴィンセント様……？」

ヴィンセントは特に何も答えることなく、ゆっくりと立ち上がった。

「ご苦労であった。これにて依頼は完了とする。襲撃に対する慰労や破壊された物品の修理費を含め、金貨二〇〇枚を取らせる。レインとエチゼンヤとで好きなように配分してくれ。……そしてすまないが、この金を受け取ったら、このまま黙って帰ってはくれないか？」

「いや、ちょっ……、こ、これはなんぼなんでも貰いすぎとちゃいますか……!?　契約の内容は、成功報酬や諸経費も含めて金貨五〇枚でしたやろ？　なんのつもりですかこれは……？」

ユリは、突然の報酬アップになぜか納得がいかない様子で、ヴィンセントに食い下がる。

（お、俺がユリなら、マジっすか!?　あざ――っす！　とか言って、速攻帰るんだが……）

「……失礼ながらヴィンセント様、もしかしてこれ、なんかの口止め料のつもりでっか……？」

ユリは問い詰めるような目でヴィンセントを見つめる。

「……察しがよくて助かる。これで今回の件は綺麗さっぱり忘れてくれないか？　勘違いしないでほしいのだが、これはお互いのためなのだ。商人ならわかってくれるな？」

「お断りさせてもらいます」

ユリはきっぱりとそう言い切った。

「な、何……!?　なぜだ!?　黙って帰るだけで大金が手に入るんだぞ？」

ヴィンセントは片眉を上げ、驚いた表情でユリを見た。

どうやら断られるのは、想定外だったらしい。

「さっきヴィンセント様は、商人ならわかってくれるな？　とおっしゃいましたね？　だからあえて言います。それはうちが商人だからです」

「商人……だから……？」

「他の店はいざ知らず、うちらエチゼンヤ商会は筋の通らんお金はびた一文貰いません。もちろん、お客様が黙っといてほしいとおっしゃるなら、死んでも秘密は守ります。せやからこそ、口止め料をやらんと秘密を漏らすんちゃうかって思われるんは心外です！　うちの商会を見くびらんといてもらえますか‼」

ユリは、語気を荒くしてヴィンセントに言葉のナイフを投げつけた。

それは最早大貴族に対する一商人の態度とは到底思えないが、おそらくユリはユリで商人として譲ることのできない矜持を持っていて、納得できないものは、たとえ貴族や王様だとしても納得できないと訴えるのだろう。

そんな商人としてのユリの態度に尊敬の念を抱いた俺も、驚いた様子のヴィンセントに対し、横から口を挟む。

「ヴィンセント様、水くさいじゃないですか……。どう見ても何か困ってらっしゃるんでしょう？　平静を装っていても、顔にそう書いてありますよ？」

目を丸くしたままのヴィンセントは、今度は俺の方を見た。

「……友人が困っていたら、助けたいと思うのが普通じゃないですか？」

俺が小さく笑ってそう付け加えると、ヴィンセントは諦めたようにゆっくりとその目を閉じ、大きくため息をついた。

「……これより先の事情、知ると後戻りはできなくなるぞ……？」

ヴィンセントは一転、厳しい眼差しで俺たちを見つめた。

俺は笑顔で即答する。

「さっさと解決して、トマートジュースでも飲みましょうよ」

「――っ！　……ふっ、そうだな、そうしよう……」

ヴィンセントは少しだけ笑ってそう言うと、俺たちに部屋の移動を促した。

おそらくは、ポーションを使う必要がある人の所へ俺たちを案内してくれるのだろう。

俺たちは足早に移動し、長い廊下を再び進んでいく。

そこはやはり来た当初と同じく、いやに静かで物音ひとつ聞こえない。

その反面、廊下に響く自分たちの靴の音だけが不気味に耳に残る。

「……着いたぞ、ここだ」

廊下の突き当たりに設けられた部屋の前に立ち、ヴィンセントは静かにそう言った。

他の多くの部屋よりも一際大きく、凝った作りの扉が設置されているそこは、おそらくこの邸宅の主人の寝室として作られたのだろう。

「もう一度言う。この扉の中を見たら、お前たちは最早後戻りはできん。それでもいいのだな？」

なぜか部屋へ入る前から、その整った顔に汗を滲ませているヴィンセントの様子に、俺はただならぬものを感じていた。

「この扉の向こうの事情を知る者は、我々グレイトウォールの人間と、極々一部の信頼できる古参の使用人のみ……。もしもそれを他言しようとするなど、何か少しでも不穏な動きが認められれば……。続きは言わずとも、わかってもらえるな……？」

その場の空気が一気に張り詰める。

（……この扉の向こうに一体何があるっていうんだ……？）

もしや、中で鶴が機織りでもしてるとか？　んでもって、羽が薄くなる度にポーションで回復させて、オラ、キリキリ働け！　的に延々と作業をさせているとか……？

ひゃぁ！　鬼畜‼　そりゃ確かに外には出せない事情だわ！

「僕は大丈夫です」

アホな想像をしていた俺は、澄ました顔でそう答えた。

どんな時もユーモアは必要だよね。

「うちも大丈夫です。けどスーケとカークは部屋に入らんと、ここで待っといてくれへんか？」

「ちょっ、……お嬢⁉　何を言い出すのですか⁉」

「えっ？　こ、ここまできてそりゃありませんぜ、お嬢！」

スケさんカクさん……ではなく、スーケとカークは、そう言ってユリに詰め寄った。

「あんなぁ、よう考えてや？　公爵家の方がうちらに対して、こんだけやめといた方がええんちゃうかって言うてはるねんで？　こん中入って、わーい楽しいな！　ルンルン！　ってなるわけないやろ？　ヴィンセント様には申し訳ないけど、うちの勘やと多分ロクなことないで」

目を閉じて首を左右に振りながら、ユリはため息をついた。

「……道理だな」

ヴィンセントも目を閉じて相槌を打つ。

（……ま、そりゃそうだわな）

実際俺もこの扉の向こうから、何か気持ち悪い気配をムンムン感じている。

生温いというか何というか、まあ人を不快にさせる何かがあることは間違いないだろう。

「せやからな、この部屋ん中に入りさえせえへんかったら、少なくともあんたら二人は大丈夫っちゅうわけや。そういう解釈でよろしいですね？　ヴィンセント様」

「うむ。扉の中の事情に触れない者に対し、我々が縛り付ける理由は何一つない」

　ヴィンセントはあっさりと肯定した。

「だそうや。うちは何もあんたらをのけもんにしよ思とるわけやない、信頼しとるからこそや。もしこん中でうちに何かあってみぃ、誰がエチゼンヤ商会を助けてくれるんや、盛り立ててくれるんや。家で待っとるおとん助けられんのは、あんたら二人しかおらへんやんか」

「そ、そこまで心配してんなら、お嬢も無理に入んなくても……」

　カークは不安そうな目でユリを見つめるが、ユリは首を左右に振る。

「そらできん。うちはエチゼンヤ商会の名代や。確かにお金は大事やで？　そう、うちはお金が好きや、うん、めちゃくちゃ好きや……。あぁ、さっきもろた金貨のことを考えとったら次から次によだれが出てきて……、って何言わせんねん！　はよ止めんかいな！」

　よ、よほど、お金が好きなんだな……。さっきは報酬貰いすぎ！　とか何とか言ってたくせに、しれっと貰ったとか言ってるし。商魂逞しい……。

「……まあ、冗談はさておき、お金も大事やけどな。それよか、いずれにしてもこん中には回復のポーションを必要とされとるお客様がいらっしゃるんや。ほなら他にも、うちに何かできることがあるはずやろ？　そない考えたら、うちはよう引き返さへん。名代とか偉そうなこと言うたけども、最早これは単なる一商人としての個人的な矜持や。ごめんやで、二人とも」

ユリは胸を張ると、笑顔でそう言い切った。

爽やかなその表情は何の迷いもなく、とても清々しい。

「はぁ、わかりましたよ、お嬢。ですが、危ないと思ったら即逃げてくださいよ……？　エチゼンヤ商会にはお嬢が必要なのですから」

スーケは、諦めたようにため息をついた。

「ほんっと、言い出したらテコでも動きゃしねえんだから……。気ぃ付けて頼みますよ？　お嬢」

カークもそれに続く。

「シロ、お前もここに残っててくれ。僕に何かあった時は、スーケさんとカークさんを頼むな」

俺はシロの頭をモフリながら、お願いする。

シロも俺に体を擦り付けつつ、喉を鳴らして応えてくれた。

そんなやり取りを優しげな目で見ていたヴィンセントは、一息つくとまた険しい表情に戻った。

「よし、話はまとまったようだな。では行くぞ」

「はい、お願いします。ヴィンセント様」

「よっしゃ！　なんでも来いっちゅうねん！」

ガコン……。

ヴィンセントが重い扉を両手で押すと、重厚な音とともに扉が開く。

俺たちはヴィンセントに続き部屋の中へと入ったのだが……。

(こ、これは……⁉)

俺は部屋に入った瞬間、強烈な違和感に襲われた。

なんだ、この仄暗い部屋は……?

外は昼間で、窓の外からも日の光が差し込んでるのにもかかわらず、なぜこんなにも暗く感じるんだ?

「な、なんやのこの部屋……。ちょっとレイン君……? なんか雰囲気おかしないか……?」

ユリは俺の肩辺りを両手で思いっきり握りしめる。

いて、いてててて……。け、けっこう痛いんですけど?

そんな俺たちを尻目に、ヴィンセントは部屋の奥に設置されたベッドの方へと歩いていく。

(うぅ……。ベッドの方へと近づくにつれ、何だかどんどん暗くなっていくみたいだ……)

俺はふと、ベッドの上には誰かが寝かされていることに気が付いた。

顔こそよく見えないが、なぜかえらく黒っぽいベッドに寝かされているのだけはよくわかる。

その時ヴィンセントが、そこに寝かされている誰かに静かに話しかけた。

「お祖父様……。ヴィンセントが参りました……。お祖父様……」

(お祖父様……?)

ベッドの側で佇立するヴィンセントに続き、俺やユリもその横へ立ったのだが……。

「「……っっ‼」」

その時、ユリと俺とは同時に口元に手を当て、思わずのけぞった。

ヴィンセントがお祖父様と言って呼びかけた人。

そこには確かに痩せこけた初老の男性が寝かされていた。

（しかし……、これは……）

「ヴィニー……か？　ふぅ……、よく来たな……」

お爺さんは、薄っすらと目を開けてヴィンセントの方を見ると、しゃがれた声で苦しそうにそう言った。

しかしその瞬間、俺は戦慄する。ユリも口を手で押さえたまま、絶句していた。

ヴィンセントの愛称であるヴィニーという言葉を発したお爺さんの口から、間もなくドス黒い粘着質の血液のようなものが、ドロリと流れ出したからだ。

だが、ユリや俺が驚いたのはそれだけではない。

ドス黒い液体は、お爺さんの口からだけでなく、ベッドで横たえている両手や両足、その他身体の至る所から少しずつ流れ出ていたのだ。

しかも驚くべきことに、俺たちの目の前で次から次へと小さな傷が増えていくとともに、またその新しい傷口からドス黒いものが滲み出しはじめている。

（これは血なのか……？　そしてこのベッド……。黒っぽいベッドではなく、お爺さんの身体から流れ出たもののせいで、白いシーツが変色して黒く見えていたということか……。しかも、どういうことだ……？　どんどん新しい傷が増えていくなんて……）

「おや？　友達と一緒なのか……ヴィニーよ？　……ゴホッ、ゴホッ……。何もこんなに汚らしい場所へ来ずともよかったろうに……。ゴホッ、ゴホッ……！」

お爺さんはそう言って一息つくと、ヴィンセントから視線を外し、ゆっくりと目を閉じた。

「驚いたろう……？　この方はライアン・グレイトウォール。王国において公爵の爵位を冠するグレイトウォール家の長であり、そして……、私の祖父なのだ……」

ヴィンセントは俯いたまま、消え入るような声でそう言った。

「ラ……、ララ、ライアン公爵て!?　この国の財務局のトップやないの……！　……ご病気、やったんですか？　せやけどこれは病気っちゅうより……」

ユリは一見気丈に振る舞ってはいるものの、全身から汗が吹き出し、その手も震えている。

……そしてごめん。ヴィンセントにはマジで申し訳ないけど、俺もめちゃびびってます……。

「これはもしや……、何かの呪いですか……？」

俺はヴィンセントに問いかけた。

「おそらく呪い……、なのだろうなぁ……」

しかし、意外にもヴィンセントの答えは歯切れの悪いものだった。

……ということは、未だ原因不明ということか？

「の、呪いて……、そんなん……」

ユリはヴィンセントとお爺さんとを交互に見ている。

その間も少しずつ、少しずつ、だが確実にお爺さんの身体の傷が増えていく。

「……治せども治せども、こうして傷が増えてゆく……。加えて宮廷魔術師による治癒の魔法もなぜかまったく効果がない。ゆえに私はポーションを……、そしてより効果の高いハイポーションを求めたのだ……」

「成程……。そうだったんですか」

　ヴィンセントの言うとおり、確かにこのお爺さんの状態は明らかにおかしい。

　俺が思うに、エルフ村に張られていた幻惑の結界とはまた別ものだが、確かにお爺さんの身体全体が、何か魔法の効果を阻害する嫌な膜にでも覆われているかのようだ。

（俺が全力で治癒魔法を行使すれば、この嫌なモノを突き破って身体を回復させることができるかもしれないが……。けどこの弱ったお爺さんの肉体が、その反動に耐えられるか？）

「お祖父様は、清廉にして堅実なお方でな……。この国の財務の全権を任されている身だ。当然民のことを考えず、我が身かわいさに私腹を肥やす貴族などは特に厳しく処断していたよ。かくいう私も、幼い頃からお祖父様に財務の何たるかを一から叩き込んでいただいた」

　ヴィンセントはお爺さんを見ながら、拳をきつく握りしめる。

「そんなお祖父様だ……、肥太った不逞貴族どもからの賄賂や甘言などには一切耳を貸さず、誤った既得権益を廃止し、緊縮財政に奔走されていたよ……。だがなレイン、お祖父様のような正しい方がいる一方で、やはり少なからず、それをよく思わない愚か者もいるのだ……」

「恨みを買った……、というわけですか」

　酷い話だ。その身を粉にして日々真面目に働いたら恨まれて……。挙句の果てにこんなに惨い呪いまで受けるなんて……。こんなの絶対許されねぇだろ……！

「あんな、気悪せんといてほしいねんけど……。実はちょっと前に噂があってん……」

　俺とヴィンセントは、唐突にそうつぶやいたユリの方を見た。

「……もうすぐ財務卿のライアン様は退任され、グレイトウォール公爵家も、財務担当の任を解かれる……。だから王都の商家は全部、後任とされる貴族様の傘下に入るべきやと……」

「なん……だと……？」

　ヴィンセントは大きく目を見開き、ユリの言葉に絶句する。

　俺は真っ青な顔で固まったままのヴィンセントの代わりに尋ねた。

「ユリさん、教えてください。その後任の貴族というのは……」

　だが、その時だった。

　お爺さんが弱々しく口を開いたのだ。

「……ヴィニー？　ヴィニーはまだおるのか……？」

（……お、お爺さん、もう目が……）

「はっ！　お、お祖父様、ヴィンセントはここに！」

「……そうか。王国の財務状況はどうだ？　全て順調か……？」

　お爺さんは上を向いたまま、声を絞り出すようにそう話した。だがその視線は定まらず、ふらふらと天井を彷徨う。

「はいお祖父様、問題ございません。父上や兄上ともども、王国のため、そして大切な民の笑顔のため、日々励んでおります」

「そうか……、それはよいことだ……。……して、ヴィニーよ……」

「はい……」

「今のわしが言うのもおかしいが……、決して無理はせず、己の身体を十分に労わるんだぞ……。……わしの自慢の……孫……よ……」

最後にそう言うと、お爺さんはまた目を閉じた。

眠った……、というよりも、これはおそらく気を失ったのだろう……。

「承知いたしました……、お祖父様……」

その姿を見たヴィンセントの両目から、一筋の涙が流れた。

「……毎日この繰り返しなのだ……。目覚めては気絶し、話しては気を失う……。……レイン、お祖父様はな、それはそれは厳しいお方だったよ……」

ヴィンセントはベッドの側でしゃがみ込むと、その両手でお爺さんの手を優しく握った。

生まれたての赤ん坊の手を握るように、優しく。

「ええ」

「だがその厳しさの中には、確かな家族への愛情があった……んだ……」

ヴィンセントの声が途切れはじめた。

「……」

「私は……何としても、お祖父……様を救いたい……王国の……、財務云々……ではなく、ただの…………祖父と孫として……。どうか……ど……うか……助けて…………くれないか…………。
頼む……」

ヴィンセントの目から、堰を切ったように涙が溢れ出した。

嗚咽とともに、言葉も途切れ途切れになる……。

「ええ。ぜひともお救いしましょうとも」

俺はヴィンセントの肩に、ぽんっと手を置く。

「そやで、ヴィンセント様！　そのためにうちらが来たんやんか！」

ユリもにっこり笑うと、大きな声でヴィンセントを励ました。

「すまない……。ありがとう」

ヴィンセントは深く頭を下げると、袖で涙を拭った。

「さぁ、ヴィンセント様。そのポーションを飲ませてあげてください。内服しても効果が顕れるのは実証済みです」

「確かにレイン君のポーションはめちゃめちゃ美味しくて、うちの骨折も綺麗さっぱり治りましたわ！　絶対効く思います！」

「うむ……、そうだな。君たちが嘘をつくはずもない。……お祖父様、失礼いたします」

そう言ってヴィンセントは、その腕にお爺さんを抱き上げ、口からポーションを飲ませる。

抱き上げられたお爺さんは、まるで枯れ木のように痩せ細っており、一層心が痛んだ。

パァァァァ……！

すると間もなく、お爺さんの身体が白く輝きはじめたばかりでなく、みるみるうちに、大小の生々しく刻み込まれていた傷が消えていくではないか……！

「おおっ……！　お祖父様の身体が……‼」

「ひ、光っとる！　どえらい光っとるで⁉　うちん時は、こんなんならへんかったのに！」

ヴィンセントとユリは、輝きを放つお爺さんに目を丸くした。

（この光は……、俺の光の魔力が、お爺さんの身体の中の闇を中和しているのか……？）

「すぅ……、すぅ……」

そしてしばらくした後、すっかり傷が消えて血色も良くなったお爺さんは、さっきとは打って変わって穏やかな表情で眠りはじめたのだった。

「レイン……！　お祖父様が……、お祖父様の傷が消えて、こんなにも安らかな寝顔に……‼」

ヴィンセントは涙と鼻水でぐしゃぐしゃになりながら、眩しいくらいの笑顔を俺に向けた。

俺は軽くヴィンセントを抱きしめると、ぽんぽんっとその背中を叩いた。

（だがまだ何かおかしい気がする……。確かにお爺さんの傷は消えた……。けれどこの部屋の異様な空気と仄暗さが消えていない！）

そうやって俺が周りを警戒していたその時、目の前で信じられない出来事が起こった。

「うぐっ……⁉　ぐうう……‼　うぐあぁぁぁ‼」

なんと、眠っていたお爺さんが、突如奇声を上げて苦しみ出したのだ。そして――。

ガタン！　ガタン‼　ビクン！　ビクン‼　ビクン‼

「ガボ！　ガボガボガボガボ‼」

ドバッシャアアア――ッ‼

　お爺さんは、痩せ細った身体がそんなに動くの⁉　というぐらいにその身体を激しく痙攣させたかと思うと、なんと口からドス黒い液体を大量に吐き出しはじめたではないか。

　ひえええええええ！⁉

　な、なな、なんじゃこりゃあああ‼　まるでホラー映画‼

（ポッ⁉　……ポポポ、ポーションの副作用じゃないよねぇ⁉　だったらどうしよう⁉）

　あまりのことに、俺は顔を引きつらせてビビる。

　ユリも吐きそうなのか、真っ青な顔でハムスターのように頬を大きく膨らませながら、両手で口を覆っている。

「お……、お祖父様！　お祖父様⁉」

　ドス黒い大量の液体を全て吐き出したのか、お爺さんはピタリとその動きを停止させると、再びベッドへと沈んだ。

　このような状況だが、呼吸はしっかりとしており、お爺さんは確かに生きている。

「レイン……、これは一体……」

　ホッと胸を撫でおろしたヴィンセントが、そう言いかけた時だった。

「……‼」

　何か途轍もなく禍々しい魔力を感じた俺は、狼狽するヴィンセントを無視し、先ほどお爺さんが吐き出した大量のドス黒い液体に目を向けた。

「ヴィンセント様！　あれ‼」

「なっ……⁉　なんだこれは……⁉」

ボコ……、ボコ……、ボコボコボコボコ……‼

なんと今度は、床に撒き散らされたドス黒い液体が、耳障りな音を立てながら俺たちの前でどんどん一箇所に集まっていくではないか。

さらに室内に満ちていた、気色の悪い瘴気のようなものが収束され、何かを形作ってゆく……。

「おえぇぇぇ……！　も、もう限界や……。なんやのこれ……？」

涙目のユリが口を手で押さえながら、俺とヴィンセントの後ろに隠れた。

目の前の光景に戦慄し、ヴィンセントの全身からも汗が吹き出している様子が伝わってくる。

そして――。

「ブヒュー……、ブヒュー……」

それは確かに立っていた。俺たちの前に立っていた。

（人……？　いや違う。形としては人の形に近いのかもしれないが、これは人ではない。断じて）

「ブヒュー……。グ……、グフ……、グフフフフ……」

未だ仄暗い部屋の中で、不快な呼吸音と下卑た笑い声だけが、不気味に響く。

「ひ、ひぇぇ……！　な、なんか出てきよったで……⁉」

　ユリの驚愕と不安に満ちた声が、部屋に響いた。

「グフフフ……、おやおや、これはこれは……」

　俺たちの前に立ったそれは、まさに異形と形容するにふさわしいものだった。

　なぜかというと、頭から爪先までビッシリと真っ黒い毛に覆われたそいつは、頭は確かに山羊なのだが、上半身は人の形をしており、人間と同じ腕も生えている。だが下半身は、これまた山羊のそれであるとともに、先端に蹄の付いた二本の脚で、しっかりと立っていたのだ。

　この目の前の物凄く気色悪い奴が、お爺さんの呪いの元凶なのだろうか。

「き、貴様、何者だ……!?　貴様が我が祖父を貶めていたものか……!!」

　理解できない状況に戸惑いながらも、ヴィンセントは眼前の黒い山羊のような異形を怒鳴りつけた。通称黒山羊とでもしておくか……。

「グフフフ……。やあやあ、かわいい人間たち。そんなに怖い顔をしないで……。お目にかかれて光栄です……。まずもって、本日はお日柄もよく……」

「質問に答えろ！　貴様が我が祖父を苦しめていたのだな!?」

　ヴィンセントは、黒山羊を指さしながら再びそう叫んだ。

「んん……？　これは気の早いお坊っちゃんだ。せっかちな男性は、お顔が良くとも女性にはモテませんよ？」

　黒山羊が挑発するような口調でそう言い終わる前、ヴィンセントは既に魔法詠唱をはじめていた。

「我は告げる。其の氷は極地の果てから我が下に。我が魔力を糧として、ここに氷結の地獄は顕現せり。されどその刃は怨敵の喉元に集いてこれを切り裂かん」

「ひえ～っ、寒っ‼　これが氷結王子と名高い、ヴィンセント様の氷結魔法かいな⁉」

ぶっ！　氷結王子⁉　ヴィンセントの奴、そんな恥ずかしい二つ名で呼ばれてんのか！

「異形め……、氷の刃で切り裂いてくれる！　くらえ！　氷結地獄・コキュートス‼」

その瞬間、四方八方から物凄いスピードの氷の矢が、黒山羊に向かって飛んで行く。

ちなみにこれはうちの家に税金の取り立てに来た時にも使った魔法だ、懐かしい……。

だが間もなくヴィンセントは、驚愕に目を見開くことになった。

「グフフフ……、いや～、素晴らしい。実に素晴らしい魔法ですねぇ。感心感心……」

「な……、なに……⁉」

ヴィンセントが驚くのも無理はなかった。なぜなら目の前の黒山羊は、高速で迫り来る氷の矢の全てをいとも簡単に素手で受け止めてしまったのだ。

「ふむふむ、殺傷能力の高い形、ほどよい冷たさ、魔力の質も素晴らしい。グフフフ……、そして何より、私に向けられた、狂おしく激しい憎悪……。あぁ……、滾ってきますねぇ……」

掴んだ氷の矢に頬擦りしたり、ペロペロと舐めてみたり、さらには体の至る所……、特に股の間に矢の先端を擦り付けたりと、やりたい放題の黒山羊……。

最後にはヴィンセントをとろんとした眼差しで見つめながら、恍惚の表情を浮かべている。

あ、これあかんやつや……。変態だわコイツ……。

「くっ、おのれ……。私を愚弄するか……!?　ではこれならばどうだ！　我は告げる……」

そして怒りに震えるヴィンセントが別の魔法詠唱をはじめたその時だった。

「んん……！　私、もっともっとあなたのイイ所、見てみたいです。ですので、ほら……、大切な固くて冷たい棒、お返ししますね？」

変態黒山羊の声のトーンが、一段低くなったかと思ったその瞬間、さも大事そうに持っていた氷の矢の一本が、突然ヴィンセントへ向かって飛んで行った。

ザシュ！

「ぐっ……!?」

超高速で射出された氷の矢はヴィンセントの右肩を掠めると、そのまま部屋の壁に深く突き刺さった。

やや遅れて、ヴィンセントの肩を赤い血がゆっくりと伝う。

「ああ!?　ヴィンセント様が!!」

ユリが青い顔で叫んだ。

「ええ、おっしゃるとおり、血が出てしまいましたね……。うーん、赤い……、赤いですねぇ？　その色、その香り、どれをとっても実に素晴らしい……。私、もっともっともっともっともっともっともっともっともっともっとも――っと見たいです、匂いを嗅ぎたいです、いやらしい音を立てながら、ペロペロ舐めたいです！　さあ、張り切って踊ってくださいませ！」

突如、そう叫びだした変態黒山羊は、持っていた氷の矢をまるで弾丸の如くヴィンセントに向かって次々に射出していった。

　そしておそらくあの変態黒山羊は、わざと致命傷に至らないよう、しかしそれでいて確実に肉を掠め、より多く出血するように計算して攻撃しているらしい。

「うっ……、ぐあああああ………‼」

　苦痛にその整った顔を歪めながら、ヴィンセントの叫び声が響いた。

　耳、肩、腕、脇腹、脚……。

　ヴィンセントの肉体は自らの魔力で創り出した氷の矢によって多数の傷を負い、瞬く間に鮮血にまみれていく。

「素晴らしい……。実に素晴らしい……。あんなしわしわの萎びたご老人よりも、やはり若い血の匂いはいい！　……先ほどは唐突なエリクサーの光にあてられ、思わず術を解いて外に出てきてしまいましたが……、結果オーライでしたね……。グフフフフ……！」
　エ、エリクサー？　俺はハイポーションっていうのを創ったはずなんだが……。
　俺はユリの方を見たが、ユリも逆に俺の方を見ながら首をかしげていた。

「はぁ……、はぁ……、くそっ……！　貴様のような汚らわしい輩に……、お祖父様は……」

　俺の疑問をよそに、息も絶え絶えのヴィンセントは、手ぶらになった変態黒山羊を睨みつける。

「あはん……。その汚らわしい私に、これからさらに汚されるのですよ、あなた……。グフ、グフフフ！　想像しただけで絶頂に達してしまいますねぇ……。あなたの息の根が完全に止まる前に……、あんなことやぁ、こんなことをしてぇ……。あぁ……、アァ……、嗚呼……。そして最後の最期は……、脳みそを……、バン！　しましょうねぇ……？」

右手で何かを握りつぶすような仕草をしつつ、ダラダラと口からよだれを流しながら、体をのけぞらせてビクビクと痙攣する変態黒山羊。

（うっひゃあ……！　きっ、気持ち悪すぎだろコイツ……！）

「レ……レイン君……？　このままやとヴィンセント様、ちょっとあかんのと違うやろか……？　ど、どないしたらええ思う……？」

俺の服を首の後ろでギュッと握るユリ。く……首が締まる……ぐええ……。

「グフフフフ。ではでは、とりあえずハンサムなお坊っちゃんの両脚をもぎ取って、今日の記念のペナントとして壁に飾っておくとしましょうかね……」

そんなふざけたことを言いながら、変態黒山羊は、ヴィンセントの方へと歩み寄っていく。

その時——。

「ひっ、……ひぃぃいあああ⁉　たっ……、たす、たす、たす、助けてくださいぃぃ‼」

俺はその場に尻もちを突き、おもいっきり情けない声を出して、変態黒山羊に向かって命乞いをしてみた。

「ンン……？」

俺の声を聞き、変態黒山羊はこちらを見る。

その口元は先ほどと同じく、いやらしく、そして汚らわしい笑みを浮かべている。

「ひええ⁉　あんたもいきなり何叫んどんねん……って、あぁぁぁ⁉　きっしょい変態の黒山羊がこっち向いてしもたやんか！」

おぉ、ユリもあいつに同じ感想を抱いていたとは。しかも『きっしょい』、頂きました～！

「レ……、レイン……、ユリを連れて、ここから逃げろ……！」

床に片膝をついてしゃがみ込んだまま、血まみれのヴィンセントはそう叫んだ。

自分の負傷をよそに、俺たちの心配をしてくれるのかお前。

「そ、そんなこと言われましても……、こ、腰が抜けてしまって……。ぼ、僕はただ、頼まれてあのお薬を持ってきただけなのに……！」

「んん……？　グフフフフ……。成程、先ほどの『エリクサー』はそっちの坊やが持ってきた物だったのですね？　残念ながら私、対象者の体内で術を使っている最中は、外のことがわからないのでねぇ……。ですがこちらも少々驚きました。かの神代の遺物が、まだ残っていたとは……。危ない危ない、しかも完成度の高い物だったようですし……」

成程……、どうやら俺が創った液体は、対象に対しエリクサーと見紛うほどの治癒効果をもたらすものらしい。

正直エリクサーに関しては前世のゲームでの知識だが、ＨＰやＭＰの回復や状態異常など全てを完全回復させるスーパーお薬だったように思うが……。まあ詳細な効能については要検証だな。

それよりも、これで変態黒山羊の興味が、完全にヴィンセントから俺の方へ向いたみたいだ。

……にしても……、見れば見るほど気持ち悪いな！

「そ……、そこの騎士様に無理矢理持ってくるように言われただけなんですぅ。我が家の家宝だったんですぅ……。で……、ですから、なんの関係もない僕のことは……、た、たた、……助けて、いただけますよね……？」

「グフフフ……。ダメよ……、ダメダメですよ、坊や？　ここでは誰も、助からないのです。み〜んな、死ぬのです。私にと〜っても楽しいことをされ、死ぬ寸前まで絶望と苦痛に身悶えしながら、血と涙と糞尿にまみれて死ぬんですよ。坊やは小さいけれど、私の言ってること、わかりますか？」

　変態黒山羊は、小さな子供を諭すように優しく穏やかに、そしてそれがさも当然のことであるかのように言葉を発していく。

「そ……そんなぁ……。し……、死にたくない……、死にたくないです……」

　俺は涙を流し、鼻水も垂らして、できるだけ悲痛な表情で命乞いをした。

「あらあらあら……。グフフフ……、そんな貌《かお》をされたらもう……、たまりませんねぇ……。ちょっと順番ぬ・か・し、しちゃおうかな……？」

　ジリ……ジリ……。

　よだれを垂らしながらにじり寄ってくる変態黒山羊に、俺は続ける。

「ど、どうあっても助からないというのなら、どうか……、どうか人生の最期に一つだけ本当のことを教えてください……。あ、あなたは、なんであのお爺さんの中にいたのですか？　……たまたまの通りすがりにお爺さんに目をつけたんですか……？」

「グフフフフ……。これから素晴らしい出来事が待っている坊やだものね？　お兄さん、張り切って教えてあげちゃおっかな」

変態黒山羊は口角を歪めて指を頬に当てつつ、首をかしげながらそう言った。

……どうでもいいけど、お前お兄さんだったんかい。

「私は喚び出されたのですよ。悪魔召喚という儀式でね。坊やにはちょっと難しいでしょうか？　グフフフフ……」

ほう。

「悪魔召喚……？　あ、あなたのように恐ろしい方を喚び出したのは、一体……？」

「……グフフフ……。雇い主の言うことは、ちゃあんと聞かないといけない決まりでしてね。私これでも従順な悪魔なんですよ？　坊やはピケットさんってご存知ですか？　私と契約して、あそこに眠っているご老人を抹殺する計画だったみたいなんですよねぇ……」

ほほ～う。

「ピ、ピケットだと⁉　ピケット侯爵か……！　おのれ……、おのれ、あの豚め……‼」

血まみれのヴィンセントは強く拳を握りしめ、歯がみする。

ピケット侯爵？　俺はまったく知らん人だが、ヴィンセントは何か心当たりがあるのだろうか？

「い、一体全体何のために、そんな恐ろしいことを……？」

俺は、尻もちを突いて後退りしながらそう続けた。

変態黒山羊も、ゆっくりと俺の方へと歩みを進める。

「……さぁ、何のためでしょうかねぇ？　私は人間の目的になど興味はございませんし、面白いことさえできればそれでよいので……。ささ、もういいですか坊や。私ね、あなたを見ているとそれはもう、我慢ができなくてねぇ……。早くあなたの大事な部分を切り取って、ペロペロ舐めて、味や食感を楽しみたいんですよ……。グフ……、グフフフフ……！」

（ふぅ、ここまでかな。もうそろそろ問答無用でぶっこんできそうだわ、この変態黒山羊。俺の方もそろそろ見るに堪えんしな）

「いよいよ終わりかぁ……。最後にあと一つだけ教えてください。あなたも誰かから攻撃されると、痛かったり、苦しかったりするのですか？」

「もちろんですとも。召喚されたとはいえ、私もこの現世《うつしよ》に受肉した身。元々闇の魔力で構成されたこの肉体は、光の魔力にはと〜っても弱いんですよ？　……まあ、人間程度が使う光の魔力など、私にとってはむしろ心地よいマッサージにしか感じないでしょうけど」

　変態黒山羊は薄汚れた黄色い歯を剥き出しにしてニィ！　と笑った。

「そうですか。それはとてもいいことを聞きました……」

　俺はスッとその場に立った。

　そろそろ怯えたふりをするのも疲れてきたし、魔法で涙や鼻水の演出をするのにも飽き飽きしていたところだ。

　俺は、水と光の魔力を身体の中で勢いよく、そして急速に練り込みはじめる。

「では、マッサージ程度にしかならないかもしれませんが、これを差し上げます。どうぞ」

「うん……？　どうしました？　ついに、恐怖で頭がおかしくな……」

パチン。

俺はフッと笑って小さく指を鳴らした。すると――。

ザッパァン！

ジュウウウウウウウウ‼

「ぎっ……、ぎぃやあぁぁぁぁぁぁ⁉」

絶叫する変態黒山羊の上から落ちてきたのは、俺が光魔力増し増し（当社比二倍）で、魔法で創り出した水だった。

いやぁ、お宅がエリクサーにびっくらこいたとか、光魔力に弱いだとかペラペラしゃべってくれたお陰で、弱点を探す手間が省けて助かったよ。

ブシュウウウウウウゥゥ……‼

「ああ‼　あづっ、あづづぅぅ……‼　熱いいいいぃいぃぎぃいぃ……‼」

俺の光魔力増し増し水を浴びた変態黒山羊は、全身から真っ白な煙を立ち昇らせながら、苦しそうに、床をのたうち回っている。

「うんうん、どうやら気持ちのいいマッサージになったようで、よかったよかった」

俺は爽やか笑顔で、変態黒山羊にそう告げた。

変態黒山羊君、数少ない俺のお友達を傷つけた罪は、しっかり償ってもらうぜ……？

「ブヒュー……、ブヒュー……」

光増し増し水を浴びて無様に転げ回った変態黒山羊は、その体から、まだ微かに煙を吹き上げながら、怨嗟の目を俺の方へと向け、低く恐ろしげな声を発した。

「こ、このガキがぁ……！　一体何をしやがったぁ⁉」

お？　さっきまでの紳士ぶった態度はどこへやら。ドス黒い本性がこんにちはしてきたか？

「何、と申されましても。上からお水をかけただけですよ？　ほら、ドッキリとかでよくあるじゃないですか。突然上から水がザバァ！　ってやつ。ま、それと同じと考えてもらえれば……」

「何をわけのわからないことを……！　人間如きが崇高な悪魔たるこの俺様の体をどうして傷つけられる……⁉　俺様はそれを聞いているんだぁ‼」

そう叫びながら、変態黒山羊は息も絶え絶えに立ち上がった。どうやら、相当効いたらしい。

「いやいや、お宅ご自分でおっしゃってましたよね？　光の魔力に弱いとか何とか。だから水と光の魔力を合成した液体をぶっかけてみただけですよ」

俺はほっぺに指を当てて首をかしげながら、にっこりかわいこぶりっこしてみた。

「魔力の合成、だと……？　ぬかせ‼　そんな神業、虫以下の人間風情にできるものか！」

「そんなこと言われましても。できるものはできるんですし……」

俺は変態黒山羊を見ながら肩をすくめると、小さくため息をついた。

「まあいい……。すぐに本当のことをしゃべりたくなるだろうさ。闇の悪魔による恐怖の真髄、その眼に焼き付けるがいい！」

（おぉ……？　なんだか部屋が暗くなっていく……？）

「……ぎゃははは！　驚いたか⁉　この空間ごと貴様らを真の闇で閉ざしてやる……！　視覚や方向感覚、そして時間の感覚すら失い、いつどこから来るかわからない俺様の攻撃に、永遠にも似た恐怖を味わうがいい‼　あぁ～……、また興奮してきたぁぁぁああ……‼」

嬉しそうにそう叫んだ変態黒山羊の目が紅く妖しく光ったかと思うと、あたかも黒い霧が部屋中に立ち込めるように、部屋の中が暗く、そして黒く閉ざされていく。

「うわ！　なんかどえらい暗なっていくで！」

「くっ……⁉　こ、これは⁉」

どんどん暗くなっていく部屋の様子に、ユリとヴィンセントは思わず辺りを見回した。

もちろん俺の視界もどんどん暗黒へと染められていく。

「え～っと、明かり明かり……、っと」

「ぐっひゃひゃひゃひゃひゃあ！　俺様の創り出す闇はただ暗いだけじゃねぇ、光すら吸収しちまうんだ‼　多少お前が光の魔法を使えたところで……、……って……うぐぁぁ⁉　なっ……なんだ、こっ……、この光は……⁉　ぎゃあああああ！！？」

パァアアアアア！

変態黒山羊が何かを言い終わる前に、強烈な白色の光が部屋中を染め上げ、一瞬で黒い霧のようなものがかき消されていく。

俺が部屋の天井の中心部分に明るく輝く光の魔力玉を創り出し、そこから部屋中を照らしたのだ。……もちろん、光魔力増し増しさっ♪

ジュワァァァァァ！

「ぎぃやあああああぁぁぁぁぁ⁉」

またもや変態黒山羊から白い煙がもうもうと立ち昇る。

さっきから煙ばっかり吹いて、お前煙突かなんかなのか（笑）

「ひっ……、光‼　この光を止めてくれえぇぇ‼　熱い！　死ぬぅうう‼　お願いです、止めてください‼　何でもしますからぁ‼」

絶叫に近い悲鳴を上げながら、またまた変態黒山羊は部屋の端から端へ床をのた打ち回る。

しばらくその様子を眺めつつ、俺は変態黒山羊の言うとおりに、一旦光を消してやった。

すると部屋の中は、窓から日光が差し込む昼下がりの明るさに戻った。

・・・・・

「何でもするっていうのは、本当ですか？」

俺は床に突っ伏したままの変態黒山羊にそう尋ねた。

「はい！　はいい！　何でもいたしますぅ！　ですので、どうか……、どうか痛くしないでくださいぃ‼　私、痛いのだけは嫌いなんですぅ……‼」

まだ体の至る所から煙を吹き出しながら、変態黒山羊は即座に土下座の姿勢を取った。

コイツ……、人様に対しては苦痛に身悶えするのどうのこうの言ってた割に、自分自身は痛いのがそんなに嫌なのかよ……。まあ俺も痛いのは嫌だけどさ。

「……わかりました。ただし、変な真似をしたら、ただじゃあおきませんからね？」

「しません、しません！　というかもう何もできません‼　光の魔力でこの体は焼け焦げてボロボロなんですぅ！　もう一生、細々と生きていくのだけで精一杯ですぅ！」

　変態黒山羊は土下座の姿勢のまま、涙を流しながら何度も床に頭を擦り付けていた。

　終いには頭を床に伏せたまま、顔すら上げなくなってしまった。

　はぁ、さっきの居丈高な態度から、ここまで卑屈になれるのはある意味才能か……。

「では改めて聞きます。お宅はピケット侯爵の命令で、お爺さんを殺すつもりだったんですね？」

「そ、そうです！　あなた様のおっしゃるとおりでございます！」

　変態黒山羊は床に頭を付けたまま、そう答えた。

「ふむ、じゃあピケット侯爵の目的は？」

　俺はゆっくりと変態黒山羊の方へ歩いていく。

「は⁉　はい！　あのクソジジイをぶち殺……、あ！　いやいや、お爺さんを亡き者にした後、自分が財務のトップになるんだとか何とか言ってました‼」

「成程……。で、他にお宅のことを知ってるのは？」

「はい！　私めはラプトン商会とかいう所の商人とも会っております！　ピケットに多額の賄賂を渡して悪どい商売をしてるとかで、一緒に荒稼ぎするみたいなことを言ってました‼」

　成程、見えてきたぞ。そういうことか。

　要はピケット侯爵という人物は、自分が財務の権限を手中に収めたいがため、ヴィンセントのお爺さんを殺し、加えて元々後ろ暗い繋がりのあったラプトン商会なる所と結託し、さらに悪銭を稼ぎましょうや！　という話なわけか……。

　はぁ、クソすぎるな……。まったくこの世界の貴族って奴ぁ……。

「なんでもですね、このピケットって奴、詳しくは知りませんが、かなり悪どい金の稼ぎ方をしてるそうで、そこの爺さんから散々責め立てられ、財産や何やらを随分と没収されたとか言って怒り狂ってましてね……。そりゃ念入りに苦しめて苦しめてぶっ殺せ！　と言われたんですぅ」

（うっ……。振り向かなくとも、俺の後ろからヴィンセントの激しい怒りが伝わってくる……。間違って俺を攻撃したりしないでね……？）

「他に何か知ってることはありませんか？」

　俺は続けてそう聞いた。

　だがさっきとは打って変わって、変態黒山羊は微動だにしない。

　あらら？　もしやコイツビビりすぎて、ついに気を失ってしまったか？

「グフ……、グフフフフ……」

　そう思っていた矢先、今度は突如、変態黒山羊が不気味に笑いはじめたではないか。

「あの……、どうしました？　何か面白いことでもありましたか？」

　はぁ……。ま、どうせこの次の展開は……。

「グフフ……。面白いことですか？　あります、あるんですよねぇ、これが。そして最後に大切なことをお伝えしないといけません……」

「ほほう、なんでしょう。それは大変興味深いですね」

その瞬間だった。変態黒山羊がバッ！　と顔を上げたかと思うと、再びその両眼が紅く、妖しく光っていたのだ。

「生意気なクソガキをぶっ殺す準備が、やっとできたってことをなぁ‼」

（はぁ……、まあそう来るだろうと思ってたよ。……なんか今日コイツに会ってから、ため息ばっかりついてるな、俺……）

俺は勢いよく立ち上がった変態黒山羊を怪訝な顔で見るのだが、よく見るとまた興奮してしまったのか、口の中から汚らしいよだれを撒き散らしている。……ばっちぃ……。

「これは俺様のとっておきの術なのさぁ。お前さぁ、この俺様がクソジジイの中に入っていたこと、忘れてたんじゃねぇの⁉　ぎゃ～っはっはっはっはっはっはっ‼」

「はぁ……」

俺は一際大きなため息をついた。

だが、まだまだ興奮した変態黒山羊のおしゃべりは止まらない。ようしゃべるね、お前……。

「俺様はなぁ、対象の魔力量を読み取って自らの魔力と同調させると同時に、自らの体を液状化させ、相手の体内へ入れるのさ……！　ちょ～っと準備に時間がかかる術なんでなぁ……、わざわざビビったフリをして、時間稼ぎにしゃべってたってわけなのさぁ……」

いやいや、本心からビビってたよね？　泣いてたじゃん、お前。

「ほ～、成程。ということは、さっきまでの話は全部嘘だったわけですか？」

「はっ！　嘘じゃねえさ、俺様が話したことは全部真実だぜ？　これから地獄の苦しみに身悶えながらおっちんで逝く哀れなガキに対する、せめてもの温情さぁ！　ぎゃはははははは‼」

　変態黒山羊は天を仰ぎつつ、心底嬉しそうにそう叫んだ。

　それはそれは、どうもご丁寧にありがとうございます……。

「ほらほらぁ……、だんだん見えてきたぜぇお前の魔力の底が……。さぁ、お前の魔力に同調し、俺様はお前の中に……って、……えっ？　……な、……何だこれは……？　う、嘘だろ……？」

　変態黒山羊は、一人でブツブツ何か言い出した。

な、何だよ、俺の魔力は何か変なのか？　おいおい、き、気になるじゃんか……。

「ひっ……、ひぃぃぃぃぃ⁉　……なっ……、なんだこの魔力はぁ……⁉　お、お前……、ほんとに人間か⁉　……バッ……、バババッ……、バケモンだぁ……‼」

　変態黒山羊は、そのままペタンッと尻もちを突いて座り込んでしまった。

　その目から紅い光は失われ、戦意も喪失してしまったのか、ガタガタとその身を震わせている。

（ふぅ。化け物に化け物とか言われてもなぁ……。さすがにちょっと傷つくぜ……）

　カツ……、カツ……。

　俺は変態黒山羊の方へ、一歩また一歩と進んでいく。

「あ……、あぁ……。く……、来るな……！　来るなバケモノ……‼」

　変態黒山羊は、尻もちを突いたまま後ずさっていく。

　だがしばらく進むと、部屋の壁に行き当たり、いよいよ後がなくなった。

「ち……、違います！　違います違います違います‼　全部勘違いなんですぅ‼　俺様……いやいやいや、卑しい私めは、決して貴方様を殺そうなどとは思っておらず……‼　つい……、本当につい調子に乗って間違ったことを口走ってしまいましたんですぅ‼」

「ふふふ……。言いたいことは、それだけですか……？」

俺は笑顔でそうつぶやくと、身体の中に急速に魔力を練り込みはじめる。

化け物と言われたからには、それなりのやつをぶちかましてやろうじゃんか！

（イメージは光の炎……。ある意味哀れな仔羊、まあ山羊だけど……。それを浄化して焼き払う聖なる炎……）

俺が頭の中でイメージを描くと同時に、右手に小さな炎が揺らめきはじめた。

もちろん、普通の炎ではない。それは聖なる光を宿した『真っ白な炎』だ。

俺はゆっくりと、白い炎が揺蕩う右手を変態黒山羊の方へ向ける。

「ひいィィィィ⁉　……た……、たすたすたす……、たすけ……けけけけ……‼」

「今度はぜひ、働き者の真面目な山羊さんにでも生まれ変わってくださいね？」

そう言い終わった瞬間、俺は右手から火炎放射器のごとく、白い炎を放った。

「ぎぃやああああ‼　…あぁぁ……！　……あ…………」

間もなく変態黒山羊の体は白の炎に灼かれ、この世から跡形もなく消滅した……。

白の炎は不思議とまったく熱くもないし、床やその他の物を焼くこともなかった。ただ灼き尽くされたのは、闇の魔力の化身と自称した変態黒山羊のみ。

そしてそこに残されていたのは、バスケットボール大の巨大な漆黒の魔石だった。

「あっ！　しまった！」

変態黒山羊を消滅させた後、俺は大切なことに気付き、ヴィンセントとユリの方を振り返る。

「変態黒山羊の名前……、聞くの忘れてた！」

俺の慌てた様子に二人は顔を見合わせ、苦笑いを浮かべるのだった……。


モフモフ……モフフフ……。

「ワン！　ワン！　アグググ……、むしゃむしゃむしゃ……」

「ちょ、シロ……？　お前それさすがに食べすぎじゃないか？」

俺たちは、全員で最初の応接室に戻って来ていた。

そこで俺は、ヴィンセントが振る舞ってくれた、いかにも高級そうなパンケーキを延々と食べ続けるシロをたしなめる。

もちろん、いついかなる時もシロをモフることは忘れてはいけない。

「ふ……、構わないさ。どんどん食べるといい。レインも遠慮することはないぞ？」

変態黒山羊との戦いで多くの傷を負ったヴィンセントは優しい笑顔でシロを見る。

もちろん俺の魔法で怪我を治したのだが、その際、あえて光の治癒魔法は使わず、あの変態黒山羊をしてエリクサーと言わしめた液体を再作成し、効果検証を兼ねてヴィンセントに試してもらった。

すると大方の予想どおり、身体中の傷は瞬く間に治癒し、ヴィンセントはすぐに立ち上がることができた。

だが、やはり光の治癒魔法と同じく、失ってしまった血液までは回復しないらしい。

また、今回は毒などを受けたわけではなかったので、その液体に解毒作用があるのかどうかも含めて今後の検証が必要だ。

なお、余談であるが、俺は自分でポーションなんてものは使ったことがなかったので、今一つ市販品との効果の違いがわからなかったのだが、ヴィンセント曰く『このまま市場に流すのは色んな意味で危険。流通・販売経路の厳選、個数や出荷先の厳重な管理、その他諸々は当然のことながら、まず本件に関する国王への報告が最優先』だそうだ。

（まあ面倒なことは、当然マッチョ父に丸投げするし、このまま売るにせよ、市販のポーションに近づけるにせよ、その辺りは信頼できる商人さんに任せるとしよう）

俺は横に座っているその商人さんを、ちらりと見るのだが。

（うわ……、こっちもシロと同じか）

「うまい、これほんまうまいわぁ……。も一個いただきま！　……むしゃむしゃむしゃ……。ん？　へひんふん、どないひはん？　ふひのはほひっほひへ？」

ユリは、うちのシロに負けじと次から次にパンケーキを頬張り、まるでハムスターのように口をもぐもぐさせながらしゃべっている。

……ごめん、ちょっと何言ってんのか全然わからない。

「ヴ!?　ヴヴヴヴヴゥゥゥ……‼」

案の定、ユリは食べすぎたパンケーキを喉に詰まらせた様子で、顔色が真っ青になっていく。

し、死んでも生き返らせる魔法なんて、さすがに俺は知らないぞ……？

あたら若い命をパンケーキによって無駄に散らそうとするユリに、スーケとカークが急いで目の前の紅茶を飲ませた。

「ゴクゴクゴクゴク……、プハァ！　……ちょっとほんま死ぬか思たわ！　せっかく命が助かったのに、こんなんで死んだら洒落にならんとこやったで！」

ユリは大きく息を吐き出すと、ドカッとふかふかソファーにもたれかかる。

うん、ごめん……。やっぱりこの人、思ったより信頼できない商人さんだったかも……。

「うむ、そうだな……。レイン……、君がいなければ、おそらく私たちは二度とここでティータイムを楽しむことはできなかっただろう。今回もまた、自身の無力さを痛感したよ……」

ヴィンセントはしょんぼりとしてそう言うと、そのまま俯いてしまった。

いやいや、そんなに落ちこまんでも。ユリの方はあっけらかんとして、逞しいのに。

「ははは、まあいいじゃないですか。結果的にはライアン公爵様も無事でしたし。力がないなら鍛えればいいだけの話ですよ。僕でよければ、いつでもお付き合いしますので」

「ふむ、そうだな。君の力は常軌を逸したものだとはいえ、今回ばかりは己を鍛え直すいい機会かもしれん。このゴタゴタが片づけば、改めて頼むとしよう」

ヴィンセントは少し元気が出たのか、左手で前髪をかき上げると少しだけ笑った。

「……あの～、せっかくええ感じのとこ悪いんやけど……。レイン君、あんたどないすんの……？　そのめちゃめちゃ黒いでかいやつ……」

「あぁ、これね」

ゴト……。

俺はテーブルに置かれていた、変態黒山羊が遺した巨大な漆黒の魔石を持ち上げた。

色、形、大きさ、そしてこのずっしりとした重量感、どれをとっても一級品だと思われる魔石。

（……まあ元が変態黒山羊《あいつ》の体の中にあった物だから、あまりいい気はしないが……）

俺がそうつぶやくと、全員がそれを凝視した。もちろん、パンケーキ消費マシーンと化したシロは除く。

「お嬢……、私はこれまでの人生でこんなにも黒く大きい魔石は見たことがありません……。恐ろしくすら感じます……」

「ライアン公爵様の身体の中から出てきた奴が遺した魔石……、ですかぁ。にわかには信じらんねえ話ですねぇ」

　スーケとカークも、巨大な漆黒の魔石に息を飲む。

「もちろんこの魔石はヴィンセント様にお渡ししますよ。あの気持ち悪い変態黒山羊とピケット侯爵やラプトン商会……でしたっけ？　それらの繋がりを示す重要な物証になり得ますしね」

　俺は魔石を手の平でコロコロ転がしながらヴィンセントを見た。

「……しかし本当によいのか？　お祖父様の話は別として、この魔石単体だけでもおそらく凄まじい希少価値があるだろう。私自身、あの黒い悪魔を討伐したわけではないし、これを何の対価もなく譲ってもらうというのは些か……」

「そ……、そやでレイン君。この魔石一つで王都にどんだけでかい豪邸が建つか……。考えただけでも垂涎もんやで……。……じゅるり……」

よだれを拭く仕草をするユリの目が、金貨の形になっている……。

ヴィンセントはヴィンセントで、額に指を当てて何やら考え込んでいる様子。

ふふふ……。心配せずとも、俺にはちゃんとした計画があるのさ！

「もちろんタダで、というわけではありません」

俺は白い歯をむき出しにし、ニヤリと笑った。

「レイン君～、いやらしい顔しとるなぁ……。あの変態に勝るとも劣らんで、その表情。あとな、相手が超のつくお金持ちや言うても、ぼったくるんはほどほどにしとかなあかんで……？」

ユリは悪代官のような悪い顔でニヤつきながら、頼んでもないのにヒソヒソと忠告してくる。警告してくれているつもりなのだろうが、声が大きく丸聞こえで、ヴィンセントも苦笑いだ。

（ま、俺はただ自分の未来に向かって、しっかりと金のなる木の種蒔きをしておくだけさ！）

「うむ、こちらとしてもできるだけのことはするつもりだ。それでどのような条件かな……？」

ヴィンセントは眼光鋭く俺の方を見ながらそう言った。

コイツのこういう、いかにも仕事モードですっていう感じ、好きだなぁ。

「こちらの条件は二つです」

俺はヴィンセントの前にVサインを作った。

「まず一つ目ですが、うちの領地で作ってる作物や鉄器の他、今後売り物にできそうな感じの仮称エリクサー。その他諸々の件を含め、ヴィンセント様にはうちの家の後ろ盾になっていただきたいと考えています」

　俺の言葉に、ヴィンセントは眉根を寄せ、腕を組んで考え込んだ。

「うむぅ……。お祖父様を救ってくれたレインの頼み……、私としては二つ返事で聞いてやりたいところなのだが……。しかしこればかりは、グレイトウォール家とプラウドロード家との話にもなってくるので、即答は難しい。もちろん、全力で推すことは約束しよう」

　オーケー、それで十分。これは想定の範囲内。ここで答えが貰えるとは最初から思っていない。むしろ『いいねいいね、オッケーだよ！』と何の担保もない返事をされるよりもいい。

「承知いたしました。ではもう一つ。ここにいるユリさんのエチゼンヤ商会を、ヴィンセント様のお抱え商人として、面倒をみてやってほしいんです」

　ユリはパンケーキに伸ばした手をピタリと止めると、物凄いスピードで俺の方を向いた。

　俺はそんなユリを尻目に、話を続ける。

「僕としてはせっかくできた縁ですので、今後ユリさんのエチゼンヤ商会を通じて件の仮称エリクサーをはじめ、うちの領内の特産品等を販売していきたいと考えています。その際、ヴィンセント様の後ろ盾があるのとないのとでは、天と地ほどの差がありますからね？」

　俺はニヤリと笑って、胸の前で腕を組んだ。

「ふっ。私ごときの話であれば何の問題もない。ヴィンセントも愛用中！　などと大々的に宣伝してくれてもかまわないさ。ただ私としてはレインに頼まれずとも、今回当家のために尽くしてくれたエチゼンヤ商会については、私個人だけでなく、当家の御用商人として推挙するつもりだった。これも先ほどの話と合わせ、グレイトウォール家として、前向きに検討させてもらおう」

ユリは物凄いスピードで、今度はヴィンセントの方を向いた。

一方のヴィンセントは、再び前髪をかき上げながらユリに向かってウィンクする。

すると突然、ユリがぼろぼろと大粒の涙を溢しはじめたではないか。

「しくしく……、うぇ～ん。レイン君もヴィンセント様も、ほんまに……、ほんまにおおきに……。ほんまはうちの商会な、ラプトンの奴らの差し金で潰れてまう寸前やってん……。これで、これでなんとか立て直せるわ……」

「何か嫌がらせがあった……、ってことですか？」

俺はユリにそう尋ねてみた。ヴィンセントも片眉を上げ、渋い顔でユリを見ている。

それを聞いたユリは、バッ！　と立ち上がると、俺たちに向かって捲し立てはじめた。

「いやこれな、嫌がらせなんちゅうもんやないねんって！　さっきの部屋で、財務局の後任の貴族の傘下にどうのこうのっちゅう話をしたやんか？　王都でその話を取りまとめとるのが、何を隠そうラプトン商会やねん」

俺はヴィンセントと顔を見合わせた。

「ラプトン商会言うたら王都でも一、二を争うでかい老舗の商会やし、各所への影響力もそらでかくってなぁ。最初は断っとった店の人らも、結局は賛同してしもたんや。けどそんな眉唾な話においそれと乗られへん！　っちゅう店も当然あってな。うちの商会もそない思て、ずっと断っとったんやけど……」

ユリは俯いて、再びソファーに沈んでしまった。そこへスーケが続ける。

「その後はもう、ありとあらゆる嫌がらせの嵐ですよ。断った店に対して、たちの悪いゴロツキや不良冒険者を雇い、商品へのあらゆる難癖は当然のこと、仕入れ先に手を回して必要な物の仕入れができない状況を作ったり、果ては店の倉庫に火までかけられる始末……」

「な、何だと⁉」

ヴィンセントの表情が途端に険しくなり、その身を前に乗り出した。

カークも続いて口を開く。

「お客さんは来ねぇし、このままじゃ従業員やその家族の身だってあぶねぇ。だから旦那様とお嬢は当面の生活費を店の全員に渡して一旦暇を取らせ、二人だけで頑張ってたんでさぁ。そんな時、グレイトウォール家のハイポーションの話をお嬢が見つけてきて……」

「今に至った……、っちゅうわけなんですわ」

（成程、従わない者は汚い手でもなんでも使って徹底的に排除するわけか。とんでもない奴らだなぁ。……まあ、これでピケットとラプトン商会が裏で繋がってることは間違いないな）

「うむ、相当に苦労したのだな……。だがもう心配はいらん。今後はエチゼンヤ商会だけでなく、王都の各商店が安心して商売に精を出せるように取り計らうことを、グレイトウォール公爵家の名と、国王から賜った私の税務査察官という官職にかけて誓おう」

ヴィンセントは、優しい笑みを浮かべながら、ユリに温かく声を掛けた。

くあ～っ……、男前は何でも絵になるなぁ、ちくしょう！

「も……、もったいないお言葉……、心より感謝いたします。ヴィンセント様、レイン君。ほんまに、ほんまにありがとうございます」

再び大粒の涙を浮かべると、ユリは鼻をすすりながら何度も深く頭を下げた。

「……けど、嬉しさも半分やな……。今んとこ、ピケット侯爵やラプトン商会の奴らにはまだなんの影響もないし……。あの変態黒山羊とのつながりかて、絶対認めへんやろうしなぁ……」

悔しそうなユリの言葉に、部屋の中に重苦しい沈黙が訪れる。

「……僕に一つ、考えがあります」

小さく発したその言葉に、俺は全員の注目を浴びた。

俺はソファーから立ち上がると、壁に掛けられた肖像画の方へと歩いて行く。

この凛々しい老人は、おそらく高名な画家がライアン公爵を描いたものだろう。

髪のボリュームに若干の割り増し感があるが、そこはそれ。

「実は僕、三日後に王様に無理矢理会わせられ……、おっと、謁見させていただけることになっているんです」

それを聞いたエチゼンヤ商会の面々は驚きの表情を浮かべた。

「お、王様て……。レイン君って、もしかしてなんや凄い人やったん……？」

「ふっ。国王が少年と会うという話は私も聞いていたが、やはりレインのことだったか。……実は病床のお祖父様の代わりに、父上と私も陪席することを命じられていてな。……無論、他の有力貴族も多く訪れるのだが、その場には……」

ヴィンセントが、ユリと俺とに交互に視線をやった。

「……ピケット侯爵も来る、ですよね」

俺は片目をつむり、右手の人差し指を立ててニヤリと笑うと、ヴィンセントは、静かに頷いた。

「……そこで僕に一つ考えがあります。ここだけの話なんですけどね」

第三話　たどり着いた路地裏で

「うわー！　すっごい人！　うちの領内とは大違いです！」

「ワンワン！　ワンワン！」

　俺は今、シロとともに王都の街を歩いている。

　王都の表通りは様々な種族の人々が行き交うとともに、露店を含め、生活用品、食糧品、アクセサリーや怪しげな魔道具などなど、色々な種類の物を売る商店が、所狭しとひしめき合い、それはそれは活気に満ち溢れていた。

　さらに、ちょっと周りを見渡しただけでも、俺のような人族だけでなく、ワッツのようなドワーフ族や猫みたいな耳やしっぽを持った獣人族などが闊歩しており、その種族の多様さは他に類を見ないほどだろう。

　ライアン公爵はまだ眠ったままだが、顔色や肌艶はすごくいいし、呼吸も安定していて、目を覚ますのも時間の問題だと思われる。

　ヴィンセントはあの後すぐに実家と連絡を取り、そのまま家族会議に突入するとのことで、必要事項を伝え、俺たちは早々にお暇させていただいた。

　まだ国王との謁見までは二日ほどあるし、マッチョ父との合流も明日の夕方だ。

　なので俺は俺で、せっかく王都に来たので、食っちゃ寝の将来のためにできることはやっておきたいと思い、街へと繰り出している次第なのだ。

「ほらレイン君！　こっちやこっち、早よ早よ！　あのオークの串焼き、めちゃめちゃうまいねんで！　騙された思て、一本食べてみてぇな！　ほんま食べな損すんで⁉　……あ、でも買うんやったら、うちの分も買うたってな……、にへへへ」

　そんなことを言いながら、俺の隣でヘラヘラと串焼きをねだっているのは、王都の老舗商家、エチゼンヤ商会の長女であるユリ・エチゼンヤである。

　俺自身は王都に来るのが初めてであり、実際右も左もわからない状態であるため、昨日の帰りに王都の案内を頼んでいたのだ。

　……その代わりに夕食を御馳走する、という条件付きだが。

（……まったく、しっかりしてるよなぁ）

「へい、オークの串焼きお待ちどお！　熱いから気を付けてくれよ‼」

「わぁ、ありがとうございます！　うわっ、本当に美味しそう！　はいユリさん、はいシロ」

　俺は一本で銅貨二枚という安価なオークの串焼きを大量に購入し（主にユリとシロのため）早速頬張ってみた。

「あちあちち……。でもこれ……、美味しい‼」

　最初は少々不安だったが、肉が柔らかくてすごく食べやすいし、適度な塩味が肉の旨味を引き立てている。

　他に銅貨五枚と少々割高な肉も売っていたが、あっちはこの串焼きよりも旨いというのか……？　……異世界恐るべし……！

「せやろ？　だから言うたやんか。オーク串焼きのうまさは万国共通。値段も安いし、王都民の貴重な栄養源やで！」

串焼きに舌鼓をうちながら幸せそうに頬張るユリは、上機嫌でそう話した。

シロも、物凄い勢いでがっついている……、のはいつものことか。

「はっはっは、串焼きは逃げねぇよ！　まあゆっくり食べな。ところで坊主、お前その様子じゃ王都は初めてなのか？」

健康的に日焼けし、緑色のつなぎを着用した金髪マッチョな串焼き屋台のおじさんが、気さくに話しかけてきた。

お……、俺ってそんなにお上りさんに見えたかな。

「は、はい、実はそうなんです。ちょっと父と一緒に王都に所用がありまして。私が住む領内とは何もかもが桁違いの規模で、さっきから驚いてばかりなんです」

「そうかそうか。俺も長いこと王都に住んでるが、ここには色んな奴らが集まって来るし、色んな珍しい物も入って来る。退屈することはないだろうから、ゆっくり観光していくといいぜ」

「はい、そうします！　早々にこんな美味しい食べ物にも出会えましたしね」

俺は満面の笑みでそう言った。

「なっはっはっは！　嬉しいこと言ってくれるねぇ。串焼き屋台屋冥利に尽きるってもんだぜ！……けどよ坊主、大きな街ってのはな、いい所もありゃ悪い所もある。そっちの嬢ちゃんは王都に住んで長ぇんだろ？　よく串焼き買ってくれるよな？　しっかり坊主を見てやるんだぜ？」

「はいはい、そんなんおっちゃんに言われんでもわかってますよ。ほな行こか、レイン君」

「はい。それでは失礼いたします。ご馳走様でした」

「あぁ、気ぃ付けてな！　また会うのを楽しみにしてるぜ‼」

いい気分で串焼き屋台を後にした俺たちに、マッチョ店主は遠くからも手を振ってくれている。

「あの屋台のおっちゃん時々見かけるねん。けっこう色んな場所で串焼き売っとるからな、見たらついつい買うてしまうねん」

成程ね。けど俺も安価でこんなにうまい串焼きが買えるなら、つい買っちゃうだろうな。

俺はユリのはしゃぐ声を聞きながら、ぼんやりといつぞやの紅の豚《オークキング》を思い出していた。

（……もしかして、あいつもちゃんと調理して食ったら美味しかったんだろうか……？　早々に焼き払ってしまって、もったいないことをしたかなぁ……？）

「参考までに聞きたいんですが、オークキングっていう種類の魔獣のお肉も美味しいんですか？」

「ブーッ‼　……オ……オークキングやて⁉」

ユリは盛大に串焼きを吹き出した。

うわぁ、きったねぇなぁ……。お、俺そんなに変なこと言ったか？

「国が総出で対応せなあかんレベルの魔獣やで⁉　そんな危ないもん出たら、うまいどころか、逆にこっちが喰われてウマウマされてしまうわ！　もう、変なこと言わんといてぇな。あぁ……、せっかくの串焼きが飛んでいってしもたやんか……」

ユリはしゃがみ込み、地面に落ちた串焼きを涙目で見つつ、これはあかんか……？　いやでも上の方だけやったら……などとブツブツつぶやいている。食うなよ？

（や、やっぱオークキングって危ない奴だったんだな……。ところでうちの森は大丈夫なのか？　オークキングどころか、もっとでかいドラゴンだって寝てたし……）

「ところでレイン君さ、今日どっか行きたい所があるって言うてなかったっけ？」

串焼きを諦め、立ち上がって歩きはじめたユリが俺に尋ねる。

「そうなんです。行きたい場所はたくさんあるんですけど……。ユリさんは『ガラテア』という名前の工房をご存知ですか？」

俺はワッツから聞かされていたガラテア工房について聞いてみた。

エルフ村への地下道の工事には、腕のいい職人をはじめ、かなりの労働力が必要になるからだ。

「おお？　ガラテアさんの所かいな。よう知っとるで？　うちの店もようさん物仕入れとるからなぁ。ラプトンの連中の脅しにもまったく動じひんかった所やし、供給ストップされとるうちの店にも、どんどん物を卸してくれたんもガラテアさんの工房やねん」

ユリは新しい串焼きを頬張りながら、嬉しそうに話した。

成程、これは思わぬラッキー！　ユリの店と付き合いがあるなら、話が早そうだ！

「そうなんですか。良心的な方の工房みたいでよかったです。色々心配して損しました」

俺は胸に手を当て、ほっと安堵した。

あのワッツから、喧嘩別れして飛び出して来たと聞かされていた工房だ。

漠然と荒くれ者のヤクザ集団みたいなのをイメージしていたのだが、悪い奴らになびかず、さらにユリの家とも付き合いがあるなら大丈夫そうだな。

「いやぁ、実はですね。うちの領内にワッツっていう鍛冶屋がいるんですが、そのガラテアさんって方と昔からの知り合いらしくって……」

俺が嬉々としてユリに説明しかけたその時だった。

ブブーッ‼

ワッツの名前を聞いた途端、ユリがまたもや盛大に串焼きを吹き出したのだ。

「わっ、わわわ⁉　ど、どうしたんですか……⁉」

「ワ、ワッツ……？　レイン君、今ワッツって言うた？　……それドワーフ鍛冶職人のワッツのことか……？」

ユリは両手で俺の両肩をガッシリと掴んだ。

口の周りを脂だらけにしながら、顔を近づけて話すのはやめてほしいのだが。

「そ、そうですが……。何か問題でも……？」

「あほ‼　問題も問題、大問題や！　ドワーフのワッツいうたら、かつてガラテアさんと一緒に、ここら一帯の腕のええ鍛冶職人をまとめ上げて、王都に技術革新をもたらしたっちゅう、その道では超の付く有名人やんか‼　ずっと前から行方不明って聞いとったけど……。そうか……、伝説の鍛冶職人はプラウドロード領におったんか……」

なな、なんですと⁉　あのワッツがそんなに有名人だったとは！

まあ腕は確かだと思うけど、ちょっとあのビールっ腹からは想像もつかんな……。

「まあでも、それは随分と前の話やし、うちも直接見てきたわけやないからなぁ。うーん……、けど困ったなぁ……。ワッツ……、ワッツ絡みの話かぁ……」

ユリは顎に手をやり、表情を硬くして考え込んだ。

こ、今度は何なんだ？

「……実はガラテアさんなぁ、普段は温厚でええ人なんやけど、ワッツっちゅう名前聞いた途端、我を忘れてブチ切れてまうことで有名なんやわぁ……。確か二、三年前も、まちごうてワッツの名前出した冒険者が、ボッコボコにされたっていう話、聞いたことあんねん。なんや金槌やら造りかけの剣やらがビュンビュン飛んできて、大怪我したとか何とか……」

うぇぇ、マジでぇ⁉　何がラッキーだよ、何が良心的な方だよ、間違えたよ！

ワッツの名前が出たくらいでボコボコにされるって何⁉　金槌や剣が飛んでくるって何⁉

名前どころか、むしろ俺けっこう仲いいよ⁉　何なら酒造りとかまで一緒にしてるし⁉

「うーん、どうしてもガラテアさんと話をせなあかんのやったら、ワッツの名前は出さんようにして……。うーん、でもガラテアさん曲がったこと嫌いやしなぁ……。下手うったら、し……」

不穏なつぶやきを残し、ユリはそのまま黙り込んでしまった。

し……ってなんだよ、し……って⁉　続きは何⁉　超怖えよ！

だが、ユリが思案に耽っていたその時だった。

唐突にユリの視界に、路地裏で佇む一人の男が映り込む。

傍目に見れば、ポケットに手を突っ込みながらタバコを吸う、ちょっと目つきの悪い普通の男で、目を逸らすことはあっても、特に誰も気にしたりはしないだろう。

だがユリは違った。商売柄、他人の顔を覚えることが得意だったユリは、しっかりと記憶していたのだ。ハイポーションを積んだ荷馬車が襲われた際、現場から逃げていった者の姿を。

「お前……！　見つけたでこらぁ！　こないだの奴やないかぁ‼」

「あぁん……？　……うあぁ⁉　お前はエチゼンヤの……⁉　や、やべぇ‼」

「こら！　待たんかい！　レイン君！　あいつや、あいつ！　うちらの馬車襲撃してきよった奴らの一人や‼」

（うーん、どうしようかなぁ……。なんとかワッツのことを黙ったまま協力してもらうことはできないだろうか？　いや、後でバレたらそれはそれでぶん殴られる恐れも……。ドワーフってことだし、お酒かなんかで釣って……）

その時、突然ユリが思案に耽っていた俺の両肩を掴むと、ぐわんぐわんとおもいっきり揺すってきたではないか。

な、なんだなんだ⁉

「ちょっとレイン君⁉　聞いとるんか⁉　うちらを襲撃した奴見つけたんや‼　ほら！　逃げられてしまうって‼」

「え、えぇ⁉　襲撃って、こないだの？」

俺が考え事をしてる間に、いつの間にやらユリが馬車襲撃犯を発見していたらしい。

「だから、さっきからそない言うとるやんか！　あぁ、もう姿が見えんくなってしもた……」

「そ、そうですか、すみません、つい考え事を……。でもそういうことなら大丈夫ですよ、多分」

俺はにこりと笑ってそう言った。

だって俺たちの側には、かなり食いしん坊だけど、とても優秀な警察犬がいるじゃないか！

「ねぇシロ？　今ユリさんが言ってた奴、匂いで追えるか？　ちゃんと見つけられたら、後でユリさんがご褒美に、すごく美味しい食べ物をたらふくご馳走してくれるぞ？」

「ワンワン！　ワンワン！」

シロは嬉しそうにユリの周りをぐるぐる回る。か、かわええな、シロよ……。

「も、もちろんや！　お金は使うべき時にパッと使わんとな！　シロちゃんが犯人見つけてくれたら、なんでも買うたるで!!　……ボソボソ……（安いやつな、安いやつ……）」

聞こえてるぞ、ケチん坊……。

「アッオ――ンッッ!!」

すごく美味しい食べ物という言葉にめちゃくちゃやる気を出したシロは、上機嫌で雄叫びを上げると、すぐさまその男が立っていた場所まで行き、くんくんと匂いを嗅ぎ回る。

するとその直後、耳をピン！　と立て、路地裏の方に向かって一目散に駆け出した。

（うお!?　物凄いスピード！　しょ、食欲はここまでシロの能力を底上げするのか！）

　シロが飛び出していって間もなく、少し離れた場所から男の情けない悲鳴が聞こえてきた。

「ぐぁぁ⁉　いて、いててててて！　やめろ、やめろって！　なんだこの犬……って、これ、犬⁉　……あいたたたたたた‼」

　俺とユリがシロの下へ駆けつけると、大通りから二本ほど筋を挟んだ路地裏において、先ほどユリが見つけた男が、完全にシロに押さえ込まれている状態だった。

「おお、よくやった！　えらいぞ、シロ‼」

「すごいな、シロちゃん！　ほんまありがとうやで！」

「くそっ！　放せ、放せよ……！　う、動かねぇ……。何て馬鹿力だよ……、くそが！」

　男はなおも必死に抵抗を続けるが、立ち上がってくる気配はない。

　完全にシロにマウントを取られ、がっちり押さえ込まれていたからだ。

「キャンキャン！　クゥンクゥン！」

　シロはというと、駆けつけた俺に大喜びで頭を擦り付けてくる。

　いやん、かわいい奴め！

「ん？　どうしたシロ……？　なになに……？　オークの串焼きがたくさん食べたい……？　うんうん……、さっきのやつより高いお肉がいいのか？　う～ん、仕方ないなぁ……。えっ⁉　あと、自分はプラウドロード家でお世話になっているから、ユリのお金でレイン君の分も買ってあげてほしい、だって⁉　……な……なんて飼い主想いなんだ、お前って奴は！」

　俺はニヤニヤしながらユリの方を見ると、ユリが大きくため息をつく。

「はいはい、わかりましたよ。せっかく犯人捕まえてくれたんやし、それぐらいはご馳走させてもらいます。せやけど、あんまり活躍してへんレイン君の串焼きは普通の値段のやつやからね」

ぃよし、串焼きゲ～ット！

最初に高い値段をふっかければ、普通の値段の串焼き程度は買ってもらえると思ったぜ、ぷぷぷ。最初に値を釣り上げて後で落とすのは詐欺の常套手段だけど、騙したわけじゃないからね？

「ありがとうな。シロちゃんには奮発して、ええの買うたるからな！」

さて……、問題はシロの下でぐったりしてるお兄ちゃんのことだけど……。

「あのぅ、お兄さん、大丈夫ですか？　ちょっとお伺いしたいんですが、先日ユリさんの馬車を襲撃したのは、あなたで間違いないですか？」

俺はシロの下で仰向けの姿勢で転がっている男に質問してみた。

「……」

男は恨みがましく俺を見ているものの、言葉を発しようとはしない。

「ふむ、話す気はない、と……」

「こら、あんた！　男やったらきっちり自分のしたことにケジメつけんかいな！　うちに対して最初になんか言うことあるんちゃうんかい⁉」

ユリは俺の前に出ると、ぷんぷん怒りながら男に詰め寄る。

だが男はユリを見るやニヤリと笑うと、突然声を上げはじめた。

「ははは！　バカどもが！　ここが何処かわかってんのか⁉」

ザザ……、ザザザザ……。

（ん……？　何かいる……？　しかもけっこうな数……？）

俺とユリを取り囲むように、たくさんの足音が徐々に近づいてくる。

「え……？　あっ!?　しもた！　……ここは……!!」

ユリはハッとして青い顔をしながら、キョロキョロと辺りを見回した。

「レイン君、ごめんやで……。うち、こいつ追っかけんのに必死で全然気ぃ付いてなかった……。ここは一般の者は絶対に足を踏み入れたらあかん所や……。通称『暗闇の町』って呼ばれとる場所……、スラム地区や！」

「スラム……、ですか？」

俺は周りの景色を見渡した。確かに付近の建物はボロボロで、今にも倒壊しそうなものが多数。また、そこら中に簡易テントのような物も張られており、そこには生活用品や粗末な寝具等が無造作に置かれていて、多くの人々が路上生活を余儀なくされている様子が窺える。

さらには道路の至る所にゴミが散乱しているし、なんかちょっと臭い……。

成程スラムというだけあって、お世辞にも衛生的な生活をしているとは言えなさそうだ。

（……スラム街って、わざわざ危険地域に行ってクレイジーな旅をする深夜番組とかでよく見てたけど、実際はテレビで見るよりも、さらに酷いもんなんだな……）

そんなことを考えているうちに、俺たちはあっという間にたくさんのスラムの住人たちに取り囲まれていた。

ガリガリに痩せ細った身体で、ボロボロの服を着用し、見るからに不健康な者。

空き瓶を手に持ちながら、昼間っから酒の臭いをぷんぷんさせている奴。

他にも耳や目を失っていたり、中には片腕や片脚の者までいる。

ある者は眼光鋭く俺やユリをのことを睨みつけ、またある者はヘラヘラと薄ら笑いを浮かべている。しかしその全員に共通しているのは、俺たちを異分子……、つまり、完全な敵とみなしているということだろう。

もちろんそれぞれの手には、角材や長い棒だけでなく包丁から古い鍋まで、色んな物が凶器として握られている。

「おらっ！　このでかい犬をどけやがれ！　でないと痛い目を見ることになるぜ……？」

シロの下の男が、ニヤニヤしながら再び声を上げた。

「え？　ダメに決まってるじゃないですか」

俺は首をかしげながら男にそう言った。

「な、何ぃ……!?　お前、周りをよく見ろよ……！　自分たちの立場がわかってねぇのか!?」

ジリ……、ジリジリ……。

にじり寄って来るスラムの住人たち。

場が殺気に満ちていき、まさに一触即発の状態に。

俺は再び周りに目をやった。

人、人、人、そして人……。そう、俺たちを取り囲んでいるのはたくさんの人なのだ。

だが俺は、ユリと俺とを取り囲む多くの人々を見ているうちに、ふと頭の中に一つのアイデアが浮かんできた。

人材不足……、人件費……、需要と供給など、俺の脳内に散らばっていた単語が、名作に出てくる名探偵の如く、ピュイン！　と音を立ててつながったかのようだ。

「ねぇ、ユリさん！　僕ったらすごくいいことを思い付いちゃったんですけど！」

俺は爽やか笑顔のつもりで、ゆっくりとユリの方へ振り向いた。

「うわ⁉　なんやその悪そうな笑顔……。怖いし明らかにロクなことちゃうやろ⁉」

ユリはそう言って身構えると、後退りする。

（ふっふっふっ……。俺、みんながｗｉｎｗｉｎになるいいこと思い付いたもんね～！）

俺はそんなことを考えながら、身体の中で急速に魔力を練り込むとともに、周りにいる人間たちに告げる。

「皆さん、ご足労いただいて大変申し訳ないのですが、僕たちはこの方に少々お聞きしたいことがあるんです。しかしながら、ここで皆さんに大人しく帰っていただくようお願いしてもなかなか聞いていただくことは難しいかと。ですので……」

俺はそう言ってにっこり笑うと、身体の中で練り込んでいた魔力を軽く解放・放出した。

そう、ほんの軽い威圧を、俺たちを取り囲む人たちに向けて飛ばしたのだ。

「うっ……⁉」

「ひっ……⁉」

すると次の瞬間、俺の威圧を受けた人たちは、次々に小さな悲鳴やうめき声を上げたかと思うと、バタバタと倒れてしまった。

「そ、そんな……ばかな……。一瞬……、だと……？」

うちのシロにがっちりと押さえ込まれたままの男は、首だけを器用に動かしながら、眼前の光景が信じられないとばかりに、目を見開いていた。

「レ、レイン君……。やっぱ君て、すごいんやなぁ……」

ユリは唖然としながらも、胸に手を当ててほっとした様子だ。

まあ、元々棒や鍋や角材などを持ってただけの、ただの一般ピーポーだしね。

軽い無属性魔力での威圧に、まとめてコロリンしてしまったというわけだ。

「どうです？　そろそろちゃんとお話ししていただけそうですか？」

俺はシロの下にいる男に対し、再び笑顔で話し掛けた。

シロは既に飽きたのか、男の上ですやすやと寝息を立てて爆睡してしまっている。

シロのお口から流れ出たよだれが男の顔をベトベトに濡らしているが、串焼きの夢でも見ているのだろうか。

「くそっ……、ぺっ、ぺっ！　な、何なんだよお前⁉　魔法使いだったのか……？　け、けどよ……。へっへっへっ……。勝ったと思うのは、ちょこっと早いんじゃねえか……？」

男はまだ諦めていない様子で不敵な笑みを浮かべると、スラムの奥へと視線を送る。

するとそこへ、遠くから足音が聞こえてきた。

カツ……、カツ……、カツ……。

やがて姿を現した足音の主に、俺は少し驚いた。

俺たちの下へ現れたのは、スラリとした細身で長身の女性だったのだ。

身長は一八〇センチぐらいで、大胆に前を開けた真っ黒いコートに、これまた黒色のズボンを着用し、腰まで届こうかという紫色の髪を後ろで一つに束ねている。

また右足が不自由なのか杖をついており、加えてその左目については眼帯が施されていた。

「一体何の騒ぎだい？　おちおち昼寝もできやしないじゃないか……」

女性は後頭部をポリポリと掻きつつ、辺りを見回しながら顔を顰めた。

「あ！　あいつは……！　レイン君、あいつが……、あの女がスーケを怪我させた張本人や！　そんであん時、他の奴らに色々と指示出しとった元締めみたいなんもあいつやねん‼」

ユリはスラムの奥から姿を現した女性を指差すと、恨みがましく言った。

「お、お頭！　面目ねぇ……。こいつらエチゼンヤ商会の奴らで……。お、俺ぁこのやたらでっけえ犬に捕まっちまって……。うわっ、口ん中によだれが……！　ぺっぺっ！」

お頭と呼ばれた女性は、シロの下から叫ぶ男を一瞥するとシロの方を見た。

「成程……。こりゃあんたたちの手には余るだろうねぇ……。ふふふ……、あんたの上の白くてかわいい奴、少なくとも犬じゃあないだろうさ。ま、フォレストウルフにしちゃあ、ちと大きい気もするけどねぇ……？」

女性はシロから視線を外すと、今度は俺たちの方へと向き直った。

「小さいボクのことは知らないけど、あんたはこないだのユリ・エチゼンヤだね？　ふっ、先日はどうも。あの時のポーション、なかなかいい品物だったよ」

俺はまたも驚いた。目の前の女性はいとも簡単に、エチゼンヤ商会の荷馬車襲撃を認めたのだ。にっこりとユリに笑いかけているあたり、まったく悪びれた様子はないが。

「う、うちらを襲ったこと認めるんやな……⁉　ほなら話は早いわ。まずはこないだの件、きっちり詫び入れてもらおか！　こっちは怪我人まで出とるんやさかいな‼」

ユリはそう啖呵を切ると、おもいきり相手の女性を睨みつけた。

だが次の瞬間、ユリは一転して真っ青な顔になると、その場で驚きすくみあがった。

「……ひうっ……⁉」

それもそのはず。目の前の女性が、俺たちに対して殺気を込めた威圧を飛ばしてきたからだ。

「……おやぁ……？　そっちのボクは平気なのかい？　ふむぅ、となると……、こっちのかわいらしい魔獣の飼主さんは、ボクの方だったってとこかねぇ？」

女性は笑顔で俺に話し掛けてくる。

「えぇ、おっしゃるとおりです」

俺が頷いてそう答えると、女性はゆっくりと周りを見渡して倒れているスラムの住人たちへ目をやり、そのままニヤリと笑った。

「……見事なもんだねぇ。全員気を失ってはいるものの、誰も怪我一つしてないみたいじゃないか。そっちの魔獣の力かい？　……ところで、今日はこんな場所へ何をしに来たんだい？　その嬢ちゃんの言うとおり、アタシらんとこにお礼参りにでも来たのかねぇ？」

「……申し訳ありません。その話をする前に、どうかユリさんを威圧しないでもらえないでしょうか？　とても辛そうですので……」

ユリは顔を青くしたまま立ちすくみ、苦しそうに息を荒くしている。

この状態が延々と続けば、気を失ってしまうかもしれない。

「あん？　最初に絡んできたのはそっちじゃなかったかい？　まあどうしてもってんなら、別に止めてやってもいいけどねぇ？　……けど、もし嫌だと言ったら、ボクはどうするんだい？」

女性がニヤニヤと笑いながらそう言った瞬間、俺はサッとユリの前に出ると、身体の中に練り込んでいた魔力に強く殺気を込め、今度は俺の方から対峙する女性に強烈な威圧を飛ばした。

「なっ、何っ……!?」

女性は危険を察知したのか、咄嗟に半身になると俺に向かって身構える。

杖をついている割には、かなり素早い身のこなしだ。戦い慣れいているのだろうか？

「ぷはっ！　はぁ……、はぁ……、ふぅ～……。す、すまんレイン君。何や知らんけど、めちゃくちゃ身体が軽なったわ……！」

俺が相手の威圧を吹き飛ばしたため、ユリは楽になったのだろう。

「は、ははは……！　どうやらあんた、ただのボクじゃないみたいだねぇ……？　この強烈な圧……、まるで凶悪な魔獣と対峙してるようなこんな感覚は、久方ぶりだよ……」

女性は口角を歪め、ニヤリと笑った。

おい、誰が凶悪な魔獣だ。

「あっ！　そういえばまだ自己紹介をしていませんでしたね。はじめまして！　僕はレインフォード・プラウドロードと申します。プラウドロード男爵家の長男です」

ちょっと一触即発の殺伐とした空気になってしまったので、俺は場の雰囲気を変えるべく、軽く自己紹介をした後、ペコリと頭を下げた。

その様子に女性は表情を一転させ、目を丸くする。

「……どういうつもりだい？　お貴族様がスラムの住人に頭を下げるなんて……」

女性は訝しげに俺を見ながらそう言った。

先ほどと打って変わって、その目には明らかな警戒の色が浮かんでいる。

んん？　よくわからんが、挨拶ぐらいはするでしょ？　ビジネスでは基本中の基本じゃん！

「礼儀として、相手の方にご挨拶をするのは当然のことだと思いますが？」

女性は俺の言葉に一層驚いたのか、大きく目を見開いた。

そんな様子を見たユリが、さっきのお返しとばかりにニヤリと笑った。

「あんたもな、そこんとこはあんま気にせん方がええで？　うちもまだ付き合いは浅いけど、そこのレイン君は、ええ意味でちょっと普通とちゃう感じやからなぁ」

「ふっ……。そうみたいだねぇ……」

魔獣の次は変人扱い？　そこで意気投合するのはやめていただきたい。

「さて。今日ここに来た理由でしたよね。単刀直入にお伺いしたいんですが、あなたを含めたこのスラムの皆さん全員、エチゼンヤ商会で働いてみませんか？」

　俺は真っ直ぐに女性の目を見つめながら、そう問い掛けた。

「……なっ、何だってぇ!?」

　俺の言葉を聞いた途端、相手の女性は深く困惑し、三度目を見開いて俺を凝視した。

どうやら俺の突然の申し出に思考が追いついていないらしい。

「ほらほら、聞いた？　ちょいちょい変なこと言うやろ？　全員まとめてうちの商会で働かへんかって……えええ!?　ちょっ、えええええ!?　いきなり何言うとんねん!?　レイン君!?」

　盛大に驚くユリだが、俺は全然気にしない。

「いやほら、これからエチゼンヤ商会でうちの特産品を売ってもらうには、まずプラウドロード領からここまで物資を運んでもらわないといけませんし、その他にもうちの領内では住宅の建築や道路の舗装など、やらなければならない仕事が山積みなんですよ。人材は人財とも言いますし、人手はいくらあってもいいじゃないですか」

「あ、後の方は、あんまエチゼンヤは関係ない気がするけど……。せ、せやかてあんた、そもそもあいつはうちの荷馬車を襲撃した犯人やで!?　そこらでねんねしとるその他大勢はさておき、少なくとも主犯格は詫び入れさして、お上に突き出さなあかんやろ!?」

　ユリが俺の顔の前で必死に捲し立てる。……近い、顔が近いから。

「ふっ……。ここで捕まえて役人に突き出したところで、おそらく例のピケット侯爵辺りにうまく口封じされるのがオチですよ」

ピクッ……。

ピケット侯爵という名前に、女性が眉を上げて反応する。

同時にユリもハッとした表情を浮かべた。

「……もちろん、ユリさんが彼らを許せない気持ちはすごくよくわかります。けれど僕としては、背後関係の手掛かりとなる大切な証人を、むざむざと殺させてしまうような事態は避けたい。彼女はきっと、ヴィンセント様の件に関しても切札になると思うんですよね」

ユリはゆっくりと俺から離れると、その場で俯き、唇を噛みしめながら拳を強く握り込む。

感情のやり場に困っているのだろう。

俺だって悪質な強盗犯をおいそれと許すことはできない。けれどその実、彼女はライアン公爵絡みのハイポーション案件に深く関わっている。いや、関わりすぎてしまっている。

役人に突き出したとしても、おそらく公《おおやけ》に裁かれる前に、病死なり事故死なりの不審死を遂げる可能性が極めて高い。

ピケットという人間は、侯爵という特権階級であると同時に、他人を貶めるためなら悪魔まで召喚するような、いわゆる腐れ外道だ。口封じのためなら、大喜びで悪辣な方法を選択するはずだ。

（……ユリは賢い。頭ではそれをわかっていても、感情として納得できないんだろうな……）

だがしばらくするとユリは大きくため息をつき、諦めたように口を開いた。

「……はぁ。確かにレイン君の言うとおりかもしれんな……。……けど、けどやで！　うちは許したわけやないからね⁉　どんな形でも、詫びだけはきっちり入れさせるからな！」

「わかりました、ありがとうございます。……あっ、でもねユリさん……。相手もユリさんに対しては負い目があるはずだから、うまくすれば人件費はかなり安く済むんじゃないですか？」

俺がユリの耳元でそう囁くと、その表情がパッと明るくなり、うんうんと頷く。

「おお……！　それもそやね！　レイン君特製ポーションの件とかが軌道に乗ったら、十分元は取れそうやし、頭数が多い方が、後で色々手広くできるしな⁉」

ユリは思考をサッと切り替えると、ブツブツ言いながら今後の展望を描きはじめた。

上手く丸め込むことができて一安心したところで、俺は女性の方へと視線を戻す。

「さてと。ユリさんも快く承諾してくれましたし、どうです？　あらためてエチゼンヤ商会で働いてみませんか？」

快くではあらへんからな！　という後ろからの念押しは無視だ。

「……あんたら一体何を企んでんだい……？　切札……？　荷運び……？　使い捨てのアタシらに、死体や禁制品でも運搬させようって腹かい……？」

疑念に満ちた目で女性はそう言った。

うおい！　何わけわからんこと言ってくれちゃってんの⁉

「ちょ……、人聞きの悪いことを言わないでくださいよ。業務内容は、プラウドロード領からこの王都を含めた各所への野菜や果物等の運搬と、その他はうちの領内の公共工事ですよ。待遇は応相談ですね」

俺は右手の人差し指と親指で輪っかを作ると、笑顔でそう言った。だが。

「はんっ！　お断りさ！　てめえらお貴族様の甘言に乗って痛い目を見るのは、いつもアタシらのような底辺の人間ばかりだからねぇ」

「ピケット侯爵のように……、ですか？」

「……！」

俺の言葉に、女性は一瞬ハッとした後、鋭い目で俺を睨みつけた。

そう、この女性は何らかの形で確実にピケットとつながっている。さっきユリとの会話の中で俺がその名前を出した時、しっかり反応していたからな。

「お伺いしたいんですが、ピケット侯爵という人と何か個人的な関係でもあるんですか？」

「個人的な関係だって⁉　あぁ、あるとも、大ありさ！　今のアタシが生きる目的は唯一つ……、ピケットの野郎の息の根をこの手で止めることだからねぇ‼」

「……⁉」

俺の言葉を聞いた女性は凄まじい殺気を発しながら、今にも喉笛に噛みついて来そうな勢いでそう叫んだ。

（ピケットの息の根を止めるときたか……。こりゃ何か根深い理由がありそうだな……）

「ふんっ……。一体何だって顔をしてるねぇ。いいさ、話してやるよ。特にそっちの嬢ちゃんには怪我までさせちまったからねぇ」

女性は静かにそう言うと、一旦戦闘態勢を解除し、ポツリポツリと話しはじめた。

「まずアタシの名はイザベル。随分と前の話だが、かつて仲間たちと冒険者稼業をしながら、気ままにその日暮らしを楽しんでた根なし草さ……」

　女性がイザベルと名乗った瞬間、ユリが後ろで驚きの声を上げる。

「イ、イザベルて……!? もしかしてあの英雄冒険者イザベルか!? 体術と火の魔法では他に並ぶものなしと謳われ、この世界に点在する数々のダンジョンを踏破したっちゅう……」

「ははは、あんたみたいな若い子にも名前が売れてたとは、光栄だねぇ。……ま、それも昔の話だけど……」

（ダンジョン……。数多くの罠や恐ろしい魔獣たちが住むと言われる巨大な迷宮……。その分、ダンジョンの中は金銀財宝に溢れていると聞いたことはあるが……）

「へぇ～。その英雄冒険者様がなぜスラム地区に？ 冒険者稼業は廃業したんですか？」

　俺はイザベルと名乗った女性の顔に装着された眼帯や、不自由な右脚に目をやった。

「さぁ、うちもそこまでは……。せやけどおとんから聞いた話やと、どっかの深～いダンジョンで行方不明になったとか、そこで死んでしもたとか……、そんな話やったけど……」

「ははは……。ま、似たようなもんさね」

　ユリの言葉にイザベルは小さく笑って肩をすくめた。

「……ある日の夕暮れだったよ。突然仲間の数人が、凶悪で有名なダンジョンに潜ると言い出してね……。何でいきなりそんな無茶を言い出したのかはわからなかったが、当時パーティーのリーダーを務めていたアタシは必死に反対したよ。難攻不落で有名だったそこは、何の準備もなしに攻略できる見込みはほぼゼロだったからねぇ」

イザベルは自嘲気味に笑いながら、遠い目をして続ける。

「……けど、いくら止めようがぶん殴ろうが、ソイツらは一向に聞く耳を持ちやしなかった。それればかりか、アタシらを殺してでも行くとまで抜かしやがってね……。大の男たちがそこまで言うなら仕方ない、仲間同士でやり合うくらいなら……、と潜らざるを得なくなったんだよ……」

「……何やちょっとしっくりこうへん話やな？　パーティーの仲は別に悪なかったんやろ？　それは成功が続いたから、もっとガンガン行けるやろいうて欲が出てしもたっちゅう話か……？」

「……ふっ。そうだったとしたら、アタシももっとマシな人生を歩んでたんだろうけどねぇ……」

イザベルはそう答えた後、ふと小さく何かをつぶやくと、自分の右の手の平の上に小さな炎を数個灯した。どうやら小さな火の魔法を行使したらしい。

それらの炎はイザベルの手の平でゆらゆらと揺らめき、紅い光を放っている。

「……もちろん、結果は惨憺たるもんだったよ……。そこは噂に違わぬ恐ろしい場所でね。まず、パーティーのムードメーカーだったシーフが脱出不能の酷い罠に嵌って死んだ。次いで頼れる兄貴分だった戦士が、凶悪な魔獣からアタシたちを逃がすために喰われちまった。……一人、また一人と命を落としていった挙句、あえなくパーティーは全滅……。その結果、リーダーだったアタシ一人だけが、無様に生き残っちまったってわけさ……」

「……」

イザベルの手の平で燃えていた小さな火の玉は、その言葉に合わせて一つ、また一つと消えていき、最後には全て消失してしまった。

だが一番最後の小さな炎だけは、一度消えたかと思うと、再び弱々しく揺らめきはじめる。

「いっそそのままおっちんでりゃ、どんだけ楽だったか……。けどねぇ、運命ってのは残酷さ……。瀕死の重傷を負ったアタシは、当時よくしてくれた冒険者仲間から聞いちまったんだ、この惨劇の真実を……。なぜ経験豊富で気のいい仲間たちが、突然危険なダンジョンに潜るなんて無茶を言い出したのかをね……」

遠くを見ていたイザベルの目が、徐々に仄暗い怨嗟の炎に支配されていく。

そして次の瞬間、イザベルは自らの手の上で燃えていた炎を握り潰して消した。

「もしかして、その原因が……」

俺がそう問うと同時に、ユリがゴクリと唾を飲み込む音が聞こえる。

「そう、全てピケットの野郎の差し金だったのさ……！」

「……！」

「奴は、当時破竹の勢いでダンジョンを攻略していたアタシらに目を付けたらしくてね……。自分の子飼いにして多額の上前をはねようって腹さ。もちろん満場一致でソッコー断ったけどね。貴族の奴らなんかに従う理由はなかったし、元々黒い噂の多い野郎だったからねぇ。けど……」

「けど……？」

イザベルの目つきが一層厳しいものへと変わる。

「あのクソ野郎はアタシらから手を引くどころか、袖にされたことに大層憤慨したらしく、仲間の家族や恋人を人質にして、件のダンジョンに潜るよう強要したんだよ……。ご丁寧に踏破できなければ人質の命はないというおまけ付きでね」

「そ、そんなん無茶苦茶やんか⁉　人質⁉　命はない⁉　誰がどう考えてもおかしいやろ、そんなん‼　ピケットっちゅう奴はそこまでして何がしたかってん⁉」

　俺が言おうとしたことを、そっくりそのままユリは代弁してくれた。だが俺たちがイザベルの口から聞かされた言葉は、予想の斜め上をいくものだった。

「理由……？　はっ！　そこに理由なんて何もありゃしないさ！　奴は自分に従わなかった気に入らない冒険者パーティーを消し去るために、そうしただけだよ。……他の冒険者たちへのいい見せしにもなるしね……」

「見せしめ……、ですって……？　そ、そんなバカな話……」

「全て調べたさ、間違いはないよ。そして誓ったんだ。アタシの残りの人生、全てを賭けてでもピケットの野郎に復讐してやると。そして無念のうちに死んでいった仲間と、人質にされていた人たちの墓標に、必ずその首を添えてやるとね……」

「ま、まさか人質に取られとった人らまで……？」

「……当然さ。ピケットの野郎は、自分より立場が上の貴族以外の人間は虫ケラとしか思っちゃいないんだよ。そんな奴がわざわざ人質を生かして帰すと思うのかい？」

　俺は絶句した。意味もなく人を殺すなどということが想像もできなかったし、そんなことが平然とまかり通っていたのかと思うと、抑えきれない怒りがこみ上げてくる。

「……アタシを含め、パーティーがダンジョンで全滅したって噂が流れたのは都合がよかった。自分が死んだことになってりゃ、さすがにピケットの奴も追ってこないからねぇ。もちろん、このとおり身体に後遺症は残ったが、アタシは密かにこのスラムに入り、奴に近づく機会をずっと窺っていたのさ。そして今回、やっとそのチャンスが巡ってきた……！」

　その言葉を聞いたユリは、ハッとしてイザベルを見た。

「……それが、うちらのハイポーションやったんか……！」

「あぁ、そうさ。なぜだか知らねえが、ピケットの野郎がポーションやハイポーションばかりを買い占めてるっていう情報が入ってね……。奴の子飼いであるラプトン商会に密かに接触し、ハイポーションを収集する依頼を受けたってわけさ。ま、あっちも出自のわからないスラムの人間の方が、都合がよかっただろうしね……？」

「成程……。そして、そのハイポーションを受け渡す際に……」

「……あぁ。そこで必ず奴を殺す。たとえ差し違えたとしてもね……」

　スラムの中を生温かい風が吹き抜ける。

　一とおり話し終えたイザベルは、少々疲れたのか、大きくため息をついた。

「……アタシの話はここまでさ。ふぅ、長々と昔話をして疲れちまった……。あんたらがこのまま黙ってここから立ち去るってんなら、見逃してやるよ。けどアタシの復讐を邪魔立てしようってんなら、あんたの飼ってる魔獣と一緒に、全員ここで消し炭になってもらうよ……？」

イザベルはそうつぶやくと、再び半身に構え、いつでも魔法を行使して俺たちを攻撃できる態勢をとる。

「さぁ、どうするんだい？　無傷で帰るか、丸焼きになって死ぬか、至極簡単な選択に思えるけどねぇ？　あぁ、それともナニか？　それでもまだこのアタシを雇いたいってのかい？　言っとくが、たとえそうでもアタシは復讐を止めるつもりはないよ？　こんなリスクしかない爆弾みてぇなアタシを雇いたいってんなら、タダでも何でも喜んで働いてやろうじゃないのさ！　あっはっはっはっ！」

イザベルはふんぞり返ると、皮肉を込めるように大声で笑った。

貴族に対する復讐心を持った自分など、危険すぎて抱え込むわけがないと高を括っているのだろう。だが、そんなことで折れるレイン君ではないのだ！

「おぉ！　本当にタダでいいんですか⁉　やったぁ‼　んじゃ、採用で」

「はっはっはっは……、はぁあ⁉」

にっこり笑って、こともなげにそう言った俺を見ながら、イザベルは顎が外れそうなほど大きく口を開けて驚いている。

「あぁ、すみません。あいにく今は契約書などは持っていませんので、後ほど持参しますね。あ、でもまあ、さすがにタダというのはちょっとアレですので、待遇は応相談ということで……」

「い、いやいやいやいや、待て待て、ちょっと待ちなよ。そういう問題じゃない。ア、アタシの話を聞いてなかったのかい？　……というか、あんた本当にこのアタシや他のスラムの奴らを雇うつもりなのかい？」

「……？　そうですが、何か問題でも？」

「バカなのかい……？　他の奴らはさておき、アタシは貴族に対する復讐を企てているんだよ⁉　さっきも言ったとおり、それを止めるつもりもないねぇ‼　そんなアタシがいりゃあ、エチゼンヤ商会だってただじゃ済まないんだよ⁉」

　イザベルは信じられない、といった表情で、ユリと俺とを交互に見ながら捲し立てた。

「復讐……？　けっこうじゃないですか」

「……な、なんだってぇ？」

「ここに来る前に諸事情ありましてね。僕もピケット侯爵には、かなりムカついてるんですよ」

　イザベルの話を聞きながら、俺はヴィンセントやライアン公爵のことが頭の中で重なり、はらわたが煮えくりかえるような怒りを抱いていた。そんな身勝手な振る舞いをするクズを放っておくわけにはいかない。

　……万が一俺の家族にまでそんな汚い手を伸ばしやがったら、この大陸そのものを消しちゃいそうになるしね！

「……けど、おそらく今のままじゃ、あなたの復讐は失敗するでしょうけどね」

「……！」

　俺の言葉に、ユリは思わず俺の方を見た。

「な、何で？　ピケットにポーションを渡す時に一発かましたったらそれで終わりちゃうん？」

「ふむ、そんな単純な話じゃありませんよ。そもそもポーションを受け渡すに際しても、わざわざ貴族であるピケット本人が出てくるとは思えません。仮に姿を見せたとしても、きっと多くの屈強な者たちに護衛させていると考えるのが普通でしょう?」

「成程……。確かにそらそうやわな。えっ、でもちょっと待ってよ。ほならイザベルさんは……」

「そう。そこなんですよユリさん。おそらくイザベルさんは、最初からそのつもりだったんです」

「ちょっ……、それってまさか……!」

　ユリはふとイザベルの方を見ると、イザベルは俯いたまま、視線を地面へと落としていた。

「ちっこいボクは何でもお見通しだねぇ……。だがもちろん、ただで死ぬつもりはないさ。アタシの持てる魔力を全て解き放ち、最低でもあの野郎だけは道連れにしてやるつもりだよ……」

「……だから、それがそもそも間違いだと言ってるんです。仮に復讐を遂げたとしても、そこにイザベルさんの人生がカウントされてないじゃないですか」

　イザベルは一瞬驚いた表情で俺を見たが、やがて寂しそうに小さく笑った。

「ふっ……、アタシみてぇな奴が、今さらどうなるってんだい?　英雄だなんだともてはやされても、結局何一つ守ることもできなかった。今では毎晩、悪夢にうなされる始末さ……。あの日死んだ仲間たちがアタシを取り囲んで言うんだよ……、『なぜお前だけが生き残った……、お前のせいだ……!　お前もさっさと死ねぇ!!』ってねぇ……」

「……あんた……」

ユリが憐れみの目でじっとイザベルを見つめる。

おそらくユリの中では、もうイザベルを責める気持ちはないのだろう。それどころか、ピケットによって人生を狂わされてしまったことに対する同情の方が大きいのではなかろうか。

（……身体は元より、心の方も傷は深い、か……）

おそらくイザベルは、『自分だけが生き残ってしまった』という事実に向き合うことができず、半ば自暴自棄になっているのだろう。だが、かつて英雄冒険者とまで謳われたという才能ある人間がこんな場所で朽ち果てていくのはあまりに惜しい……。しかもクズのような貴族のせいで。

（……仕方ない、ここは劇団レイン君として一芝居打つか……。さて、どうなることやら……）

そう考えた俺は、首をかしげて腕を組みながら口を開いた。

「……悪夢、ですかぁ。かつての仲間たちが夢の中であなたに死ねと……？　ふーむ……、けれど、亡くなった方たちは本当にそう思ってらっしゃるんでしょうか？」

「……？」

イザベルは、俺が発した『仲間』という言葉にすぐさま反応した。

やはりキーワードはそこか。

俺はあえて挑発するような口調で、さらにイザベルへ辛辣な言葉を投げかける。

「……というか、正直それって、イザベルさんのただの思い込みじゃないです？」

「あん……？　何だって……？」

途端にイザベルの目が鋭くなる。

「あなたの話を聞く限り、最期はどうあれ、とても信頼し合った仲間たちだったのでしょう？　そんな方々が、かつての仲間に対し、死ねだの何だのという口汚いことを言うでしょうか？　どうも僕としては、仲間たちがイザベルさんを責めるというよりも……」

小刻みに震えながら俺を睨みつけるイザベルの表情が、みるみる険しくなってゆく。

「……罪悪感に押し潰されないよう、弱いあなた自身が、仲間たちを悪霊に仕立て上げている気がしてなりませんけどねぇ」

イザベルはきつく歯を食いしばると、その瞳に暗い光を宿しながら、再び強烈な殺気を込めて俺を威圧する。

「このガキィ……。言わせておけば知った風な口を……！　お前に何がわかるってんだい……！」

「ははは、悔しいですか？　けど今のあなたじゃ、そのガキにすら勝てませんよ？　その程度の威圧、僕にとっては麗らかな春の涼風のようです。さっきも簡単に跳ね返せましたし？」

俺は片手でパタパタと風を送るような仕草をした。

「ちょ……、レイン君……？　あんた急にどないしたん……？　そないなこと言うたら……」

ユリが心配そうな顔で俺をたしなめるが、気にしない。

従業員（正式な契約はまだだけど）の心のケアも、雇用主の大事な仕事だからね！

「クソガキィ……！　この身体さえ自由に動けば、お前みたいなガキなんぞ……！」

「『身体が自由に動けば……？』ふふふ……、イザベルさん。僕はその言葉を待っていました。その身体さえ動けば、あなたは僕を木っ端微塵にできるんですね？」

「ったりまえだろ！　こんな身体でさえなけりゃ……！」

「オーケーです。ではおもいっきり、かかってきてください。色々思う所もあるでしょうが、今だけは何かも忘れて、思いっきり、ね？」

俺はゆっくりと右手を上げると、手の平をイザベルの方へと向ける。

「な……、何のつもりだい⁉」

イザベルは咄嗟に臨戦態勢を取り警戒の色を濃くするが、俺はその質問に答えず、急速に身体に練り込んだ光の魔力を右手に集中させると、そのままイザベルに向かって放った。

「――っ⁉」

その瞬間、神々しくさえ見えるであろう真っ白な光がイザベルを優しく、そして温かく包み込んでいく。

そう、俺が行使したのは光の治癒魔法なのだ。

「なっ……⁉　こ、これはまさか治癒の魔力……⁉　そ、そんなバカな……」

自身を包み込む白く輝く光に驚くイザベルを置き去りにして、やがて光は静かに消え去った。

そして……。

カランカラン……！

イザベルは右手に持っていた杖を取り落とすと、小さくつぶやく。

「ア、アタシの……、身体が……。動かなかった脚が……。あっ⁉」

ガバッ！

ハッとしたイザベルは、まるで毟り取るように、勢いよく左目の眼帯を解いた。

「は、ははは……。う、嘘だろ……？　これは夢なのかい……？　脚だけじゃなく、潰されちまったアタシの目まで治ってるじゃないか……」

俺はイザベルの目から流れ落ちる一筋の涙を見逃さなかった。

（ふむ、これで身体は大丈夫そうだな。あとは心の方だが……）

「……さて、イザベルさん。身体の調子はどうです？　一応元気りんりんになるように治したつもりですが、どこか不具合はありますか？」

俺がにこにこしながらそう話すと、イザベルは再びハッとして険しい表情に戻る。

「あ、あんた……、光属性の治癒魔法が使えたのかい……？　しかもアタシの身体を完璧に復元しちまうとは、これはちょっと尋常じゃないねぇ……？」

「それはどうでしょう？　僕はただのしがない貧乏貴族の長男坊ですよ。……ところで、そろそろどうです？　身体さえ治れば、僕のことを木っ端微塵の挽肉にしてむしゃむしゃ食べることができるとおっしゃってたでしょう？」

「そ、そこまでは言ってないが……。はっ！　いいさ。傷ついた身体を治してもらった恩はあるが、アタシを侮辱した罪は、きっちり償ってもらわないとねぇ……？」

「ふふっ、言ったでしょう？　おもいっきり来てください？」

俺は手の平を自分の方へ向けると、それをクイクイッと動かし、さらにイザベルを挑発した。

「……後悔しても、知らないからねぇ……？」

ふいに俺たちの間に沈黙が訪れ、しばらくの間、イザベルは無言で俺を見つめる。

「ス──、ハ──……」

間もなくイザベルは何かを確かめるように、大きくゆっくりと深呼吸をはじめたかと思うと、両腕を広げて目を閉じ、小さな声で言葉を紡ぎはじめた。

（……空気が変わった……！　これは、魔法詠唱……！）

「……我は喚ぶ……、地の底に揺蕩《たゆた》う紅蓮……。原初の炎はやがてことごとくを灰塵《かいじん》と化す灼熱へとその姿を変えん……」

ゴォォォォオ‼

イザベルの両手に小さな火の玉が生まれたかと思うと、それは瞬く間に巨大な炎へと変化し、膨大な熱量を撒き散らしはじめる。

そして燃え盛る炎をまとったイザベルは静かに、そして何かを噛み締めるように詠唱を続けた。

「……されど、荒ぶる焦熱は我が支配の下に……。此の身に纏いて彼《か》の者を滅ぼさん……。来い！　ヴァインド・インフェルノ‼」

ボオオォォォォ‼

ギュリユギュルギュルゥゥ‼

イザベルの両手でゆらめく、美しくさえ見える炎の塊が、まるで生命を持っているかの如く形を変え、その四肢に巻きついてゆく。

　凄まじい炎の顕現により、周囲の温度もぐんぐん上昇していく様子が見てとれる。

（ひぇ〜、あっちぃな……。サウナで整いましたどころの話じゃないぞ、これは……）

　俺は思わず、右手の袖で汗を拭ったが、吹き出す汗が止まらない。

「……火が、まるで生きてるみたいですね……」

　俺の正直な感想に、イザベルは軽く鼻をこすると、小さく笑った。

「……ふっ、まさかアタシの人生で、もう一度この魔法を扱える日が来ようとは思いもしなかったねぇ……」

「成程……。燃え盛る炎を肉体にまとうことで、攻撃力や防御力を何倍にも高めているわけですね。確かにそれは傷ついた身体では使えないわけだ。……うんうん、実に参考になります……」

　カツ……、カツ……。

　紅蓮の炎をまとったイザベルが一歩、また一歩と俺の方へと向かってくる。

　その圧力は、先ほどまでの比ではなく、思わず俺も背筋が寒くなるほどだ。

「……アンタはさっき言ったねぇ？　おもいきり来いと。……覚悟はいいかい？」

　胸の前で両手を組み、ポキポキと音を鳴らす仕草が堂に入っている。

「ふふっ、もちろん。遠慮なくどうぞ。きっと仲間の方々も、ご覧になってますよ？」

「……」

　イザベルは俺の言葉に、ふと目を閉じると、そのまましばらく沈黙した。だが、次にゆっくりと目を開いた瞬間――。

「でやぁぁぁぁぁあああ‼」

イザベルは、身体に巻きつけた炎を一層激しく燃え上がらせたかと思うと、凄まじい勢いで地面を蹴り、俺の方へ向かって猛然と迫りくる。

そして無属性魔力で極限まで強化したであろうその右腕に、立ち昇る炎の全てが集中していく。

「ぅおりゃあああああああああ‼」

そこから繰り出されたのは、おそらく常人には目では追うことすら不可能な一撃。

猛然と迫り来るイザベルの目に、さっきまでの暗い光はない。

全てを忘れ、そしてその拳に全てを乗せた、文句なし掛け値なしの右ストレートだ。

だがもちろん、俺もここで負けるわけにはいかない。

「はぁあああああああ‼」

俺は急速に身体の中で練り込んだ魔力を、イザベルとは対照的に自身の左手に集中させる。

（来いイザベル……！　あんたの辛い過去、現在《いま》、そんでもって明るい未来、雇い主たる俺が示してやるぜ……！）

俺はイザベルの渾身の右ストレートを無属性魔力で超強化した左の手の平で受け止めた。

あまりに凄まじいその威力に、俺の足元が古くなった舗装を突き破り、地面にめり込む。

「なっ……⁉　バ、バカな⁉　受け止めた……、だと……？」

（いってぇ～～、強烈……！）

イザベルは全魔力を込めたであろう一撃を俺に受け止められ、まるで氷結の魔法で固まったかのように放心状態となっている。

俺はすぐにイザベルの拳を掴んだ左手を離すと、今度はイザベルの右手首を握り、そのまま左手を引きつつ、さらに右手を伸ばして襟首を掴む。

そして最後に身体を返して相手の懐に滑り込むと、そのまま力任せに一気に前へ引き寄せた。

そう、ご存知、背負い投げだ！

ズダァア——ン‼

「……ぅぐぁっ……⁉」

背中からまともに地面に叩きつけられたイザベルは、その突き抜ける痛みと衝撃で身動きが取れなくなっていた。

イザベルは一瞬何が起こったのかわからず、目を白黒させながら仰向けのまま横たわる。

さらに今度は、俺の方が火の魔力を身体中に練り込むとともに、再び自身を無属性魔力で強化しつつ、右腕の方に練り込んだ魔力の炎を集中させた。

音もなく静かに燃え上がる俺の炎を見たイザベルは、大きく目を見開いた。

「あ……、青い炎……、青い炎だって……？　は、ははは……。こいつぁちょっと……、桁違いすぎやしないかい……？」

「えいっ」

俺はイザベルの言葉を聞きながら、にっこり笑ってそのまま拳を振り下ろした。

ドッッッ……ゴオオオォォォォォォン‼

その瞬間、轟音と同時に巨大な爆発と凄まじい爆風が発生するとともに、中心から発生した衝撃波によってスラムの古い建物や簡易テントなどがまとめて吹き飛んでいく。

そして……。

「ゲホッ！　ゴホッ！　……レイン君、無茶苦茶しよるな……？　ごっつい砂埃……、ケホッ、やっと晴れてきたけど、一体どないなって……って、うえええ⁉」

目の前の光景にユリは素っ頓狂な叫び声を上げた。

なぜならユリの目の前に、巨大なクレーターがポッカリと口を開けていたからだ。

そしてその深いクレーターの中心部に人影が二つ。

立っているのはもちろん俺、そして仰向け大の字でねんねしているのは、イザベルだ。

「……これはその、何というか……、ごめんなさい。イザベルさんを驚かそうと、ちょこっと地面に穴を開けるだけのつもりだったんですけど……。力加減を間違えてしまいましたね」

俺は指で頬を掻きつつ、まるで更地の如く平らになった周囲を見ながら苦笑いした。

俺の言葉を聞いたイザベルは、しばらく間を置いた後、力なくつぶやく。

「……なんで……、殺さないんだい……？」

俺はふっと笑って肩をすくめた。

「殺すなんて穏やかじゃないですね。どこの世界にこれから一緒に働きましょうという相手を殺す雇用主がいるんですか」

「……」

「……まあでも、過去に囚われて前に進めずにいたとある女冒険者の亡霊は、たった今僕がこの手で焼き払ったつもりです。……効きましたよ、あなたのパンチ」

俺は自分の左手をプラプラ振りながらにっこり笑う。……実際ヒリヒリしてるしね。

次の瞬間、イザベルの両眼から堰を切ったように涙が溢れ出した。

次から次へと止めどなく流れ続ける涙が、少しずつ地面を濡らしてゆく。

「アタシは……。アタシだけが……、のうのうと……生き……てても……、生きてても……いいの……かねぇ……？」

イザベルは、嗚咽で途切れ途切れになりながらも、必死に言葉を絞り出す。

まるで、これまで溜め込んでいたものを全て吐き出すかのように。

「……ふ～む、僕のようなちびっ子に、そんな小難しいこと聞かれても困りますけど……」

俺はふと空を見上げた。

さっきまでの熱さがまるで嘘だったかのように、吹き抜ける風が優しく頬をくすぐる。

「……仲間の方々は、何とおっしゃってますか？」

天を仰ぎながら俺は静かに質問する。

イザベルは左手で顔を覆うように、泣き腫らした両眼を押さえた。

「……なんかさ、ゲラゲラ笑ってるよ。……なにガキなんかに負けてんだよバーカ……！　さっさと立て……。立って俺たちの分まで楽しめよ……、だってさ……」

そろそろお昼かぁ。今日もいい天気だ。

雲ひとつなく澄み切った青空は、どこまでも、どこまでも遠くまで広がっている。

ふと目をやると、もがくことに疲れ切った男の上で、シロも大きなあくびをしているのだった。

（あっ、下敷きになってるおじさんのことすっかり忘れてたぜ……。ごめん！）

「ところでイザベルさん。おもいきり大暴れして、お腹が空きませんか？　スラムの人たちも一緒にね！」

「ははは、飯か。いいねぇ、それ。従業員にしっかり飯を食わすのも、雇用主の責務ってわけさね？」

「あはは！　おっしゃるとおりです！」

※※※

ガラガラガラガラ。

カタン、カタン……！

二台の大きな荷車が、王都の裏通りを進んでいく。

日本でいうリヤカーといえば、想像しやすいだろうか。

荷車を引いているのは、もちろんスーケとカークだ。

それぞれ自宅で間もなく食事を……という時、ユリが突撃してきて、仕事に駆り出された二人。

「お嬢……、勘弁してくださいよ？　俺たち今日休みなんスよ？　何が悲しくて、昼飯を目の前にしてお預けくらわなきゃいけねぇんです？」

「私の野菜スープ……、温かい野菜スープ……」

食事を邪魔された二人からはユリに対する不満が噴出するが、ユリは意に介する様子もない。

「ごめんごめん。さっきから謝っとるやん。またレイン君が無茶言い出したんやからしゃあないやんか。な？　こんなぎょうさんの荷物、か弱いうち一人やったら運ばれへんやろ？」

そう言いながら、ユリはスーケとカークが引く荷車を指さした。

そこに積まれていたのは、食堂のおばさんもびっくりの巨大な鍋と、多量の食材&食材だ。豚肉、鶏肉その他たくさんの野菜やキノコ、調味料そしてお酒まで。

「はぁ。お嬢、うちの店の懐事情わかってます……？　馴染みのみんながこっそり物を売ってくれたのはいいとして、支払いの方は大丈夫なんですか……？」

カークは、山盛りに積載された荷物を見ながらため息をついた。

「あぁ、ごめんカーク。食材の他にも、まだまだ買わなあかん物があんねん。他に言われとるんは、服やら石鹸やらの他は、靴とかタオルとか……、もうなんやわけわからんけど、とにかくぎょうさんや」

ユリの言葉に意識を失いそうになりながら、カークは荷車を引き続ける。

「……お嬢のご乱心により、ついにエチゼンヤ商会も倒産ですか。再就職先を考えとかないと」

「まあ、そない心配せんでもお金は全部プラウドロード男爵家もちや。エチゼンヤ商会は資材の購入と搬送さえすれば、必要経費の他にも依頼料や手間賃をくれるらしいわ。既にうちの商会との契約関係は、ばっちりはじまっとるみたいやで？」

そんなユリの言葉にスーケとカークは目を丸くした。

「ほ、本当ですかお嬢？　……さ、さすがは貴族の長男様といったところですか……」

「ははは！　いや、そうとわかりゃ安心安心！　美味い酒のためなら、えんやこーら！　……と、言いたいとこなんですけどねぇ、お嬢？　お、俺たち一体どこへ向かってるんです……？」

「実は私もさっきから気になっておりました……。お嬢この先は……」

「そらあんたら、スラムに決まっとるやんか」

スーケとカークは、再び目を丸くした。

「さてと。やはりエチゼンヤ商会をやめて、再就職を考えないといけないかな……」

「いや、その前に俺たち生きて帰れんのか……？」

そんな風に肩を落とす二人の前で、ユリはとびっきりの笑顔で言った。

「まあ、スラムはスラムでも、元スラムやけどな！」

時を遡ること、少し前。

「な、なんだいこりゃ？　はははは……。や、やっぱり何もかも夢なのかねぇ……？」

そう言いながらイザベルは、目の前の光景に愕然としていた。

漫画や小説のように、何度か自分の頬をつねっていらっしゃるが、これは夢ではないので、すごく痛そうだ。

「しかしあんた……、マジでぶっ飛んでるねぇ……？　アタシの身体を治したり青い炎を出したりした時から、ちょっとおかしいんじゃないか？　とは思ってたけどさ……」

おい！　人を化け物のように言うのはやめなさい！

引きつった笑みを浮かべたイザベルと俺の周りをスラムの住人たちが取り囲んでいた。

しかし今ではスラムの住人と呼ぶのがふさわしいのかどうかはわからない。

なぜなら、小さな怪我から大きな傷、果てはイザベルのように脚が不自由な者や腕を失っていた者たちの怪我を完璧に治した上、さっきまでボロボロボロンチョだった彼らの身体は、長年の垢や汚れが全て取り除かれ、つやっつやになっていたからだ。

　矢継ぎ早に展開させた俺の規格外の魔法により、治療・洗浄・殺菌されていくスラムの住人たちを見ながら、口が開きっぱなしだったイザベルは、途中からは目玉が落っこちるんじゃないか？　と思うくらい目を見開いていたが、最後にはなぜか死んだ魚のような目になっていた。

「いやぁ～、けっこう魔力を使ってしまいましたけど、皆さん健康になったみたいでよかったですね！　貴族である僕を嫌がって文句を言ったり暴れ出したりする人もいませんでしたし、ここを仕切っていたイザベルさんの人徳の賜物といったところでしょうか？」

　俺はにっこりとイザベルに笑いかけた。

「いや……、人徳とかそういう問題じゃあ……。……まあいいや、あんたを見ていると、常識ってのを見失いそうになっちまうよ……。ところであんた、詠唱なしでも魔法を使えるって、そりゃ一体何の冗談だい？　そんな神業、見たことも聞いたこともないんだけど……？」

イザベルはげっそりとした様子で、力なくつぶやく。

「ははは。大切なのは魔法のイメージですよ？　機会があればイザベルさんにもお教えしますね。そんなことよりも、次の問題はそれぞれの住居ですよね……？　ざっと見て三〇〇人程度の人たちが住める家……、そしてあんまり広い敷地がないとなると……」

「はっはっは、住居だって？　みんな身体が治ったんだ、またそこらに藁でも敷いて適当に眠るさ。そんなもん、あんたが気にするこっちゃないよ」

イザベルは笑うが、こっちとしてはそういうわけにはいかない。

野宿なんてものは身体にもよくないし、もちろん、周りからの見た目もよろしくない。

ニューヨークなどの大都市では、建物の窓ガラスが割られている光景にみんなが慣れてしまうと、また別の誰かが他の窓ガラスを割り、それがどんどん連鎖していった結果、スラムのような場所ができあがってしまったらしい。

いわゆる、割れ窓理論というやつだ。

けど俺は、せっかく綺麗な更地になったここをそんなスラムに戻してしまう気は、さらさらないんだよね。

住人の皆さんの福利厚生も、雇用主の大切な仕事だし！

「よし、決めた！　とりあえず、ワンルームマンション的な物にしましょう！」

「んん……？　わんるうむまんしょん……？」

俺はよくわかってなさそうなイザベルをスルーしつつ、身体に土と火の魔力を練り込みはじめる。

（俺が学生の頃住んでたワンルームのレイアウトでいいか……。トイレ、キッチンは今のところ共同にしておくとして、机、棚、クローゼット……。よし！　そんな感じでいこう‼）

「それっ‼」

俺は広い敷地に向かって両手を前に差し出すと、身体中に練り込んだ土と火の魔力を混ぜ合わせつつ、一気に解放した。そして合成魔法から創り出した耐熱レンガを使い、頭の中でイメージしたとおりの、頑丈な建物を造り出す。

ゴゴゴゴゴゴゴゴゴゴ！

ボコッ！　ボコボコッ‼

ガシャン！　ガシャーン‼

「は……ははは……、……こいつぁ……また……」

ペタン……。

青い顔をしたイザベルは、ついにその場に尻もちを突いてへたり込んでしまった。

スラムの住人たちも、目の前の衝撃に絶句したまま動かない。

それもそのはず。彼らの眼前には、俺が魔法で創りだしたワンルームタイプの巨大な五階建マンションが幾つも出現したのだから。

……もちろん、さっき俺が作ってしまったクレーターもしっかり埋め埋めしたからね。

　マンション建築工事終了後、俺は固まっているイザベルやその他の住人たちを呼び、建物の出入口や内装などを説明しつつ、それぞれ好きな部屋を自由に使うように申し向けた。

　これまで吹きさらしの生活を強いられていたスラムの住人たちは、自分たちの身体を治療してもらったばかりか、雨風をしのげる屋根付きの家に住めるということがわかると泣いて喜び、まるで神様のように俺を崇めてくれた。

　ま、正直そんなことはどうでもいいので、仕事で返してくれればオッケーです！

　全員エチゼンヤ商会で働くことを了承してもらってるしね？

　あっ！　後でちゃんと契約書を作って署名と指印も貰っとこう。

「は、ははは……。もうここまでくりゃあ笑うしかないねぇ……。あんた一体、何者なんだい？」

「ふふふ。さっきも言ったはずですが、僕はただのしがない貧乏貴族の長男坊ですよ？」

　俺は引き攣った笑顔のイザベルに、爽やか笑顔でそう答えたのだった。

　既に日も落ち、夜の帳が辺りを包んでいる。

　だが、スラム地区……もとい、元スラム地区は、かぐわしい香りと美味しそうな料理で満たされ、かつてないほどの盛り上がりを見せていた。

「おーい！　ちょっと、こらこら、そこの人‼　横入りしたらあかんで、ちゃんと並んでや！　心配せんでも全員分あるがな‼」

俺はユリに頼んでいたたくさんの食材を惜しみなく使い、大規模な炊き出しを行っていた。

チョイスした料理はズバリ、鍋！

大きな寸胴鍋に材料を切ってぶち込むだけだし、味も調味料で整えれば問題なし。肉や野菜もたくさん摂れるし、消化もよく、まさに炊き出しには最適の料理だ。

そして若干安物とはいえ、お酒まで用意したとなると、この大宴会の盛り上がりようときたら、言わずもがなというところだ。

（……もちろん、酒は俺のためでもあるんだけどね？　今日こそは……！）

俺はたくさん設置されたテーブルの全てに顔を出し、それぞれの住人と挨拶や雑談を交わした。

最初は貴族である俺を多少警戒する人もいたが、それも最後には打ち解けることができた。

話を聞いてみると、皆抱えていた事情は様々で、家の借金のために両親に奴隷として売られた者、小さな子供の身で親に捨てられ、これまで物乞いとして生活していた者。

他にも戦士として活動するも、魔獣に襲われて腕を失くした途端に役立たずと言われ集落を追放された獣人や、元々は商人だったが、親友に騙された挙げ句に借金を背負わされ、鉱山奴隷として捕らえられる直前で逃げてきた者などなど。

俺はスラムの住人に対し、漠然と犯罪者集団のようなイメージを抱いていたが、決してそうではなく、働きたくても色んな事情で働くことができない人がほとんどだった。

みんな今後はエチゼンヤ商会の一員として、元気に働いてほしいと願うばかりだ。

（お給料はエチゼンヤ商会もちだけどね！　なはは！）

そして最後に俺は、ユリやスーケとカーク、そしてイザベルがいる場所に戻ってきた。

全員ほどよく酒も入ってできあがっており、他のテーブルに比べてもかなり盛り上がっている。

うちのシロもたくさんご馳走を食べて満足したのか、丸くなって眠っていた。かわいい！

「……あんたたちには、ほんと悪いことしちまったねぇ。このとおりさ……」

ふと目をやると、イザベルがユリたちに深く頭を下げているところだった。

「いやいや、もうええて、イザベルさん。レイン君のお陰で怪我も全部治ってしもとるし。なぁ？　スーケ、カーク？」

「そうっすよ！　いやぁ、俺なんてこんな美人さんと酒が飲めるだけで大満足でさぁ。あん時はビビっちまったけど、今はむしろ切られてよかった的な？　というかもっとジャンジャン切っちゃってくださぃ的な？　わはははははは！」

カークは何やらニヤニヤしながらそう話すと、赤い顔をしながらグイッと酒を呷った。

酔っているのか、元々そういう趣味なのかはわからんが、カークとの付き合いはよく考えることにしよう。決定。

「ははは。そう言えばあんたたち、このアタシがピケットに対する切札になるだの何だのと言ってたねぇ。あれはどういう意味なんだい……？」

お酒の入ったカップを片手にイザベルが質問してきたので、俺たちはヴィンセント宅であった出来事を、悪魔との戦いを含めて説明する。

イザベルは時折頷きながら、真剣な眼差しで俺たちの話を聞いていた。

かつて自分の身の回りで起きた事件と重ねているのだろうか。

「成程……。ピケット侯爵とラプトン商会、挙句の果ては悪魔召喚ってか……。胸糞わりぃ話だねぇ……。ピケットの奴め……」

イザベルはスッとその場から立ちあがる。

「……ちょっと、そこらで風にでも当たってくるかね。そっちは適当にしといてくんな」

イザベルはそう言うと、ゆっくりと歩いてどこかへ行ってしまった。

「……ところでレイン君、この鍋ちゅうのは美味しいなぁ。スープに肉や野菜の旨味が染みわたって最高やんか！　お酒にも合うしなぁ‼」

ユリは鍋料理に舌鼓を打ちながら、そう言った。

成程、お酒か。

俺は新しい酒瓶とカップを失敬して、盛り上がるテーブルを離れ少し静かな所まで歩いていく。

「……イザベルさん？　どうしたんですか、こんなところに一人で座って」

俺は建物の陰で、一人座って星空を眺めるイザベルに声を掛けた。

「ん？　あぁ、あんたかい。別に何もないよ……。少し昔のことを思い出してただけさ」

イザベルは力なくフッと笑う。

「……そんなしょんぼりした顔で別に何も……、とか言われても全然説得力がありませんよ？まあ、とりあえず一杯どうです？」

俺は持ってきたカップをイザベルに手渡し、酒を注ぐ。

「ふっ、ありがとよ。……アタシはさ、あんたにも謝らないといけないと思ってたところさ」

イザベルは俺が注いだ酒を一気に飲み干すと、俺の方を向いた。

「昼間は本当に悪かった。傷ついた身体を治してくれた恩人に、アタシは拳を向けちまった……」

イザベルは深々と頭を下げる。

「ふふふ。頭を上げてください、イザベルさん。僕はまったく気にしていません。というか、そうするように仕向けたのは、僕の方ですからね」

俺は空になったイザベルのカップに、再び酒を注ぎながらそう言った。

「そりゃどういう意味だい……？」

イザベルはカップのお酒に少しだけ口を付けると、首をかしげて俺に尋ねた。

「イザベルさん。あなたはかつて仲間を護れなかったこと、失ったこと。そして紆余曲折を経てスラムにたどり着いた後、過去の自分と今の自分との落差に半ば自暴自棄になってましたよね？」

イザベルは、俺の方をじっと見つめている。

「けれど、ピケットへの復讐はさておき、それでもあなたはこのスラムを統率しながら、同じような境遇でここにたどり着いた人たちの生活を守っていた。それは形は違えど、かつて自分の手からこぼれ落ちてしまった大切なものを、今度こそしっかりと守るためだったのではないですか？　あなたがそれを意識しようとしていまいとね」

「さぁ……、どうだろうねぇ……」

イザベルはカップの酒に視線を落とし、くるくるとカップを回す。

「ま、結局何がしたかったかというと、一度溜まりに溜まったストレスを解消してほしかったというわけですよ。あれほどおもいっきり魔力をぶっ放したんです、多少はすっきりしたでしょう？」

「じゃあナニか？　あんたはわざとアタシを焚き付けて、自分から全力の一撃をぶっ放すよう仕向けたってわけかい？　はっ！　正気かい⁉　いくらあんたが強かろうと、下手すりゃ大怪我してたかもしれないんだよ？　なんでアタシなんかのためにそこまで……」

俺は小さく笑うと、右の手の平を上げ、そこに紅い炎を四つ灯した。

ほのかな三つの炎が、真ん中の一つの小さな炎の周りをクルクルと回る。

「正直なところ、深い理由はありません。……ただ、あなたの話を聞いているうちに、こんな所で消えてしまうのはあまりにもったいない……、そう思っただけです」

目を潤ませながら、じっと炎を見つめるイザベルに俺は続ける。

「先ほども言いましたが、手段の良し悪しはさておき、あなたがここでたくさんの命を守ってきたのは揺るぎない事実。……であるのならば、仇を討った後は、あなた自身が亡くなった仲間の方々の分まで幸せにならないでどうするんですか」

小さくダンスをしていた四つの炎はやがて一つとなり、輝く青い炎へとその姿を変え、激しく燃え上がると、次第に小さくなって消えていった。

「はっ……、まったく……。あんた本当に子供かい……？　まるで歳上のおっさんに諭されてるような気分だねぇ……。けどまあ、その……、ありがとよ。レイン」

再び星空を見上げるイザベルの目から、一筋の涙が流れ落ちた。

――かくして、暗闇の町として忌み嫌われたスラム街は、後に目覚ましく発展し、王国の財源の一角を担うほどの経済特区へと様変わりしていくのだが……、それはまた別のお話。

第四話　工房を訪ねて

「ここが……、ガラテア工房……」

次の日の朝、俺は王都の西側、工業地区のほぼ中心に位置するガラテア工房の出入口の前に立っていた。

ここは、うちの領地に住むドワーフ鍛冶職人ワッツが、随分前に働いていたという場所。

うちのプラウドロード男爵領のさらなる発展のためには、なんとしても、ここで腕のいい職人さんたちに助けてもらう必要がある。

そう思ってここを訪ねてみたのだが……。

俺は工房の建物を見上げる。

（な、なんてでかい工房だ……。ユリ曰く、かつて王都に技術革新をもたらした鍛冶集団ということだったが、この大きさを見ると納得だな）

俺は漠然と、ワッツの工房のようなこぢんまりとした建物を想像していたが、実際はまったくそんなことはなかった。

ここは例えるなら巨大な工場、かつて日本の要所で栄えた造船所のような大きな建物だ。

出入口ドアは開放されており、中からは工房特有の製鉄の熱気や、職人たちの怒号が外まで響いてくる。

（中はちょっと暑そうだし、シロを宿に置いてきて正解だったな……。けど、正直ユリには来てほしかったなぁ……。俺一人じゃ不安だし……）

　昨日ユリにガラテア工房への帯同を頼んだのだが、ユリは『ご、ごめん！　うちレイン君に頼まれた物仕入れてイザベルさんに渡さなあかんし、ちょっと明日は無理やわ！　ガ、ガラテアさんには、エチゼンヤ商会のユリの紹介ですねん！　って言うてくれたら、万事上手くいくから！……多分……』などと言って、逃げるように立ち去ってしまった。

「……ガラテアって人、ワッツの名前を聞いた途端にぶち切れるって言ってたけど、大丈夫かな……？」

　……い、いやいや、所詮は噂。話が盛られているということも十分考えられる……、と思いたい。

（さて、突っ立ってても仕方ない。行くとするか……）

　俺は意を決して出入口の方に歩みを進め、思いきって工房の中に入ってみる。

（うわっ！　すごい熱気!!）

　やはり中は暑い、いや熱いという表現の方が正しいか。

　もちろん熱気が渦巻き、工房内の温度が高いことも間違いないのだが、外で聞いていた以上に、工房の内部は職人たちの活気に満ち溢れていた。

　工房内は、ほとんどがドワーフと思われる職人たちで占められているが、時折、人族や獣人族の姿も認められる。

しかしながら、それぞれの種族に関係なく、資材を運んだり炉から出した真っ赤な鉄をカンカンと打ったりと、休む間もなく働いている様子で、皆生き生きとした表情をしていた。

「あら？　かわいいお客様ニャ。お家の方のお使いかニャ？」

声のする方を向くと、そこには赤色のショートヘアーでおそらく猫の獣人と思われる女性がこちらを見て微笑んでいた。

少し煤で汚れた服装をしているところを見ると、この猫の獣人も職人の一人なのだろう。

「は、はい。そのようなものです」

突然話しかけられた俺は、初めて獣人と会話をするということもあり、若干緊張していた。

そして何より、時折ぴょこんと動く頭部から生えたふわふわの猫耳や、髪と同じ赤色でふりふりと揺れる尻尾についつい目がいってしまう。

（モ……、モフりたい……。いや待て、待つんだレイン。ここでいきなり、ハロー！　モフモフしたいんスけど触っていいスか？　などと言えばただの変態……。ワッツ云々の前に、通報されてしまう……！）

「えらいニャア、君。けどごめんニャ？　ここはガラテア工房っていって、武器や防具をはじめ、様々な日用品なんかを作っている場所なんだニャ。もしも君がお家の人に頼まれて商品を買いに来たのなら、王都のお店屋さんの方を訪ねてほしいんだけどニャ？」

猫獣人の女性は優しくそう言うと、申し訳なさそうに頭を下げた。

耳やしっぽも同じように、ぴょこんと垂れ下がる。

ぐっ……手が……手が伸びそうだ……。お……俺の右腕よ、鎮まれ……鎮まりたまえぇ‼

「……どうしました？　シャーレイ」

ふと俺が目を向けると、そこには高い身長とオールバックに整えられた黒い髪、髭まできっちりと手入れされた精悍な顔立ち、そして柔和な口調と優しい眼差しの、細マッチョドワーフが立っていた。

一見ドワーフには見えんけど、髭を伸ばしたりすれば、ワッツにそっくりかも……。

「あ、親方ニャ！」

シャーレイと呼ばれた猫の獣人は、ピッと背筋を伸ばして姿勢を正す。

（親方……？　ということは、もしかしてこの人が……）

「すみません、親方。この子お使いで、ここに物を買いに来たみたいニャンですけど……」

シャーレイがそう説明すると、親方と呼ばれたドワーフは、ぽんっと俺の頭に手を置き、優しく微笑んだ。

「そうですか。うちの工房の品物に興味を持ってくれてありがとう。でもここは物を売る場所ではなく、作る方の場所なんですよ。ごめんね？」

ぽんぽんと俺の頭に優しく触れる手は、ゴツゴツした分厚い感触を感じたものの、そこからは優しさや、温かさがしっかりと伝わってくる。

（……おいおい、めちゃ優しいドワーフじゃん……。なんだよユリの奴……、嘘ばっかりじゃねえか。こんな優しい人が剣や金槌を投げたって……？　ナイナイ。あり得ないよ。まったくこれだから噂というやつは独り歩きばっかりして……）

「あの……、すみません！　実は物を買いに来たのではなくて、私の実家の都合でガラテア工房の皆様にお仕事を依頼できないかと思って来たんです！　先日、友人のワッツというドワーフからここの工房を紹介されて…………ってあれ……？」

安心しきっていた俺は、笑顔で親方と呼ばれたドワーフに対し、来訪の目的を告げた。

そう……、告げてしまった……。

……シーン……。

広い工房内は、俺が『ワッツ』という言葉を発した途端、水を打ったように静まり返り、炉の中で燃える炎の音や、冷却用の水が流れる音だけが不気味に響いていた……。

さっきまでにこにこと笑っていたシャーレイや、作業中のドワーフたちも一斉に手を止め、青い顔でこちらを凝視していた。

「……ん？　な、なんか頭が痛い……って？　……うあいてててててて……⁉」

俺の頭の上に優しく置かれていた、あの慈愛に満ちた温かい手はどこへやら。

今は五本の指それぞれが無慈悲な万力のように、機械的かつ容赦なく俺の頭を締め付ける。

さ……三蔵法師も、孫悟空を戒めるのに、ここまで力は加えないんじゃないだろうか……？

「坊や……？　私の聞き間違いだったらごめんね……？　坊やは今、『ワッツ』って言わなかったかな……？　しかも友人とか……？　んん……、どうかな……？」

あ、頭がわれるぅ……、中身が出るぅ……。

「いててて……！　痛いですけど、ワ……、ワッツは……、僕の大切な……、友人です！　う……、嘘はつけません……‼」

「そうですか、わかりました……。では今すぐここから……」

「お、親方‼　相手は子供ですニャ⁉　やめてくださいニャ‼」

そんなシャーレイの声など届くはずもなく、親方ドワーフは、俺の頭からその手を離すと、今度は襟首をギュッと掴む。そして。

「出て行きなさい‼」

そう叫ぶと、そのまま俺を出入口の方へ向かって、おもいっきり投げ飛ばしたのだ。

ひえっ！　コントロール抜群！　このまま飛んで行けば、ジェットコースターみたく出入口を通過し、最後には地面と熱いキッス⁉

（……けどまあ、このままってわけにはいかないよな？）

俺は空中で身体の中に風の魔力を練り込むと、進行方向に風魔法を噴射して投げ飛ばされたその勢いを相殺、クルリと一回転してその場に着地した。

「むっ！　魔法か！」

小さな子供の姿の俺が魔法を使ったことに若干驚いたのか、親方ドワーフは片眉を上げてそうつぶやいた。

そこにシャーレイが駆け寄り、親方ドワーフの両肩を掴む。

「お、親方‼　いい加減ちょっと落ち着いてくださいニャ‼」

「はっ……!?　す、すまない……。つい……」

シャーレイの大きな声に、親方ドワーフは我に返った様子。

万力ハンドから解放された俺も頭をさすりさすり、親方ドワーフの方へ歩みを進めた。

(いててて……。それにしてもワッツの名前を聞くと怒り出すっていう話は事実だったか……。これは迂闊だったぜ……)

「す、すみません。私はワッツ《あいつ》の名前を聞くと、昔を思い出してついついカッとなってしまう癖が……。もし坊やが大人だったら、あのまま頭を握り潰してしまっていたかも……」

いや怖えよ！　やめてくれよ!!　トマートじゃないよ、俺の頭!?

「いえ……、僕の方こそ突然すみませんでした……。不躾に彼の名前を出したことをお詫びいたします……」

俺はまだ痛む頭をさすりながら頭を下げて謝った。

「改めて、僕はレインフォード・プラウドロードと申します。このガラテア工房のことは、うちのプラウドロード男爵領に住むワッツや、エチゼンヤ商会のユリさんから伺いました」

ピクッ……！

親方ドワーフの額に再び青筋が浮かぶ。

つ……、次は頭を握り潰される前に逃げよう。

「……貴族の方……、でしたか……」

親方ドワーフは眉根を寄せてそうつぶやいた。

シャーレイや、他の職人たちも顔を見合わせ、一様に不安そうな表情を浮かべる。

「実は今回、うちの領内で新事業をはじめたいと思っているのですが、それを行うにはあまりにも人手不足や技術不足で……。ですので有名なこちらの工房から、少しでも職人の方々に、技術支援等で応援に来ていただけないかと思い、本日訪問させていただいた次第なんです」

親方ドワーフは、目を閉じると、大きくため息をつく。

そしてしばらく考え込んだ後にスッと目を開くと、何か意を決したように口を開いた。

「私も改めて名乗らせていただきます。私はガラテア。このガラテア工房の総責任者です。……此度は貴族の御子息とはつゆ知らず、大変なご無礼を働き、弁解の余地もございません……。私めは如何なる処罰もお受けする覚悟ですが、どうか……、どうか、他の従業員たちは見逃していただけませんでしょうか……」

深く頭を下げるガラテアと静まり返ったままの工房。

その時、突然シャーレイが俺の前で土下座の姿勢を取り、目に涙を溜めて叫びはじめた。

「レインフォード様！　申し訳ありませんでしたニャ！　ど、どうか、どうか親方を許してほしいんですニャ‼　悪い人ではニャいんですぅ‼　何卒、何卒お許しを……‼」

その姿を見た他の職人たちも次々に俺の側へ来ると、額を地面にこすりつけて土下座をはじめた。

「なんとか、なんとかお許しを‼」

「何卒ご慈悲を……‼」

（……し、信頼されてんだなぁ、この人。ワッツとは大違いすぎるだろ……）

……しかし同時に、あらためてこの世界の貴族の立ち位置には驚かされる……。

神様か何かと勘違いしてるんじゃないの？

これはかつて日本で育った俺が、こういう身分制度に慣れていないだけなのだろうか？

「ありがとう、お前たち。しかし私は自分のしたことには、きっちり責任を取ります」

ガラテアは笑顔で手を上げ、みんなを制した。

「……お見苦しいところを見せてしまい申し訳ありません、レインフォード様。私は既に覚悟はできております。……しかしどうかこの世最後の思い出に、一度だけ、煙草を吸わせてはいただけませんでしょうか……？」

再び頭を下げながらそう言うと、ガラテアは一本の古びたキセルを懐から取り出して火をつけ、うまそうに煙を吐きだした。

（あれ……？　あのキセル、どっかで見たことあるぞ……？　どこだったかなぁ……）

「あ、思い出した！　そのキセル……、ワッツが使っている物と同じやつですね!?」

「————!?」

ガラテアは鋭い目で俺の方を見た。

うっ……!?　しまった!!　今度こそ殺される！　キセルで殴殺されるぅ……！

「あいつが……、まだ……、このキセルを……？」

だが俺の予想に反しガラテアは、一転優しい目で手にしたキセルを見つめているではないか。

　そこで俺は周りのみんなにも聞こえるよう、身振り手振りを交え、少し大きく声を上げた。

「あのっ！　皆さん何か勘違いをされていませんか？　僕は頭を握られたり投げ飛ばされたりしたぐらいで無礼打ちだのなんだのと、つまらないことは考えてませんよ？　ただ少しだけお話を聞いていただければと考えているだけですので！」

　ざわ、ざわざわざわ……‼

　俺がそう発言した途端、工房内がどよめいた。

　んん？　俺そんなに変なこと言った……？

「そ、それでいいのニャら、喜んでお話を聞かせていただきますニャ！　ね⁉　親方⁉」

　ガラテアは目を閉じると、再び大きく煙を吐き出した。

「新事業……、ということでしたか？　レインフォード様」

「レインでけっこうですよ？　みんなそう呼んでますんで」

「……では、レイン様。死罪にも等しい私の行為に目をつむってくださる寛大なお方……。私などでよろしければ喜んでお話を聞かせていただきます」

　お、おお……！　やった‼　万力されたり、ぶん投げられたりした甲斐があったぜ‼

「しかしながら……」

「ん？」

「間もなくこの王都から跡形もなく消え去るガラテア工房が、大したお力になれるかどうか……」

ガラテアは目を伏せたまま、そう言った。

再びシンと静まり返った工房内。

そんな工房の中で炉の炎だけは、何事もなかったかのように、メラメラとゆらめいていた。

※※※

ゴォオオオオ‼

ゴォオオオオオオオ‼

何度も繰り返し繰り返し、青白い炎が燃え上がる。

その高熱に、ガラテア工房内部の暑さも一段と増してゆく。

俺は何度も火の魔法を行使しながら、右手に把持したとある結晶の精製に腐心していた。だが……。

「はぁ……はぁ……。むむぅ……、困った……。まったく溶ける気配がないぞ、これ……」

俺は息を切らしながら、額の汗を拭った。

固唾を飲んでその様子を見守るガラテアや、サポートしてくれているシャーレイも汗まみれだ。

「硬い……。これが、オリハルコン……」

俺は手の中で白銀に輝く『オリハルコン』と呼ばれる、超硬度をほこる希少金属の結晶を見つめていた。

時間は少し遡り……。

「工房が消えてなくなる……？　それは一体どういうことですか？」

こんな大きな工房が消えてなくなるだって？　おいおい、これからお仕事をお願いします！って時に、こりゃなんかの冗談か？

「言葉どおりの意味なのです、レイン様。この工房は本日の夕刻をもって接収され、ピケット侯爵閣下の物となります。鍛冶設備等もじきに壊され、新しい建物に生まれ変わるでしょう」

ガラテアは大きくキセルを吸うと、ゆっくりと煙を吐きながら、諦めたように言った。

（ちっ……！　またピケットかよ……！）

今回もどうせ碌なことじゃあないはずだよな……、はぁ。

「少し前に、ピケット侯爵と懇意にしているラプトン商会の人間がこの工房にやって来ました……。もしかするとエチゼンヤ商会のお嬢さんから、大方の事情はお聞きかもしれませんが……」

「ラプトン商会の傘下に入れ……。さもなくば多大な不利益を被るぞ……？　という話ですか？」

俺はため息をつきながら、そう言った。世の中しょうもないことを言う奴らがいるもんだ。

「ええ、左様でございます。しかしながら我々も自分たちの鍛冶仕事に誇りを持っておりますため、そのような申し出には聞く耳を持っておりませんでした。……ところが……」

ガラテアは衣服の内ポケットから、丸められた一通の書状を取り出した。

んん……？　この家紋は見たことあるぞ……？

「ええ、レイン様。お察しのとおり、この書状はピケット侯爵から届いた物にございます」

ガラテアは書状を俺に提示する。記載された内容はこうだ。

『ガラテア工房殿　当モートン侯爵家の至宝たるオリハルコン結晶の使用を許可する故、当該結晶を精製の上、短剣を製作せよ。期日は二週間とし、一切の猶予は認めない。なお本件依頼を果たせぬ場合、当家の名の下、貴工房を接収する。～ピケット・オーブリー・モートン～』

「……」

俺はこの書状の内容に絶句した。

「な、なんなんですか、この勝手極まりない内容は……。あと字も汚いし……。最後の署名は子供が書いたものですか？」

書状というよりは依頼書なのだが、スーパー上から目線で記された文書は元より、依頼を完遂できない場合は工房を接収するとか、まったく意味がわからん。汚ねぇ字で署名までしやがって。

「これほど馬鹿な話がありますか？　こんなチンケな紙切れ、知らんぷりしていればいいのでは？　もしくはこの横暴さ加減を誰かに陳情するとか……」

俺はそのあまりに身勝手な内容に、つい感情的になってしまう。

だが、そんな俺とは対照的に、工房の面々の反応は落ち着いたものだった。

……落ち着いた、というよりも、むしろそれは諦観に近いものだったのかもしれないが。

「ニャハハ……。それができれば苦労はニャイのですけれどねぇ……。侯爵の位を持ったお貴族様の言葉ニャ……。誰も逆らうことができないのが、世の常ですニャア……」

ガラテアの隣でシャーレイが肩を落とし、耳やしっぽを垂らしながらそうつぶやいた。

なんだそりゃ……。貴族ってのは、なんでも自分の思いどおりなのか？

「……しかし、この書状の示すとおりだとすると、ここは……」

俺の頬を一筋の汗が伝う。

「そうなりますね……。先ほど申しましたとおり、オリハルコンを用いた短剣製作の期限は今日の夕刻です……。もちろん、そんな作業などまったく行ってはおりませんがね。はっはっはっ」

ガラテアはカラカラと笑いながら、再び大きく煙を吐く。

笑ってはいるものの、その目はどこか遠くを見つめているようだ。

「ですが、行っていないというよりも、行うことができないと言った方が正しいでしょうか……」

「……と、言いますと？」

ガラテアの様子からすると、ただ単にピケットが気に入らないから、ということではないらしい。

「レイン様は、オリハルコンという金属はご存知でしょうか？」

「……すみません、勉強不足で……」

確か何かしらの素材になるような金属だったかと思うんだが……。

「オリハルコンとは、別名『神々の忘れ物』と呼ばれる金属です。……さらに特筆すべきはその異常なまでの硬さ……。そのあまりの硬さゆえ、オリハルコンの製法は神代より失われて久しいのです」

ガラテアの言葉は、重く静まり返った工房内に溶けていく。

「いや、それって……、そもそも不可能ってことじゃないですか……。じゃあピケット侯爵は最初から……」

「えぇ。この工房を潰すことが目的なのでしょう。オリハルコンを用いた武具は、いわゆる聖剣や聖槍などと呼ばれ、伝説とともに神代から現代に伝わっている聖遺物を、ほんの僅かな数残すのみですので」

「なんのためにここを潰すんです？　この工房を閉鎖してまで一体何を造るというんですか？」

妙に落ち着いたガラテアの言葉とは対照的に、俺は混乱するばかりなのだが……。

「これはあくまで噂なのですが……。なんでも大規模な奴隷の収容所を造ろうとしているという話を聞いたことがあります。ですが詳しいことは何もわかりません」

ガラテアは、トンッ……っという小気味いい音とともにキセルの灰を灰皿に落とした。

「奴隷……？　ピケット侯爵は奴隷商を営んでいるのですか？」

「いえ、そのような話は……。ただ以前からピケット侯爵は、件のラプトン商会を通じ、各地から多くの奴隷を集めているという話を聞いたことはあります。それに関しても詳しいことは……」

「うーん……。奴隷……、ですかぁ」

（これから奴隷商として活動をはじめるためにこの工房を潰す？　うーん、ちょっと話が見えんなぁ。この工房が潰れれば、少なからずピケット自身にも影響があるだろうに……。そこを差し引いても、何かもっと多くのメリットがあるのか……？）

あ～、わからん！　もうちょっとで頭の中で何かがつながりそうな気がするんだが……。

誰か名探偵コ〇ンでも連れて来てくれないかな！

（まあいずれにしても、そんな私的な理由でここを潰されるのは非常に迷惑な話だ。これから仕事をお願いしようってところだし。それに……、ワッツの思い出の場所でもあるだろうしな……）

俺は一つ大きな深呼吸をして、ガラテアに向き直った。

「ガラテアさん。ユリさんが言ってました。ここはつまはじきにされたエチゼンヤ商会に手を差しのべたり、王都で暮らす人々や冒険者の方たちのために、なくてはならない工房だと」

俺が工房内を見渡すと、様々な武器や防具の他、鍋や包丁など生活必需品を作っている様子が見てとれる。

「あと……、ガラテアさんは怒るかもしれませんが、僕の大切な友人であるワッツの思い出の場所でもあるのでしょう……？　それはワッツがあなたと同じキセルを今も大切に使っていることからもよくわかります……」

「…………」

ガラテアは黙って自身の持っているキセルへと目を落とした。

ワッツとの経緯に関しても、何か悲しい行き違いがあるのではなかろうか。

「もちろん部外者の僕などにはわからない色んな理由があったのだと思います。けれど今はそれは一旦棚上げしておきませんか？　とにかく僕は、この工房を私利私欲のために潰そうなんていう考えには納得できません。こんな話、ササッと片付けちゃいましょう？　それに、うちの仕事もこれからお願いしたいところですしね。まあ実はそれが一番なんですけど！」

俺はウィンクしながら、ペロっと舌を出した。

「はっはっは……。それができれば痛快なのですが……。しかしレイン様……、約束の期日は本日の夕刻。もうあまり時間もありません……。ましてやオリハルコンなどという未知の金属を精製できる者など、最早この世に存在しないのです……」

「……ガラテアさん。僕に試させてもらえませんか？　そのオリハルコンの精製を」

俺は親指を立てて自分に向け、自信満々にガラテアにそう告げた。

「……今、何と……？」

「オリハルコンは、必ず僕がなんとかして見せます‼」

俺は超爽やかな笑顔を、ガラテアやシャーレイに向けたのだった。

……とは言ったものの……。え〜ん、ごめんなさい……。

俺の手の中にあるオリハルコン……、全力で火の魔法をぶちかましてるのに、一ミリたりとも溶ける気配がないんですぅ……。

少し前、親指を立てて自信満々にオリハルコン溶かす宣言した俺を、タイムマシーンに乗ってぶん殴りに行きたい……。

最近色々上手くいっていたから調子に乗ってしまった！　うわーん、恥ずかしい‼

「す、すごい炎ニャ……。私青い炎なんて初めて見たニャ……。普通の鉄とか銅なんて、煙みたいに消えちゃうんじゃニャいですか……？」

「うむ……。このように凄まじい熱と輝きを発する炎は、長く生きてきたこの私ですら見たことがない。しかし、それにつけても驚くべきはオリハルコンの結晶か……。あの超高熱をもってしても、ただの一片も欠けることがないとは……」

工房内の全員が作業の手を止め、俺に注目している。

そりゃそうだ。これが成功すれば、工房が存続できるのだから。だが……。

（くっそ……。もう魔力が尽きかけだ……。いや、もう一回……、もう一回だ。俺が諦めてどうするよ……って、あれ……、目の前が……？）

やっべ、マジで魔力切れ……？　ちょっと視界が暗く……。

「あっ、あぶニャイ⁉」

シャーレイはそう叫ぶと、咄嗟に地面を蹴った。

……ガッシャーン……‼

「シャ、シャーレイ⁉　大丈夫か⁉」

ガラテアや他の職人たちが、シャーレイと俺の所に駆け寄ってくる。

しまった……。どうやら俺は、近くに積んであった資材に突っ込んでしまったらしい。

しかしこの時、俺が怪我をすることはなかった。なぜなら……。

「うーん……、いててて……。あっ！　シャ……シャーレイさん!?」

「ニャハハハ……。だ、大丈夫ですかニャ？　レイン様？」

どうやらシャーレイは、資材の山にぶっ込んだ俺を倒壊する鉱石などから庇ってくれたらしい。

「けっ、怪我をしているじゃないですか！　なんで……、なんで僕なんかのために……」

どうやらシャーレイは俺を庇った拍子に足首を捻挫してしまったようだ。

俺は困惑した表情でシャーレイを見る。

「いやいや……。レイン様こそ、ワッツさんのことや仕事の依頼があるとはいえ、別に親しくもないこのガラテア工房のために必死になってくださっているニャ。無礼を働いた親方のことも許してもらいましたし、これぐらいお安い御用ですニャ……。いちちちち……。ニャハハ……」

シャーレイは必死に痛みをこらえながら、涙目で自らの足首をさすりながらそう言った。

なんてことだ……。不甲斐ない俺のために……。

「す、すみませんシャーレイさん。すぐに治療しますので、少しだけ待ってください」

「……治療？　もしかしてレイン様はポーションでもお持ちなんですかニャ？　ですが、私のような者にそのようなお気遣い無用ですニャ。こんな怪我、つばでも付けておけば治りますニャ！」

「いえ、あいにくとポーションの持ち合わせはありません。ですので、僕の魔力が戻るまで、ちょっとだけ時間をくださいね？」

俺はシャーレイに向かって笑顔でそうお願いすると、大きく深呼吸をはじめる。

スー……、ハー……。スー……、ハー……。

しばらくそうしているうちに、徐々にではあるが、俺の身体に魔力が戻ってくるのを感じる。

我がことながら、魔力の回復の異常な速さには定評があるからね！　えっへん！

「よし！　傷の手当てができるぐらいの魔力は戻りました。そのまま動かないでください！」

「き、傷の手当……？」

俺の言葉があまり理解できていないのか、戸惑うシャーレイをよそに、俺は右手にオリハルコンの結晶を持っていることも忘れ、そのまま左手をかざしてシャーレイに光の治癒魔法を行使する。

パァアアア……！

白く優しい光がシャーレイを包むと同時に、工房内にどよめきが巻き起こった。

「おぉ……？　まさか……、レイン様は火の魔法だけでなく、光の魔法も……？」

「あぁ……！　脚の腫れが引いて……、治っていくニャ……！」

ふぅ……軽い捻挫でよかった。これで大丈夫だろう。

（よし、じゃあもう一回気合を入れ直して火の魔法を……）

俺がそう思ったその時の出来事だった。

グニャリ……。

んん？　な……、なんだ？　何か右手に変な感触が……。

「あ……。あぁ……！　見てください、シャーレイさん……！　右手のオリハルコンが……」

「あっ⁉　ほ、ほんのちょっとだけ、へこんでるニャ……！」

再び工房内が大きくどよめいた。

ほんの少し。なぜかほんの少しだけだが、俺の右手の中にあったオリハルコンの結晶の形が変わっていたのだ。

（なんでだ……？　俺はシャーレイを治療していただけで……。うん？　治癒……？　そ、そうか！　わかった、わかったぞ‼）

ガシッ！

俺は両手でシャーレイの両肩をぐっと掴んだ。

「ニャニャ⁉　ニャにをされますレイン様⁉　ど、どど、どうしましたニャ⁉」

突然のことに、シャーレイは顔を真っ赤にして狼狽した。

「シャーレイさん！　わかったんです、オリハルコンの精製方法が‼　僕を……、僕を一番大きな炉の所まで案内してくださいませんか⁉」

「は、はいですニャ！　一番大きな炉ですね⁉　こ、こっちですニャ！」

俺はシャーレイに連れられ、ガラテア工房の中心部に位置する、工房内で最も大きな炉の前に立った。

「ここへこうして……、でいいのかな？」

俺は他の職人たちに教えてもらいながら、炉の中へオリハルコンの結晶を投入する。

同時に身体の中に、火と光の魔力を全力で練り込むとともに、全ての魔力を右手に集中させ、混ぜ合わせはじめた。

（イメージはシロの炎……。あぁっと、うちのシロじゃなく、白の炎ね……。邪気を払い、闇を灼く、正しく真っ白な炎だ……）

「いきますよ、皆さん……！　ガラテア工房みんなの力で、ピケット侯爵の思惑なんて炉にくべちゃいましょう‼」

そう叫んだ俺は、炉の中に火と光の魔力を混ぜ合わせた炎を顕現させた。

ガカッ‼

巨大な炉の中から、瞬時に強烈な白い光が溢れ出し、工房の隅々まで照らし出す。

「お……、おぉ……！　これは……、白い炎……！？」

「綺麗だニャ～……」

工房内の全員がその輝きに目を奪われた。そして……。

「お、親方……！　あれを‼」

シャーレイがそう叫ぶ。

「うむ……。まさかこのような日が来ようとは夢にも思わなかった……。神代以降……、誰も成し得なかったオリハルコンの精製……。それが今ここで……、我がガラテア工房で……」

ガラテアの目には涙が浮かんでいた。

それはおそらく、工房の存続に関して光明が見えたからではなかろう。

一人の鍛冶職人として……、そして鍛冶に己の人生の全てを捧げてきた一人のドワーフとして、今はただ全てを忘れ、伝説の金属オリハルコンの精製を食い入るように見つめている。

一際大きな炉の中では、白く輝く炎が、まるで美しいオリハルコンを慈しむかのように、いつまでも揺蕩っているのだった。

※※※

ザッザッザッザッ……。ザッザッザッザッ……。

王都の夕刻。通りを行き交う足音もまばらになる中、人相の悪い男たちの集団はとある場所を目指して歩いていた。

「今日の仕事は鍛冶職人どもを工房から叩き出すことだとよ！　ぎゃははは！　楽勝だな‼」

「けどよ、ガラテア工房って言や、くっそ頑固な職人どもが多いんで有名だろ？　素直に従うとは思えねぇけどなぁ」

「がっはっはっは！　お前ビビってんのかよ⁉　そんときゃ職人どもを皆殺しにすりゃいいんだよ‼　俺たちの後ろにはピケット侯爵閣下が付いてくださってんだぞ？　何があっても不幸な事故ってことになんだろうがよ‼」

「俺はあそこにいる獣人の女に興味があるなぁ……、げっへっへっへ……。他の奴はどうでもいいが、そいつだきゃあ殺さねぇでくれよ……？　俺が奴隷にして連れて帰んだからよぉ……！」

「はっ！　下衆野郎の趣味はわからねぇな‼」

「「「ぎゃっはっはっはっはっは！！！」」」

一〇人程度の男たちの集団は、誰はばかることなく、下衆な話題で下卑た笑いを浮かべながら堂々と通りを進んでいく。

すれ違う一般人たちは、いずれも眉をひそめて彼らと距離を取り、足早にやりすごす。

万が一視線を合わせようものなら、どんな因縁を付けられるかわかったものではないからだ。

男たちは全員、元冒険者だった。

当然真っ当な理由で冒険者を辞めた者たちではなく、いずれも素行不良による不適格者であり、同時に犯罪者でもあった。

そんなゴロツキたちをラプトン商会を通じて雇い、土地を奪い取る悪質な地上げや暴利を貪る高利貸し等、ありとあらゆる悪事を働かせているのは、他ならぬピケット侯爵その人である。

逆にチンピラたちは、侯爵の後盾もあり、その権力をかさに着てやりたい放題なのだ。

本日の任務は『契約を履行できなかったガラテア工房の接収』というもの。

彼らは今日のお仕事も、いつものように簡単に終わると思っていた。

そう、いつものように、至極簡単に終わると思っていた……。

「おい！　邪魔すんぞ‼」

そう叫ぶやいなや、突然人相の悪い男たちの集団がガラテア工房の内部に侵入してくる。

「どちら様ですかニャ？　あなたたちは」

シャーレイは柄の悪い男たちに対し、いつもどおりの笑顔で対応した。

そんな男たちの中でも一際人相が悪く、傷だらけの顔に黒い眼帯をつけた男が、ドスの利いた声でシャーレイに返す。

「どちら様じゃねぇんだよ、姉ちゃん‼　俺たちゃピケット侯爵閣下の遣いで来たもんだ‼　おら、てめぇら！　侯爵様から契約不履行ってことで、この工房からの退去命令が出ているぞ‼　さっさと鍛冶仕事なんて止めて、こっから出ていきやがれ‼」

応対するシャーレイを含め、工房内の職人たちはチラリと男たちを一瞥したものの、なぜかそのまま何事もなかったかのように、再び鍛冶仕事を再開した。

職人たちの物怖じしないその態度に、眼帯の男をはじめとするゴロツキたちは怒りを滲ませる。

「こらお前らぁ！　なに無視してやがんだ⁉　聞こえなかったのか、あぁ⁉　俺たちゃピケット侯爵閣下の遣いで来てると言ってるだろうがぁ‼」

「ぶっ殺すぞてめぇらぁ‼」

「なめてんのかコラァ‼」

一様に、大声で口汚い言葉を投げかけたり、工房内の資材を蹴り倒したりと、やりたい放題のゴロツキたち。

そんな時、工房の奥から凛とした一人のドワーフが姿を現した。

もちろん、ガラテアである。

「これは一体何の騒ぎでしょうか？　皆全身全霊で仕事に取り組んでいる最中なのですが？」

高い身長のガラテアは、眼帯の男をジッと見下ろす形で静かにそう言った。

男はその迫力に一瞬たじろいだが、気を取り直して声を張り上げる。

「お、お前がここの主のガラテアか⁉　なら話は早え！　ピケット侯爵様から書状を預かってただろう？　オリハルコンの短剣製作の依頼の件だ！　知らねぇとは言わせねぇぞ⁉」

見下ろされることを不愉快に思った男は、ニヤニヤと粘着質な笑みを浮かべながら、ピケットの名前を出す。

眼帯の男は考えていた。このガラテアという男も他の人間と同じように、ピケット侯爵の名前を聞けば途端に顔を青くし、自分の言うことは何でも聞くのだろうと。だが。

「ふむ、あなたのおっしゃるオリハルコンの短剣とは……、こちらのことですか？」

ガラテアはそう言うと、服の内ポケットから、ゆっくりと一本の短剣を取り出した。

そしてそれを鞘から抜いた瞬間、ゴロツキたちはハッと息を呑む。

姿を露わにした短剣。その刀身は白銀に輝くとともに、その姿はまるで宝石のように美しく、また、神々しくすら感じられた。そしてそれはただそこに在るだけで、漂う空気すら切り裂いてしまうような、そんな強烈な存在感を放っていたのだ。

冒険者だった頃の精悍さは見る影もないゴロツキたちだが、彼らとて腐っても元冒険者。

そんなゴロツキたちは直感した。あれは間違いなく……。

――――オリハルコンの短剣。

眼帯の男は、その見事な剣に、ゴクリと唾を飲み込んだ。だが堕ちに堕ちた男は、その狡賢い頭で、すぐにある邪な考えに思い至る。

「ひ、ひっひっひ……。そうか……、いや、やるじゃないかお前ら。まさか本当にオリハルコンの短剣を造っちまいやがるとはな……。恐れ入ったぜ……。けどよぉ、そりゃあちと困るんだよ。ガラテアさんよぉ……」

男は右手で顔全体を覆いつつ、指の間からギラつく眼を覗かせながら、そうつぶやいた。

「困る……？　困るとは一体どういうことでしょうか？　オリハルコンを精製して短剣を作れという侯爵様の依頼は完遂したと考えておりますが……」

ガラテアは片眉を上げて男に言う。

ガシャコーン‼

ふいにゴロツキたちの一人が出入口のドアを閉めた。

「あれ？　何で扉を閉めるんですかニャア？」

近くにいたシャーレイが質問した。

「……全員剣を抜け」

眼帯の男がそう言うと、ゴロツキたちはにやにやしながら、一斉に腰に携えた剣を抜く。

「……どういうおつもりですかな？」

　ガラテアは男に問いかけた。

　だが男は相も変わらず下衆な笑顔でガラテアの方へとにじり寄っていく。

「ひひひひっ……！　もうわかってんだろぉ、ガラテアさんよぉ。話の筋書きはこうだ。お前たちはオリハルコンの短剣を作れなかった。その上で工房を明け渡すまいと、武器を持って俺たちに襲い掛かってきた。だから俺たちはピケット侯爵様の名の下、正当防衛として、お前たちをやむなく殺した……。どうだ？　よくできた話だろう……？」

「そんなご無体な話はございますまい？　現に我々はこうしてオリハルコンの短剣を……」

　ダダンッ‼

　男はガラテアが話し終わるのを待つことなく地面を蹴ってガラテアに向かって突進すると同時に、把持していた剣を高く振り上げた。

「はーっはっはっはっ！　その短剣は俺が貰っといてやるよ！　だからお前は安心して死ね‼」

　男はおもいきり剣を振り下ろす。

　冒険者時代はパーティー前衛の戦士としてならした腕前。それなりに死線は越えてきたつもりだし、何度も修羅場を経験してきたという自負もあった。

　たとえそれが過去の栄光であっても、また、剣の腕前がかつての自分より遥かに劣っていたとしても、その一振りで確実に目の前のガラテアの首を刎ねることができると思っていた。だが。

「……？　いかがなされましたか？　私の首を切り落とした夢でも見られましたかな？」

　ガラテアは男に対し、静かに言葉を発した。

「なっ⁉　お……、俺の剣が……、ねぇ⁉」

　男は自分の目を疑った。今しがた、確実に振り下ろしたはずの剣が手から消失していたからだ。

　しかし、さらなる異常事態が今度はゴロツキたち全員に降りかかる。

『ねぇ……、お兄ちゃんたち……、ここで何してるの？』

　ふいに後ろから聞こえた声に、眼帯の男はギョッとして振り返った。

　いつの間にかゴロツキたちの中心に立っていたその声の主に、眼帯の男は背中にうすら寒いものを感じた。

「な……、なな、何だお前……⁉」

　声の主の出で立ちは異様なものだった。

　男の声とも女の声とも取れる声の主は、小さな背丈ではあったものの、たくさんの藁を幾重にも重ねたような装いに身を包み、また石を加工して作ったような、奇妙な仮面を着用していた。

　さらによく見ると声の主は、男の手から消えてしまった剣をその手に持っているではないか。

「……て……、てめぇ！　そりゃ俺の剣じゃねぇか⁉　一体いつの間に……。とっ、とにかくそれを返しやがれ……‼」

　しかし次の瞬間、眼帯の男は驚愕に目を見開き、絶句することになる。

「け、剣が……⁉」

　男の剣が一瞬の内に、声の主の手の中で、紅く輝きながらドロドロと溶けてしまったのだ。

「ひっ……」

「な、なんだありゃ……！」

ゴロツキたちは、眼前のあまりの光景に眼を疑った。

『ねぇ……、お兄ちゃんたち……。ここで何してるの？』

石仮面を被った先ほどの声の主は小さく、だが確かにもう一度、そうつぶやいた。


「お、俺の……剣が……!?」

剣を飴細工のように溶かされた眼帯の男は、驚愕に目を見開いた。

俺は全身を無属性魔力で強化して猛ダッシュし、振り下ろされた男の剣を奪い取ると、取ったそのままの左手に火の魔力を集中させ、剣を溶かしてやった。

おいおい、俺の剣が……、じゃねぇだろ！

いきなりガラテアを殺そうとしやがって、何考えてんだコイツ！

いや、そもそもこいつら全員おかしいだろ。工房の職人たちを皆殺しにするだと？

オリハルコンの結晶が火と光の魔力を混ぜ合わせた高熱で精製できるとわかり、短剣作製の目処が立った時、俺たちはもしもの時のことを想定し、話し合いを行った。

時間になれば、工房からの立ち退きを求める使者が必ずやってくるであろうこと、たとえオリハルコンの短剣を提示したところで、何かしらの難癖をつけられ、無理にでも工房の接収を行おうとするかもしれないことなどなど。

仮に使者としてやってくるのがそこらのチンピラなら蹴散らすのは簡単だが、俺としては王様との謁見の前に、あまり目立つ行動はしたくはない。

そこで俺は『長年職人たちが愛と熱意を持って働いた工房には、妖精みたいなのが住み着いて、工房を害そうとする輩がいれば助けてくれるという伝説がある』という無茶な設定をでっち上げ、それ相応の格好をしたのだ。

身体を覆うたくさんの藁は、敷地の反対側にある厩舎の中にたくさんあった。

少々お馬さんのおしっこの匂いがするのもご愛嬌。

そして石でできたこの仮面も、工房にあった軽い素材の石でササッとガラテアが作ってくれた。

コンセプトは座敷童なので、表情はかわいく作ってもらったよ？

そんなこんなで、工房のみんなに笑われながら、こっちは恥ずかしいかっこうまでして（実はけっこう楽しいけど）、ちょっと脅かして追っ払うつもりだったのだが、いきなり全員で殺しにかかってくるとは……。

「こ……このガキィ！　いやガキかぁ？　まあどっちでもいい……！　よくも俺の愛剣を……！」

眼帯の男は怒りの表情を浮かべながら歯噛みする。

お前にとっては人命よりちっぽけな長剣の方が大事なのか？

『ねぇ、お兄ちゃんたち……。お兄ちゃんたちは悪い人なの？　僕はね、工房妖精の……、えっと………ワ……、ワラシー。この素敵な工房に住み着いてる妖精なの』

そう言えば名前を考えるのをすっかり忘れていた。咄嗟に座敷童から名前を取ったが……。

「あぁ……？　ワワラシーだとぉ……？　ふざけてんじゃねぇぞぉ、こらぁ……」

あ⁉　ち……違うよ、バカ！　それは俺がどもっただけで……。

「おぉ……！　工房妖精ワワラシー……‼　我々鍛冶職人の間では有名な言い伝えだ……。長年職人たちが愛と熱意を持って働いた工房には妖精が住み着き、工房を害そうとする者がいれば助けてくれるという、伝説の妖精……。まさか我が工房が、かの妖精のお眼鏡に適うとは……」

ガラテアは両手を広げ、さも感動したような口ぶりで大袈裟にそう話す。

めちゃくちゃ設定どおりだな、真面目かガラテア……！

あと名前！　……けどもういいや、ワワラシーで。

『ここは僕の大切な場所なの。悪いことせずみんな笑顔で仲良くしてほしいの。僕のお願いなの』

俺は首を傾けながら、かわいく男たちに言った。しっかりキャラ付けしとかないと。

「笑顔でぇ？　仲良くぅ？　ぎゃははは‼　聞いたかおい⁉　傑作だなこりゃあよぉ‼　ひーっひっひっひっ……！　あぁあぁ、仲良くしてやるとも。ただ……」

眼帯の男は、ひとしきり笑い終えると、仲間の一人から剣を奪い取り、今度は俺の方へ猛然と突進してきた。

「……仲良く皆殺しだけどなぁ‼」

再び振りかざされる凶刃。悪意の刃が工房妖精ワワラシーこと、俺に襲いかかる。だが。

パキィン……！　カランカラ――ン……。

剣の折れる乾いた音が工房内に響く。俺は石仮面の額部分で相手の剣を受けたが、インパクトの瞬間、額部分を火と土の魔力を混ぜ合わせた硬い石で覆い、逆に剣をへし折ってやったのだ。

「こ、こいつ……⁉」

ゴロツキたちが再び色めき立つ。

どうやら眼帯の男はリーダー格で、剣の腕もこの中では一番なのだろう。

うちのマッチョ父の剣戟に比べれば、ハエが止まりそうなもんだが……。

「わぁ！　工房妖精様が護ってくださってるニャ！　ワワラシー様、ありがとうニャア‼」

間髪いれずシャーレイが囃し立てると、ガラテアや他の職人たちも大声で歓声を上げはじめた。

「すげぇぞ工房妖精様！」

「俺たちの守り神だぁ！」

そーれ、ワッワラシー‼

あそーれ、ワッワラシー‼

沸き立つ工房に繰り返しこだまするワワラシーコール。やめろ、こんな応援、打ち合わせにはなかっただろうが。

（……でもちょっとその気になっちゃうよな、てへへ）

そして俺はゆっくりガラテアたちの方に移動するとその場で振り返り、ゴロツキたちの顔を順番に見つつ、最後通牒を突きつける。

『お兄ちゃんたち。どうかおうちに帰ってくれないかななの？　僕はこの工房が大好きなの。みんなを笑顔で見守る、優しい妖精のままでいたいの』

俺はできるだけかわいい声と優しい口調で話す。だが眼帯の男は額に汗を滲ませながら、俺を睨みつけて叫んだ。

「知るかよ、くそがぁ！　おい、お前ら！　今度は全員でかかるぞ‼　腹でもぶっ刺しゃあくたばるだろうよ‼　そんでよ、見世物小屋に叩き売っちまうってのはどうだ⁉　妖精だぜ、妖精！絶対儲かるぞ、ぎゃはははは‼」

眼帯の男は嬉々として、右手をくいくいっと動かしながら、他のゴロツキたちに指示を出す。

ゴロツキたち全員が、そのくだらない話に賛同して大声で笑いだした。

……どうやら、妖精さんのお願いを聞いてくれるつもりは微塵もないらしい。

それどころか、殺して売っ払うだと……？　むむむ……。性根から腐り切った奴らめ。

優しい妖精さんを演じるのもここまでか。

『……そっか……、残念なの。そういうことなら、お兄ちゃんたちみんな……』

俺は身体の中に、急速に魔力を練り込んでゆく。

『炉にくべちゃおうかな』

まだ声変わりしていないピュアな俺だが、ここは最も大事な場面だと声を低くし、ドスの利いた声色演出を頑張ってみた！

「────っ⁉」

次の瞬間、俺はゴロツキたちに向けて強烈な殺気を込めて無属性魔力による威圧を放った。

俺はこいつらの行動にマジで頭にきていたため、今回の威圧は、いつかヴィンセントに浴びせかけた殺気や、先日イザベルに向けたものよりも、より強固な殺意を込めてぶっこんでやった。

「ひ……、ひ……、ひぃえええええ！⁉」

俺に威圧された瞬間、眼帯の男は悲鳴をあげながら腰を抜かし、尻もちを突いてその場にへたり込んだ。

「な、なな……、なんだ……、こ、ここ、これ……⁉」

「うぶ……っ、うぼぉぇぇ……‼」

他のゴロツキたちも途端に動けなくなった。中には嘔吐する者、無様に失禁する者までいる。

眉を顰め、ちょっと嫌そうな顔をしているガラテアが視界の隅に……。す、すまん。

『さあ、みんなで紅いお風呂に入ろうよ。真っ暗な炉の中は、とてもいい湯加減なの……』

俺は低い声でそうつぶやきながら、一歩、また一歩とゆっくりと眼帯の男の方へ歩みを進める。

「ひっ……、ひぃぃぃい‼　く……来るなぁあ⁉」

眼帯の男は、尻もちを突いたまま後ずさる。

「どっ……、どけぇ‼」

恐怖に震えながらも、なんとか立ち上がった眼帯の男は、動けない仲間たちを無理矢理押しのけ、おぼつかない足取りで逃げ出した。

「ひぃ！　待ってくれよぉ‼」

「お……、おおお……、お前だけ逃げんのかよぉ⁉」

動けないゴロツキたちが悲鳴や罵声を浴びせるも、眼帯の男にまったく悪びれる様子などなく、『黙れ！』『どけぇ！　ザコが‼』などと浅ましく叫び、強引に仲間を押しのけつつ、一目散に出入口の方へ駆けてゆく。

「で、出口、ようやく出口だ……！　お……俺だけは助かる……‼」

涙や鼻水でぐしゃぐしゃになった眼帯の男は、出入口の扉の取っ手に手を掛けようとした。

間もなくこの恐怖から解放される……。もうすぐ自分だけは逃げおおせる……。

きっとそんな風なことを眼帯の男は考えていたのだろうが。

ドチャア‼

「ぐぅえぇっ……⁉」

眼帯の男は突然バランスを崩し、顔面から豪快に転倒した。

正確に言えば、何かに足を取られ転倒してしまったのだ。

「な、なんだこれ……？　俺の足に……、黒い鎖が……？」

眼帯の男は自分の目を疑った。自分の左足首に得体のしれない真っ黒な鎖が、幾重にも巻きついていたのだから。

「な、なんだよこれぇえ……⁉　は、外れねぇ⁉　外れねぇよぉ、くそがぁ‼」

眼帯の男が後ろを振り返ると、その得体のしれない黒い鎖は、自分だけではなく他のゴロツキたちも拘束していることを理解した。そして。

ギュルギュルギュルギュルギュルギュル‼　ズザザザザザザザ‼

「ひっ……、ひえあああああああ！⁉」

凄まじい勢いで強制的に引きずられていく眼帯の男は、なんとかそれに抗おうとするも、黒い鎖はほどけるどころか、より複雑に脚に絡みつき、その勢いを増して男を工房内へと引きずり戻していく。

どこへって？　もっちろん、妖精さんの所へさ！

俺は闇の魔力を練り込んで足の裏から地面に魔力を流し、ゴロツキたちの中心部から黒い鎖を創り出して全員を拘束した。

（この鎖はブリヤート大草原で使って以来だな……。セルジたちは元気だろうか……？）

俺は自分だけ逃げ出した浅ましい眼帯の男を含め、全員を鎖で縛り上げて一箇所に集めると、続けて火の魔力と土の魔力を練り込んで混ぜ合わせる。

『おっふろにはいろうよ、お兄ちゃんたち。とっても素敵なおっふろっだよ！』

ゴゴゴゴゴゴゴゴゴ！　バコッ‼　ズギャ‼

地面から次々に突出する土壁、瞬く間に固い素材が敷き詰められてゆく床。

そしてそれらを青い顔で見守るゴロツキたち。

俺は、拘束したゴロツキたちを中心として、一つの大きな『炉』を創り出した。

「ひぃ……⁉　お、俺たち、いつの間にか、ろ……ろろ……炉の中にいるぅ……⁉」

「こ……、こんなバカな……」

「たす……、助けて……！　助けてくれぇ‼」

いよいよゴロツキたちはパニックだ。ほんの数分前まで、通りの真ん中を我が物顔で歩いていたであろう奴ら。この中の一体誰が、今日こんな目に遭うと想像していただろうか。

「よ、妖精さんの魔法は凄まじいニャ……。ここまでとは思わニャかった……」

俺の魔法を目の当たりにし、シャーレイだけでなく、ガラテアをはじめとするムキムキの職人たちですら、青い顔で戦慄していた。けど、俺はこのバカどもを許す気はない！　きっちりケジメをつけさせてもらうからな‼

「お、お前！　妖精だかなんだか知らねぇが、俺たちにこんなことしてただで済むと思ってんのか!?　俺たちの後ろにはあのピケット侯爵がついてんだぞ‼　い……、いい、今なら許してやる！　他の奴はどうでもいい！　さっさとこの鎖を解いて、俺をここから出しやがれ‼」

眼帯の男は、なりふり構わず炉の中で無様に叫んだ。

コイツはほんっと、救いようがないなぁ。この期に及んで、自分だけ助かろうとするとか……。

『……ピケット？　なにそれ？　おいしいの？』

俺は真っ暗な炉の中をのぞき込みながらそう言った。

俺の低く小さなつぶやきに、眼帯の男や他のゴロツキたちは絶句する。

『さぁ、お兄ちゃんたち。お風呂の中でしっかりと素材になって町のみんなの暮らしを支えてね？』

「お……、お願いだ……、助けてくれ……。いや、助けてください……」

眼帯の男は、ぐったりした様子で、それでもなお命乞いをする。

だが俺がそんな願いを聞いてやるはずもなく。

『……そうやって助けを求めた人たちを、何人殺してきたのかなぁ？』

ガッシャア―――ン……。

俺は最後にそう告げると炉の扉を閉めた。

重い扉を閉じた音が響き渡り、炉の中は漆黒の闇が支配する世界となっていることだろう。

最後の仕上げに俺は、再び火の魔力と土の魔力を練り込み合成しはじめる。

今度は火の魔力増し増しでね！

（さぁ、イメージしろ。流れ出すは、熱い真っ赤なマグマ……。何人もその進行を止めることはできない……。触れるもの、邪魔するもの……、全てを焼き尽くすマグマだ……！）

「な……!?　なんだあれ！！？」

眼帯の男が泣きそうな声で叫んだ。

真っ暗闇の中で、炉の壁から徐々に浮かび上がってくる赤い光とともに、中の温度もどんどん上昇していく。

すぐに他のゴロツキたちも悲鳴を上げた。

「熱い、熱いぃ……!?」

「マ……、マグマだぁ!?　か、火山でもねぇのに……、なんで……!?」

「ぎゃあああ!!　助けてぇぇぇ!!」

俺は火と土の魔力を合成し、炉の中の至る所からゆっくりと流れ出るマグマを創り出した。

中からはゴロツキたちの凄まじい叫び声が聞こえ、工房内に響き渡る。

このまましばらく放置していれば、炉の中は超高熱のマグマで満たされて阿鼻叫喚の地獄絵図となり、彼らは骨の一片すら残らず、この世から消え去るだろう。

（……やれやれ、こんなもんか）

「こんなところでよろしいですか、ガラテアさん？」

俺は全ての魔法を解除し、創り出した炉や、ちょこっとだけ壁から流したマグマを消し去った。

すぐにガラテアやシャーレイ、その他の職人たちが駆け寄ってくる。

そこには、一人残らず失禁したゴロツキたちが、気を失って倒れていた。

（……ま、殺しちゃうと、こいつらと同じになっちゃうしな）

ゴロツキたちの様子を見たシャーレイがつぶやく。

「ば、ばっちいニャア……」

鼻をつまみ、顔をしかめるシャーレイに、皆が大声で笑いだした。

その笑い声は工房の外まで聞こえるほどで、通りを行く人々は、今日も変わらぬガラテア工房の活気に顔をほころばせ、それぞれの家路を急ぐのだった。

「じゃあ、僕は一旦宿に戻ろうと思います。仕事の依頼の件は先ほど簡単に説明したとおり、プラウドロード男爵領への人材派遣が主です。詳細な詰めのお話は、後日あらためて説明に来させていただきますね」

ゴロツキたちを撃退した後、俺は改めてガラテアに対し、うちの領への人材派遣や技術援助を依頼すると、ガラテアは快く承諾してくれた。

「承知いたしました。当工房を救ってくださったレイン様の頼みとあらば、我々一同、何をおいても必ず協力させていただきます」

ガラテアは左右に大きく両手を広げて工房を見渡すと、深く礼をしながらそう言った。

「ありがとうございます！　……でも工房を救っただなんてちょっと大袈裟ですよ？　オリハルコンを精製できたのだってほんの偶然だし、それこそガラテアさんや皆さんの常日頃からの卓越した技術と、積み重ねた知識があればこそですから。短剣に関してはしばらくの間、しっかりと保管しておいてくださいね？」

俺はちょっと照れながら、笑顔で答える。

「それは心得ておりますが……。ふふふ、奇特なお方ですね、レイン様は。そこいらの強欲貴族とは根本から違うようだ。……ところで、本当にあの連中は今すぐ衛兵に引き渡さずともよいのでしょうか？　もちろんここにしばらく置いておくことには何の問題もありませんが……」

ガラテアは目を細めて工房の隅っこを見た。

厳しい視線のその先にはさっきのゴロツキたちが、間抜けな顔で気絶したまま、しっかりと縄で縛られて転がされている。

「ええ。彼らを今衛兵に突き出しても、おそらく罪には問えません。いや、言い方を変えれば、突然の病死や事故死として処理されてしまう可能性が高いでしょう」

「……成程。ピケット侯爵ですか……」

ガラテアはやれやれといった風にゆっくりと首を横に振る。

「彼らを拘束しておけば、今回の件がすぐにピケット侯爵に伝わることはないと思いますので、しばらく心配はないでしょう。あと……」

「……あと？」

ガラテアは首をかしげて俺に尋ねた。

「……実は明日の正午すぎ、僕は父グレンとともに国王様に謁見させていただくことになっているんです。そしてその場には、ピケット侯爵も陪席すると聞いています」

俺は目を細め、キュッと口を一文字に結んだ。

「……ピケット侯爵には、このガラテア工房の件も含め、間接的にとはいえ、色々と縁があるんですよねぇ……」

変態黒山羊の悪魔召喚にはじまった、ライアン・グレイトウォール公爵への強力な呪術による殺人未遂や、それに伴うエチゼンヤ商会の荷馬車襲撃。

そして無理難題を吹っ掛けた、ガラテア工房強奪計画と、それに伴うこれまた殺人未遂。

一体どれだけの人間がピケットという輩のために迷惑を被ったかわかりゃしないし、さすがの俺も、腹が立って仕方がない！

「……ふむ、詳細は存じませんが、全ては明日、ということなのですね。承知いたしました。無論我々にできることがあれば、何でも協力すると誓いましょう」

ガラテアは深く事情を聞くことなく、何かを察したように目を閉じて黙礼する。

（さて、そろそろお暇しないとなぁ。けど、どうしても気になることが……）

そこで俺はもう一つ、聞いておかなければならない禁断の話題に触れる……。

ほ、ほんのちょっとだけ、無属性魔力で身体を強化するのは許してね？　痛いのいやだもん！

「あの……、それと、最後に……、エヘヘ……、ワッツの件なんですけど……」

穏やかだった工房内に、突如緊張が走った。

シャーレイや他の職人たちなど、青い顔をしてガラテアや俺から離れていくではないか。

あ、ちょっと!?　みんな早くない!?

俺も二〇メートルぐらい離れてメガホンでも使えばよかったか……？　けど今聞いとかないと、もう聞ける機会もなさそうだし……。

「ふふふ、そう警戒されずとも大丈夫ですよ。先ほどのようなことはございません。……確かにワッツに対しては色々と思う所がありますし、おそらく顔を見れば殴り合いになるでしょう。もしかしたら血で血を洗う殺し合いに……おっと、それは冗談ですがね」

暴れ出すことなく、顎に手をやり、ニヤリと笑うガラテア。

冗談に聞こえない所が怖いけど……。

ガラテアは取り出したキセルに火を点けると、大きく吸い込み、ゆっくりと煙を吐き出すと、静かに語り出した。

「……ワッツの奴は、それはそれは腕の立つ職人でした。若い頃に同じ師匠の下で鍛冶を学んでいたのですが、その時から奴とは妙に気が合いましてねぇ……。それぞれ師匠の下から独立する話になった時、私が奴を誘ったんですよ。一緒に王都に乗り込んで、一旗上げないか？　とね」

　工房のみんなも初めて聞く話のようで、全員遠巻きから興味深々にガラテアの話を聞いていた。

「王都へ来たばかりの頃は右も左もわからず、その日食うにも困る有様でした。しかし、日々お互いを励まし合いながら、師匠から受け継いだ技術で一心不乱に鍛冶仕事に勤しむうち、だんだんと私たちの周りに人が集まってくれましてねぇ。……それがこの工房の原点なのですよ」

　ガラテアは目を細め、昔の出来事を懐かしむように教えてくれた。

「……けれど、何かがあってワッツはここを出た」

　俺はそんなガラテアをじっと見ながらつぶやいた。

　ガラテアは俺に背を向けると、ゆっくりと視線を天井の方に向ける。

「……奴にここは狭すぎたのでしょう。王都の技術革新などともてはやされた結果、工房は大きくなって仕事も増え、我々の評価もうなぎのぼり。暮らしぶりも見る間に豊かになりました。しかし、忙しくなればなるほど、多種多様な物の作成依頼が殺到し、個々の製品にかけられる手間や時間は大幅に制限されていきました……」

　ガラテアは肩を落とし、ゆっくりと煙を吐き出した。その背中が、どこかもの悲しい。

「ひとつひとつの仕事に強い責任感とこだわりを持っていたワッツは、どうしてもそんな状況が許せなかったようで……。いつしか我々は、お互いの職人としての在り方において、事あることに対立するようになってしまったのです」

ガラテアは、ゆっくりとこちらに振り向くと、再びふうっと大きく煙を吐き出した。

「鍛冶に対する姿勢や職人としてのこだわりは、確かにワッツの方が正しかった……。だが私も当時は若く、この工房をより大きく、より効率的に運用することばかりに囚われてしまい、どうしても奴の思いを受け止めることができず……。そうして幾度となくぶつかり合った結果、ワッツはここを去っていきました……」

工房内は、水を打ったように静まりかえっていた。

（そんな事情があったとは。ワッツもあれで、筋の通った自分の考えを持っていたんだな……）

「……このキセル。これは我々が王都に来た際、たとえどんな状況に陥ろうとも、互いの苦労を思い合うことを忘れないようにと、最初に作り合った物なのですよ……」

ガラテアはキセルを見つめながら続けた。その目はとても優しく、きっと当時のことに思いを馳せているのだろう。

ワッツもキセルを使う時、昔のことを思い出していたのだろうか。

「私はこれまでずっと、工房を去ったワッツを許すことができませんでした。しかしレイン様から奴の仕事ぶりやこのキセルの話を聞いた時、何と言いますか……、奴に対する怒りやモヤモヤした気持ちがスーッと消えてしまいましてねぇ……」

ガラテアは遠い目で続ける。

「加えて、今回ワッツの奴がレイン様にこの工房のことを伝えていなければ、ピケット侯爵のような下衆な輩に目を付けられた我々は、どうしようもありませんでした。オリハルコンの精製などという奇跡も目の当たりにすることができましたしねぇ」

　苦笑いを浮かべるガラテアだったが、その表情は最初に比べると、どこか明るい。

「……僕は、ワッツの鍛冶に対するこだわりは大変素晴らしいと思います。うちの領地の人間はいつもワッツに助けられていますしね。……けれど、決してガラテアさんの考えが間違っていたとも思いません」

　ガラテアはじっと俺を見つめる。

「あなたはあなたで、工房を守るために必死に頑張っていたんでしょう？　そうでもしなければ、ここで働く方々の生活もままならなかったでしょうし、何より、この工房の製品を心待ちにしていた王都の人々を裏切ることになってしまう」

「……」

「どっちが正しくてどっちが間違っていた、なんて話じゃあなく、僕はどっちも正しかったんだと思います。だってほら、皆さんのお顔がそれを物語ってくれているじゃないですか」

　俺はにっこり笑ってガラテアの後ろを指差した。

　ガラテアはゆっくりと後ろを振り返る。するとそこにはシャーレイをはじめ、工房の職人たち全員が、はつらつとした笑顔でガラテアを囲むように立っていたのだった。

「……そう……ですね。……いや、そのとおりですとも。ワッツはワッツの、私は私の信じる道を歩んできた……。ただそれだけのことでしたね……。はっはっはっ……。そんな簡単なことに長い間気が付かなかったとは、我ながら鍛冶以外何の取り柄もないドワーフですからね、お恥ずかしい限りです」

そっと下を向き、恥ずかしそうに目の辺りを拭うガラテアを、皆が優しい表情で見守っている。

「さて！　そろそろ僕は行きますね。今日は本当にお世話になりました。お仕事の件、どうかよろしくお願いいたします！」

俺は深く一礼すると、ガラテア工房の面々に別れを告げた。

「こちらこそ、なんとお礼を申し上げてよいやら。また必ずお立ち寄りください。心より歓迎いたします、レイン様」

「また来てくださいニャ！　レイン様‼」

こうして俺はみんなに見送られつつ、明日の謁見への決意を新たに、ガラテア工房を後にしたのだった。


「あのぅ、親方……。実はレイン様から預かり物があるんですニャア……。レイン様が、恥ずかしいから帰った後に親方に渡してほしいと……」

「預かり物……？　また一体何を……？」

「これニャンですが……」

ガラテアはシャーレイから渡された包みを開いた。すると。

「こ、これは……⁉　オリハルコンのキセル……！」

「そうニャンです。レイン様は、みんなが短剣を作っている合間に、床に落ちていたオリハルコンの欠片や、端々の余ったオリハルコンをかき集めてきて、キセルを作りたいからやり方を教えてほしいと私に言われましてニャ……」

「なぜにまたオリハルコンのような希少素材でキセルなどと……。レイン様は一体……？」

ガラテアは渡されたキセルを手に取ると、様々な角度から眺めた。

それはとても不格好な作りの小さなキセルで、お世辞にも見た目はよろしくない。無論、まったくの素人が一から作ったのだから、それは当然だろう。

だがそのキセルは、見る者全てが目を奪われるような、美しい白銀の輝きを放っている。それはまぎれもなく、オリハルコンの輝きだった。

「実はレイン様はこの小さなキセルを二つ作られましたニャ」

「二つ……？　それはもしや……」

「そうです。もう一本はワッツさんにお渡しするそうです。永遠に朽ちることのない『絆の証』だそうですニャア」

シャーレイはガラテアのためにスッと灰皿を用意する。

ガラテアはしばらく黙っていたが、やがてその小さく歪なオリハルコンのキセルに点火すると、大きく息を吸い、ゆっくりと吐き出した。

「……ふふふ、レイン様とてやはり鍛冶は素人……。あまり煙の通りがよくありませんし、正直売り物にはなりません。……だがそれが何ともいいじゃありませんか。このキセルからは、それを補って余りある優しさ、そして思いやりが感じられます。……きっとこれは千年経っても二千年経っても、変わらないのでしょうねぇ」

「ニャハハ！　親方はきっと後世で、オリハルコンのキセルを持ったとんでもドワーフがいた！　なんて語り継がれるんでしょうニャ！」

シャーレイはケラケラと笑う。

「ぶっ……！　くくくっ……、ははははっ！　はーっはっはっはっはっはっ‼」

ガラテアもシャーレイに続き、とても大きな声で笑った。

それは鍛冶を再開していた職人たちが、何事だ？　と二度見するほどの大きな笑い声だった。

このように笑ったのはいつ以来だろうか……と、ガラテアは思う。

「……願わくば私の他にもう一人、そういうバカなドワーフがいたと、語り継がれたいものですねぇ……」

　この日もガラテア工房は、夜遅くまで炉の火が落ちることはなく、王都の人々の豊かな生活のため、力一杯鍛冶仕事に精を出すのであった。

第五話　その前日、とある侯爵閣下の屋敷にて

ガッシャ――ン!!　ドンガラガッシャーン!!

「うがぁぁぁぁ！　一体全体どうなっておるのだぁ!?」

とある男の執務室に飾られていた美しい絵画や豪華な調度品が、見るも無残な姿になっていく。

物盗り？　はたまた強盗？　否。執務室の物を破壊していたのは、まぎれもなくそれらの所有者で、その名をピケット・オーブリー・モートン。

モートン侯爵家現当主で、年齢は四六歳。毛先をくるりと巻いた、長く美しい自慢の金髪……、頭頂部は些か寂しいが。

また一般的な男性に比べてかなり低い身長に加え、それを補って余りあるほどでっぷりと突き出た腹、腹、腹。指にはゴテゴテとした指輪をこれでもかというぐらい嵌めており、それが節くれた短い指を一層際立てる結果となっている。

このグレイトバリア王国においてピケット侯爵と呼ばれるその男は怒り狂っていた。怒髪天を突く、とはまさにこのような状態をいうのだろう。

「はぁ、はぁ……。地上げはどうなっている!?　なぜ完了の連絡がこない!?」

「も、申し訳ございません!!　今私兵たちにガラテア工房に向かった面々を探させてはいるのですが、そ、その姿は一向に見えず……」

執事と思しき初老の男性が必死に頭を下げ、荒ぶるピケットをなだめている。

だが当のピケットは、元々人の話に真摯に耳を傾けるような人間ではないし、このような精神状態なら尚更だ。

「くそっ、くそっ、くそぉおお‼　あのゴロツキどもめ、元冒険者などと言いながら、俺の金を持ち逃げしたか⁉　でなければ、たかだか鍛冶職人どもを皆殺しにする程度、失敗するはずがないだろうが‼」

怒りのボルテージは、下がるどころか上昇の一途をたどっていく。

最早ピケットは物事に対してというよりも、『怒るために怒る』というような状態になっているが、一度こうなってしまうと、誰も手をつけられない。

あとはただただ、時間が解決してくれることを待つばかりである。

ピケットの家、つまりモートン侯爵家は、グレイトバリア王国に存在する多くの貴族の中でも『侯爵』の爵位を与えられ、治める領地の大きさやその経済力は、他の追随を許さないほどの名家である。

また、グレイトバリア王国においては国王ルーファスの下、人々から恐れ敬われる由緒正しい四つの家があり、それぞれグレイトウォール公爵家、キングスソード公爵家、セブンスシールド公爵家そしてスペルマスター公爵家という、いわゆる王国四貴族と呼ばれる絶対的な貴族である。

彼らは建国より王国の要職に就き、王を補佐しながら、その繁栄に大きく貢献してきた。

モートン侯爵家は、その昔他国との戦乱の折に上げた功績により、それら王国四貴族に次ぐ地位を与えられており、この国においてその権威権勢たるや凄まじく、当該四貴族を除けば、現当主たるピケットに対し、口出しできる者などいるはずもなかった。

それがたとえどうしようもない、クズのような人間だとしても……。

「あいつらは死刑だ！　地の果てまで探せ！　探し出して必ず殺せぇ‼」

「しょ……、承知いたしました！」

執事は身体をくの字に折り曲げ、ピケットに対し深く頭を下げた。

このような状況で何か意見でもしようものなら、今度は己自身や、それこそ何の関係もないメイドたちが、無惨に床に散らばった調度品のようになるのだろう。

「もう一歩……、もう一歩で俺が公爵になれる……。そうすれば、最早王国四貴族などに媚びへつらう必要もない……。グレイトウォールのジジイのように、必ず殺してやるぞ……。ぐひっ……、ぐっひっひっひっひっ……」

両眼を血走らせ、ひどく黄ばんだ歯を剥き出しにしながらほくそ笑むピケットを横目に、代々モートン侯爵家に仕えてきた初老の執事は思う。

最近主君であるピケット侯爵は、どこか様子がおかしい。

もちろん、以前から欲の皮の突っ張った下衆な性格ではあったが、それでもまだ貴族としての威厳はあった。

しかしここ最近はどうだ、まるで何かに取り憑かれたかのように、いや、最早ピケットの皮を被っただけの別人であるかのように人が変わってしまった。

古くから侯爵家に仕えてきた者たちを、突如次々に解雇しはじめたかと思えば、主君のためを思い諫言を行った古参の忠臣を即座に処刑し、あまつさえその家族までも逮捕監禁し、苛烈な拷問の末に絶命させるなどの、常軌を逸した行動をとった。

そして極めつけは、あの黒い悪魔の召喚。

思い出すだけで吐き気を催す、酸鼻を極めたあの光景……。

悪魔を召喚するためだけに、犯罪奴隷とはいえ一体どれほどの命を犠牲にしたのだろうか……。

「……い、おい‼　聞いているのか‼　貴様ぁぁ‼」

突然ピケットに怒鳴りつけられ、初老の執事は思考を停止した。

「も、申し訳ございません、我が主。少々考え事を……」

「ふんっ！　長く居座っているだけの無能なお前の考えなど、どうでもよいわ‼　……そんなことよりも例の件、滞りなく進んでいるのであろうな？」

「……はっ。お任せください。現在のところ、国内外より約二〇〇余名程度の奴隷を確保しております。今しばらくお待ちくださいませ……」

執事の報告に、ピケットはほんの少し機嫌が良くなったのか、調度品を破壊する手を止めた。

「ぐっひっひっ。もっとだ……、金はいくらかかってもよい。奴隷どもをもっと集めるのだ。それらを生贄としてより強力な悪魔を召喚し、我がモートン侯爵家はさらなる高みに登るのだ！　ぐひゃひゃひゃひゃひゃひゃ‼」

「……！」

「召喚の儀式のためには、あの広い工房の敷地はうってつけだ。さらに地下にも施設を拡大すれば、奴隷どもの飼育や繁殖といった管理もしやすかろう？」

「……‼」

人を人とも思わぬピケットの心の闇に、初老の執事は最早言葉を失っていた。

その姿はあまりに醜く、執事は思わず目を逸らしてしまう。

本当の悪魔とは、むしろこのような人間のことを言うのではなかろうか……？　という考えが脳裏をよぎるが、慌てて主君に対する不敬を振り払う。

「あぁ、それと。俺は明日、国王陛下とよくわからん田舎貴族との謁見の儀に陪席せねばならん。ここへ戻るのは幾分遅くなるだろう。それまでに、あのいまいましい工房を何とかしておけ。次も失敗すればその時は、わかるな……？」

ピケットは殺気に満ちた目で執事をねめつける。

同じ人間とは思えぬその気配と恐ろしい形相に、執事の身体中から冷や汗が吹き出した。

「……は、ははぁ！　肝に銘じておきます‼」

「……俺はもう寝る。ここをちゃんと片付けておけよ。お前が無能だから部屋がこうなったのだ。塵の一粒でも残っていれば、命はないと思え」

口角を歪め、心底楽しそうにニヤリと笑うと、ピケットは執務室から退室した。

「かはぁ……！　はぁ……、はぁ……！」

しばらくの沈黙の後、恐怖とおぞましさから解放された執事は、間もなく膝から崩れ落ちた。

冷や汗でぐしょぐしょになったシャツを背中に感じつつ、これ以上ないほどに荒れた室内と、粉々に砕かれた調度品などを片付けながら、初老の執事は思う。

一体なぜこんなことになってしまったのだろうか……。

おそらく、次に殺されるのは自分だ。なぜなら先ほど言った奴隷の手配など、真っ赤な嘘……。たとえ奴隷とはいえ、生贄として殺されるためだけにそれを集めるなど、自分には到底できるはずもない……。

今のうちに家族だけでも遠くへ……、いや、不可能だ。

そんなことをすれば、我が主は嬉々として追跡し、想像を絶する拷問と苦痛を与えた上で、平然と命を奪うだろう。

……幸いだったのは、ガラテア工房に向かったならず者たちから何の連絡もないことか。

王都の民の生活になくてはならないあのガラテア工房を潰すなど、あってはならない。

長らく王都に住む自分は、鍛冶職人たちの腕っぷしが強いことをよく知っている。

だからあえて、裏社会でも弱そうな者たちを選抜したのだ。

カラン……、カラン……、カチャ……、カチャ……。

割れた食器を積み上げる音だけが、部屋の中に響いている。

私はどうなってもいい……。最後の最期まで主君に尽くすのが、古くから執事として仕える私の責務だ。だが……、だがこのままでは、何の罪もない大切な家族までもが……。

最早この世に希望はないのか……。

そんな執事の絶望を嘲笑うかのように、深い闇とともに夜は更けていった……。

第六話　いざ、謁見の王城へ

「うわぁ……、これが王の住まわれるお城ですか。やっぱり近くで見るとすごいですね、父上！」

「うむ！　これこそ我らがグレイトバリア王国の誇る白亜の王城。私が誇るのも些かおかしいが、とても素晴らしいだろう？」

国王との謁見当日、俺はマッチョ父とその介添えとしてやってきた有能執事フリードとともに、送迎の馬車から王城の前へと降り立った。

馬車と並走してきたシロも一緒に、俺たちはグレイトバリア王国の王城前に立ち、勇壮なその姿を見上げていた。

マッチョ父が自慢げに話す王城、まず目立つのは、何と言っても真っ白なその外壁だ。

白亜の城と呼ばれる所以であろう透きとおったその白さは、端々までムラなく塗られており、たとえ王都のどこにいようとも、その圧倒的な存在感に目を奪われる。

加えて細部に目を向けると、至る所に人、動物、果てはドラゴンなど、様々なものを象った彫刻が施されているのだが、どれ一つとして単純な物はなく、躍動感に満ちたそれは、まるで今にも動き出しそうなぐらいだ。

そして最後に城の周囲から感じられる魔法の気配……。城自体が結界か何かで守護されているのだろうか？　何となく光属性の魔力を感じるのは気のせいではあるまい。

いやぁ、こりゃ色々とすごいわ。割と軽く考えてたけど、なんか今になって緊張してきたぞ？

こんな場所に住んでる王様って、もしかしてちょっとすごい人なのでは……。

それこそ、ちょっと言葉選びを間違えただけで、『はい、レイン君死すべし‼』とかって言われちゃう的な……？　や、やっぱ帰ろうかな。

「あっはっはっは、どうしたレイン？　お前でも緊張することがあるのか？　やっぱり帰りたいです……、なんて考えているんじゃなかろうな？　うん？」

俺はハッとしてマッチョ父を見上げた。

「御心配には及びませんよ、坊っちゃま。この国の王は、大変気さくな方ということで有名です。旦那様もいらっしゃいますし、不安に思われることは何一つございません」

優しい笑顔で励ましてくれるフリードに、俺は少し安心した。

マッチョ父がいるから大丈夫っていう意味はよくわからん。むしろ不安で仕方ないんだが……。

「ふっふっふっふ。いやあ、お前も何かに緊張するという一面があったか。そうかそうか、かわいいところもあるじゃないか？　なぁ、フリード？」

にやにやしながら、父は俺の頭を勢いよくワシャワシャしてくる。

「父上……。昨晩王様への献上品である試作品のビールをくすねて泥酔した上、ゲロを吐いて床やベッドを汚しまくったのを、私やフリードが綺麗に掃除して宿の方々に丁寧に謝罪したこと、包み隠さず母上に報告させていただきましょうか？」

「ふっ……、どうやら私が間違っていたようだな。心から非礼を詫びよう。貸し一つということで手を打とうではないか」

父は腕を組んで涼しい顔をしながらそうつぶやいたが、その逞しい身体は小刻みに震えていた。

そんな父と俺とのやり取りを見ながらフリードが微笑んでいると、城の敷地内から護衛と思われる騎士を伴い、一人の男性が俺たちの方に歩み寄ってきた。

「失礼。グレンフィード・プラウドロード男爵と、そのご家族でよろしいかな？」

俺は、落ち着いた口調で声を掛けてきた男性に目をやった。

男性は年齢六〇歳ぐらい、身長一七〇センチぐらいで、口ひげと長い顎ひげを生やしながら、茶色の長い髪を後ろで一つに束ね、魔法使いのローブのような黒く長い服を着用している。

また、その左手には木製の長い杖を把持しており、さらに杖の先には緑色に輝く大きな魔石が嵌め込まれていた。

「あ……、あなた様は、セドリック・ド・スペルマスター公爵閣下……!!」

男性の前で直立不動の姿勢になるマッチョ父と、最上級の敬礼をするフリードだが、シロはいつもどおり欠伸でご挨拶。

（セドリック・ド・スペルマスター？　なんか聞いたことがある。確か四魔貴族……、じゃなくて、王国四貴族だかなんだかの偉いさんの名前だった気がするが……）

「そちらは初めましてだね？　レインフォード君。私はこの国で宰相を務めているセドリックという者だ。本日の王との謁見、どうかよろしく頼むぞ？」

さっ、宰相⁉　それめちゃめちゃお偉いさんじゃん⁉

「お初にお目にかかります。レインフォード・プラウドロードと申します。本日は国王陛下の拝謁の栄に浴すること、身に余る光栄にございます。そしてセドリック宰相手ずからのお出迎え、恐悦至極に存じます」

俺はこの国の上級貴族への礼儀作法どおり、膝を突いて胸に手を当て、しっかりと挨拶した。

「はっはっはっ。噂どおり子供とは思えぬその聡明さよ。どうだ、お前も鼻が高かろう？　グレンフィードよ」

「はっ、ははぁ！　ありがたき幸せ！」

マッチョ父の肩を軽く叩きながら笑うセドリック宰相に、先ほどから父は緊張しっぱなしだ。

……おいおい、父も人のこと言える立場じゃないじゃん（笑）。

「……うむ？　どうしたレインフォード君。緊張しておるのか？　まあそう固くならずともよい。ささ、では皆私についてまいれ。もちろん、そこの大きなワンちゃんもな」

護衛の騎士とともにセドリック宰相が歩き出したため、俺は緊張しながらその後ろについて、勇壮な城門をくぐる。

あぁ……、いよいよか……。な、なんかお腹痛くなってきた……。帰りたい……。

セドリック宰相に連れられ、長い長い廊下を進んでいく。

城内は、より一層豪華な装飾に彩られ、見る者の目を楽しませてくれる。

見慣れない光景に目移りしながら歩くこと数分、フリードは来客用の控え室で待つことになり、父とシロと俺は、一際大きくて豪華な扉の前に立っていた。

どうやらここに王様がいるのだろう。

シロも入っていいのか？　と思ったが、控え室で待つように指示されたのはフリードのみだ。

「王はこの玉座の間でお待ちだ。準備はよろしいかな？　さぁ、扉を開きなさい」

セドリック宰相の合図で、護衛の騎士たちが重厚な扉を開いた。

マッチョ父に続き、俺は恐る恐る中へと入る。すると……。

（わぁ……、すげぇ！　ここが……‼）

扉の向こうは物凄く大きな部屋だった。

いや部屋というか、むしろ大広間という表現が正しいかもしれない。とにかくそこは大きな部屋で、その隅々までが大理石のような石で作られており、至る所に細やかな彫刻が施されている。

加えて、壁や床の細部に至るまでが丁寧に磨き抜かれ、キラキラと輝いていた。

そしてそんな大きな部屋の中では、真ん中の通路を挟んで多くの人間たちが整然と並んでいる。

……まあ何というか、マッチョ父とはちょっと違った感じの人たちの多いこと多いこと。

おそらく陪席貴族たちなんだろう。

俺が前世で中学生だった頃、音楽室にベートーベンやモーツァルトなどの絵が飾られていたが、ああいう装いの貴族たちって本当にいるのな……。

（……さて、顔は知らんけど、この中にピケットの野郎もいるんだろうな……）

「王よ。宰相セドリック、グレンフィード男爵御一行をお連れいたしました」

　セドリック宰相は少し声を張って、奥の玉座に座る男性、つまりこの国の王様に向かってそう言った。

「ささ、王の御前へ」

「はっ！」

　セドリック宰相に促され、父が大きく返事した後、俺たちは歩きはじめる。

　扉から王の玉座までは、赤色の絨毯が真っ直ぐに敷かれていた。無論、ただの赤い絨毯ではなく、そこには金や銀の糸でたくさんの細やかな刺繍がなされており、踏んづけるのも躊躇われるぐらいだ。

「おぉ……、あれが最近評判のグレンフィード男爵か」

「なぜ子供まで一緒なのか……」

「犬もいるぞ……？　いや、あれは犬……、なのか？」

「ふんっ！　田舎貴族めが……！」

　居並ぶ貴族たちから、様々な囁きが聞こえてくる。好意的なものや、決してそうではないものなど色々だ。

　周りを窺ってみるが、どうやらヴィンセントはまだここにはいないらしい。

　また、途中チラリと父の様子を見たが、外野の声などまったく意に介さず、歩みを進めている。

　何者にも臆することなく堂々とした凛々しいその姿は、くやしいけどちょっとかっこいい。

そして玉座の前に到達した俺たちは、事前に教えられたとおり、膝をついて下を向いた。なんでも、王様から声をかけられるまで顔を上げてはいけないという決まりらしい。シロも空気を読んで、ちょこんとお座りしてくれている。かわいい奴め！

「これより我らが国王、ルーファス・グリフィン・グレイトバリアと、南方の守護代グレンフィード・プラウドロード男爵家の謁見の儀を挙行する！」

セドリック宰相の気合の入った声が響いた。

「うむ。一同面を上げよ」

やや間を置いて、玉座の方から、低く威厳のある声がした。

その声を合図に、父と俺は同時に顔を上げ、声の主、すなわち国王の方へと視線を向ける。

そこには、年齢は父と同じぐらいで、国王と呼ぶにふさわしい絢爛豪華な衣装を着用し、日焼けサロンにでも行ったように健康的に日焼けした、金髪短髪マッチョなおじさんが、堂々と座していたのだった。

（これが王様……。あれ……？　俺、王様に会うの初めてだよな……？　どっかで見たことあるような気が……。いや、しっかし、いいガタイしてんな……。鍛えてんのか？）

「よく来た、南方の守護代グレンフィード。そして会いたかったぞ、その息子レインフォードよ」

「はっ！　グレンフィード・プラウドロード、王への拝謁の栄に浴しましたこと、恐悦至極に存じます」

「同じくレインフォード・プラウドロード。お初にお目にかかります」

「ワン！」

　父の口上の後に俺が続けると、シロも流れで挨拶してくれた。なんてかわいい奴なんや、お前は……。後でモフりまくってやるからな！

　すると突然、国王は真っ白い歯を剥き出しにして、俺の方を見ながらカラカラと笑いはじめた。

「はっはっはっはっ！　そっちの白いのまで挨拶してくれるとは思わなかったぞ！　突然の呼び出し悪かったな。グレンの奴が、なかなか息子のお前を王都に連れてこようとしなくてな。このままだと俺が爺さんになるまで会えないんじゃないかと思っていたところだぞ。せっかくの友人《つれ》の息子だからな！　一目会いたいってのが人情ってもんだろ？」

　ん？　んん？　ツレ……？

「ゴホン！　王よ、ここは公の場でありますゆえ、私的な発言は厳に慎まれますように……」

「おっと。これはすまん。宰相の苦言は素直に聞いておかねばな。でないと魔法学校の校長みたいに、話が長くなるからな！」

　肩をすくめてにやにやする王に、セドリック宰相は大きくため息をつく。

　何となく宰相の日頃の苦労が伝わってくるような……。

（けど、あの人、俺が常日頃抱いていた『王様』っていう存在の印象とだいぶ違う感じがする。あとマッチョ父とこのマッチョ王がツレって……？　筋トレ仲間か何かなのか？）

「では、宰相も怖い顔をしているからな、早速だが本題に入るぞ。グレンフィード、そしてレインフォードよ。東方不敗の遊牧民族、ブリヤート族との経緯は既に聞き及んでいる。よくぞ荒々しい彼らと固い同盟を締結してくれたな。この功績により、グレンフィードを男爵から子爵へ、そしてその息子レインフォードに男爵の爵位を与えるものとする」

ざわ……！　ざわざわ……！

「まっ、まさか！　……あの不敗の地龍軍団で有名なブリヤート族と⁉」

「あ、あの勝手気ままな部族が、他国と同盟を結ぶなど、にわかには信じられぬ！」

「むむむ……‼」

どよめく玉座の間。

なんかよう知らんけど、セルジたちと仲良しになったことで父の爵位が上がり、俺も爵位を与えられてしまったらしい。

そんなに気難しい集団だと思われてるのか？　ブリヤート族のみんなは。まあバゼル族長とか異様にムキムキだし、バートルなんて怖い顔しながらめちゃ裁縫が上手いし、変わり者だと勘違いされても仕方ないかもね！　わはははは！

「はっ！　ありがたき幸せ！　この上は身命を賭して……」

「待てグレン、まだあるのだ。先日の功績がな」

「はっ……？　先日の……、功績……？」

頭に？マークを浮かべる父の言葉を、王が遮った。

おお、さすが父。俺の知らん所で、なんか他にもいいことしてたんか。

「皆、我が王都の長年の課題であったスラム地区のことは知っているな？　我が騎士団においても、時には説得、時には圧力をかけるなどして、とりあえずの均衡を保ってはいたが、根本的な解決は困難だと思われていたあの場所……」

　王がセドリック宰相の方へ視線を向けると、宰相も合わせるように頷いた。

「では詳細は私から。王のおっしゃったスラム地区、これがにわかには信じ難い話なのだが……、結論から言うと、スラム地区は先日、突如として消滅した」

　セドリック宰相がそう言い放つと、玉座の間はさらにどよめいた。

……うっ、こ……、この流れは……。

「まあ正確に言えば、『消滅』ではなく、『復興した』という表現の方が正しい。あそこにあった幾つもの崩れかけの建物は一掃され、今は驚くほど強固な居住区に様変わりしている。また退廃の一途をたどっていた住民たちも、今は王都の老舗エチゼンヤ商会の下、それぞれの特技を生かし様々な場所で、日々稼働しているところである」

　父が目を細めながら、チラリと俺を見る。

　まさかお前……、そんなこと一言も言わなかったじゃないか……、と目で訴えかけてくる。

　俺も負けじと、……お宅が泥酔保護されているような状況だったから、何一つ説明できなかったんですよ？　と、片目を閉じて返す。

「元々様々な事情で住処を追われた者たちだ。今は働けることに喜びを感じ、真面目に仕事に打ち込んでいるとのこと。……それにつけても驚くべきは先ほど言った居住区だ。王都の大工たちに確認したところ、その頑丈な壁や美しく統一された内装等を鑑みるに、同じような建造物を造るにしても、ゆうに十年はかかるということだ。それが一夜にして並び建つなど、最早奇跡としか言いようがあるまい……」

　セドリック宰相が王へ向かって恭しく一礼すると、再び王が口を開いた。

「宰相の言うとおりだ。そしてなんと、この驚くべき偉業を成した立役者こそ、そこにいるグレンフィードの息子、レインフォードなのだ」

　あちゃ〜、やっぱスラムの件はやはり関係各所にバレていたか。よくよく考えると、兵隊さんとかがスッ飛んで来て叱られてもおかしくなかったしなぁ。

「何か言うことはあるか？　レインフォードよ」

　イエ〜ス！　正直安い労働力を大量に確保して、領内の雇用問題をちゃちゃっと解決し、自分が将来楽をするために一生懸命働いてもらいたかったからで〜っす！　……とは言えない。

「はっ！　父グレンフィードから、常、民の幸せを考えよ、そのために今できることを、労を惜しまず実行せよ、と口酸っぱく言われておりますれば。此度に関しても、貧困にあえぐ民を救済することができれば、それは必ずや、グレイトバリア王国の発展につながると考えた次第にございます！　とにかく、いずれにしても父のお陰です！」

　よっしゃ、さらっと父を巻き込んでやったぜ！　……最後は若干取って付けたようになったが。

「素晴らしい考えだなレインフォード。一〇歳の少年が発する言葉だとは、にわかには信じられん。グレンフィードはどうだ？」

「はっ！　レインフォードの申したとおりにございます！　我が息子の行動が、僅かでも王国のためになったのであれば、一王国貴族として……、そして一人の父親として、これほど喜ばしいことはございません！」

うぉ……⁉　いきなり振られたのに、さすがはマッチョ父。上手いこと言うなぁ。

「はっはっはっ！　持つべきは優秀な息子だな、グレンフィードよ。いや、此度のプラウドロード家の働き、真に素晴らしいものであった。王国の長年の課題をほんの一夜で解決したその功績はあまりに大きい。よってグレンフィードよ、ここにお前を子爵から辺境伯とし、その息子レインフォードを子爵とする！」

王は爽やかな笑顔で、高らかにそう宣言した。セドリック宰相もうんうんと頷いている。

ざわざわ……！　ざわざわざわざわ……‼　ざわざわざわざわざわざわ‼

再び玉座の間がざわめいた。

「だ、男爵から一足飛びに辺境伯への昇爵など、聞いたことがない‼」

「しかしその功績には、文句の付けようもない……」

「一体どうやって……」

貴族たちもあまりのことに驚いて右往左往し、その場は混沌の渦に……。

（おいおい、こりゃ絶対反感買うやつだろ……。俺の悠々自適将来設計、大丈夫かな……？）

「静まれ皆の者。諸君らの驚きや疑問はわからんでもない。だがプラウドロード家は他にも、領内の革新的開拓による食糧生産量及び自給率の驚異的な向上や、その他、ここでは言及せんが、それら以上に素晴らしい功績もある」

王は片目をつむってウインクするように俺を見た。

ムキムキおじさんのウインクなんて断固願い下げだが、おそらく王は、エルやリアのいるエルフ村のことを言っているのだろう。下手に公にすればかつてのように、エルフを狙う不届き者が現れるかもしれないと、十分配慮してくれているのだろう。

「というわけで、この件は俺の独断でも何でもなく、宰相以下、国の上層部においても了承の上での決定事項だ。他の諸君もこれを良い見本として、より一層民のために……」

「お待ちください！　王よ！」

王がこの話題の締めに入ったと思ったその時だった。

一人の縦に短く横にぶっとい貴族、悪く言えば、二足歩行のヒキガエルのような男が、突然大声で叫びながら、のっそりと前に出てきたのだった。

（ゲロゲロ～、やっぱり反感を買っちまったか……。それにしても誰だろう、あれ……）

突然の男の乱入に、玉座の間はシンと静まり返っていた。

耳鳴りがするほどの沈黙の中、口火を切ったのはセドリック宰相だった。

「王の言葉を遮るとは何事だ！　無礼にも程があるぞ！　ピケットよ‼」

セドリック宰相は物凄い剣幕で、しゃしゃり出てきた男を怒鳴りつけた。

だが問題はそこじゃない。今宰相は、大変な名前を口にしたぞ……？

（あ、あいつがピケットだったのか……！）

俺は貴族たちの列の中から躍り出てきたピケットを凝視する。

セドリック宰相に怒鳴りつけられながらも、ニヤニヤといやらしく笑うその表情に、反省の色など微塵も感じられない。

併せてこれまでの様々な出来事や、それに否応なく関わって来た人たちの姿が脳裏をよぎる。

ブワッ……！

一瞬頭に血が上り、身体中の毛がゾワッ！　と逆立つような感覚が俺の身体を駆け巡り、ほんの少しだけ身体から殺気が漏れ出てしまった。

（……おっと、いかんいかん。深呼吸、深呼吸……、スーハー……、スーハー……）

「よい宰相。ピケットよ、国としての決定が不服だと言うのだな？　よかろう、発言を許す。理由を述べよ」

でっぷりとした体格のピケットは、王の言葉を聞くと、のっそりと前に出た。

その体型が原因なのか、ちょっと歩いただけで既に汗だくだ。

「では申し上げます、国王陛下。このような奴腹に安易な昇爵を許しては、みすみす謀反の機会を与えるようなものですぞ？」

ピクッ……。

一瞬、王の眉間が動いたように見えたのは俺だけだろうか？

しかしまた、謀反とは……。父や俺が王国に反旗を翻すかもしれないってこと……？　どこからそんな発想になるんだこの豚ガエルは？

「こ奴らプラウドロードは、王国の南の端の端のそのまた端の田舎貴族……おっと失礼、辺境の貴族にございます。いかに国王陛下と親しい間柄とはいえ、そのような僻地の者に高い爵位を与えれば途端に増長し、謀反を企てることは目に見えております。……いや、むしろ最初から王国に弓引くため陛下に取り入り、これ幸いとばかりに、わざわざ東方の蛮族などと手を組んだのやもしれませんぞ！」

いかにも蔑んだ目で俺たちを見ながら、ピケットは講釈を垂れた。

片や王に対しては、さもうちの家が謀反人であるかのように、一生懸命説明している。

……身振り手振りを交えながらの説明で、ちょくちょく汗が飛んでくるので正直やめてほしい。

（しかし言いがかりも甚だしいな……。それにさっき王は、マッチョ父のことを『ツレ』って呼んでたんだぜ……？　そんないかにも親しい間柄の二人を捕まえて、よく謀反がどうのこうの言おうと思ったな……？）

ほら……、周りの貴族たちがどんどんお前から距離を取っていってるぞ？

「……成程。遠く南方を護るグレンフィード家が謀反を企てているとな？」

王は玉座に肘をつき、その手に顎を乗せたまま無表情に相槌を打つとともに、足もドカッと組みはじめ、一瞬で機嫌が悪くなった様子がありありと伝わってくる。

……が、そんな他人の感情の機微に、ピケットはまったく気付くこともない。

「おっしゃるとおり！　そしてスラムの薄汚れた浮浪者どもにしても同様、僅かな金を餌にして食い付かせたに決まっております！　エチゼンヤ商会の卑しい商人どもが考えそうな手ですな！

陛下！　この私ならもっと上手く、そしてより効率的に奴らを管理・飼育してみせますぞ！　ゆえに今後、スラムに関する一切のことは、このピケットにお任せくださいませ！」

（か、管理……？　飼育……？　こんの野郎……！）

胸を張り、でかい声でピケットはそう言い切った。

本人はまるで悪びれる様子もなく、心の底からそのように思っているのだろう。

さすがの王国貴族たちも、ドン引きだ。

父は元より、王やセドリック宰相も、ピケットの人を人とも思わぬ発言に絶句していた。

うちのシロなど、アホらしいとばかりに既に爆睡だ。あ、これはいつものことか。

その時だった。

ガコン……！

突然玉座の間の扉が開き、聞き慣れた声が響いた。

「謁見の最中申し訳ございません！　火急の用につき、失礼いたします‼」

振り返るとそこには、白を基調とした美しい鎧と青色のマントに身を包んだヴィンセントが、颯爽と玉座へ向かって歩いてくるところだった。

（おぉ……。相変わらずかっこええなぁ、こいつ……）

そしてその傍にはもう一人。年齢は四〇歳ぐらい、長い金髪を後ろで束ね、こちらは輝く銀色を基調とした鎧と紅いマントを着装した、いかにも騎士然とした男性がヴィンセントと一緒に悠然と歩いていた。

ざわ……‼　ざわざわ……‼

ピケットのとんでも発言で停止していた時間が再び動き出したかのように、玉座の間は喧騒に包まれた。

跪く父と俺の側を、男性騎士とヴィンセントが通り過ぎていく。

ヴィンセントは俺と目が合うと、キラリと軽くウインクしてみせた。

（あぁ……、きっとこういう仕草に、世の女性たちはコロッといっちゃうんだろうな。天然でやってるから、よけいに始末が悪い……。万が一にもうちのエリーに同じことをしようものなら、そのキラキラしたお目々を縫い合わせて二度と開かないようにするからな？　にっこり）

男性騎士とヴィンセントは、そのまましばらく歩き続けると、俺たちと王の間ぐらいの場所にサッと跪いた。

「国王陛下、宰相閣下、厳かな謁見の儀の最中、申し訳ございません。まずは非礼をお詫びいたします。そしてグレンフィード殿、レインフォード殿、せっかくのめでたい場を汚してすまぬ。どうか許してほしい」

男性騎士は王や宰相だけでなく、俺たちにまでしっかりと謝罪する。

「かまわん、エドワード・グレイトウォールとその息子ヴィンセントよ。火急の用向きがあれば、いかなる場合も即時進言せよと常々指示を出しているのは俺だ。申せ」

「はっ！　恐れながら、我が父ライアンの件につき、陛下にお知らせせねばならぬことが……」

エドワードと呼ばれたヴィンセントの父親は、ゆっくりとセドリック宰相の方へと近づくと、一通の書状を手渡し、また元の位置へと戻った。

丁寧に施された封蝋をサッと開くと、セドリック宰相は羊皮紙の書状に目を通す。

しかしその途中でカッと目を開くと、書状を顔に近づけ、食い入るように最後まで読み進めた。

それを読み終えたセドリック宰相は、沈痛な面持ちで視線を落としながらそっと王へ近づくと、何やら耳打ちしている。そして……。

「……そうか……、ライアンが……」

ドスン……。

王はため息をつきながら力なくつぶやくと、玉座の背もたれにその身を預け、遠い目で天井を見上げたまま、続けて言葉を発しようとはしなかった。

セドリック宰相も、その側で佇立したまま微動だにせず、エドワードやヴィンセントも跪いて下を向いたままだ。

だがそんな中、でっぷりと突き出た腹をゆっさゆっさと揺らしつつ、ピケットはさらに前へと進み出た。

ますます汗だくになり、無駄に高級そうな服の首回りや脇の下がぐっしょりと濡れている。

「……国王陛下、宰相閣下。そしてグレイトウォール公爵家の御二方……。此度はライアン公爵閣下という、誠に惜しい人を亡くされた……。我が国の屋台骨を支える財務卿でもあったライアン公爵閣下の訃報に、この不肖ピケット、胸が張り裂けんばかりにございます……。うぅ……！」

ピケットは、上等そうなハンカチを取り出して目にあてがうと、そっと涙を拭う仕草を見せる。

どう見ても嘘泣きに見えるのは俺だけかな？

「しかし……、しかしです国王‼　我々はここで立ち止まるわけには参りませぬ！　我らがグレイトバリア王国は未だ発展の最中、そして隣国グレゴリウス帝国にあってはますますその国力を増大させている次第！　このような時こそ、我らが一致団結し、心を一つにせねばなりません！」

王は体勢を変えず、視線だけをスッとピケットに向ける。

セドリック宰相もまったくといっていいほど同じ動きだ。

当のピケットはというと、いよいよ悦に入ってきたのか、声高に何やら主張を繰り返している。

「この王国をより高きに……、いや、世界の中心とすべく、甚だ僭越ながらこの私が！　この不肖ピケットが！　志半ばでこの世を去られたライアン財務卿の跡目を継いで新たな財務卿となり、身命を賭して王国の発展に尽くす所存でございます！　国王陛下万歳‼　何卒、何卒私を財務卿にぃぃ‼」

き、決まった……！　これで私の財務卿就任は揺るぎないものに……！　……とでも言いたげに、ピケットは超ご満悦な表情を浮かべていた。口から出るよだれのおまけ付きで。

「そうか……。ピケットよ、お前の不退転の決意、しかと聞いた。これまで申し述べた言の葉、全て事実に相違ないか？」

王は静かに、そして何かを確かめるようにピケットに問いかけた。

「相違ございませぬ！　全ては王国のため、そして民のため！　滅私奉公の精神をもって、私が今は亡きライアン財務卿の遺志を継ぐ覚悟にございます！」

ピケットは間髪入れず返事をし、身体を直角に曲げて首を垂れた。……身体中の脂肪のせいで動作は緩慢だが。

「宰相よ……。ピケットの言、確かに聞いたか？」

「はい。しかと」

王の問いに、セドリック宰相が答えた。

「エドワードよ、お前はどうだ？」

「はっ！　私も確かに聞きました！」

「ふむ。ではレインフォードよ。お前はどうだ？」

「はい！　ピケット侯爵のお言葉、しかとこの胸に刻みました！」

もちろん、俺も王の問いかけに元気よく答えた。

その間も、ピケットは笑顔でうんうんと頷いている。

この場の全員が自らの決意表明の証人になってくれた！　とでも言わんばかりの満面の笑みで。

だがその時、俺は下を向いてニヤリと笑った。

（ふふふ……。ほんっと、あんたは素晴らしいよ、ピケットさん。大層なご高説だったが、それは結果的にこの場で自分の罪を告白したようなものだからな……。さて、そろそろ年貢の納め時＆おっ仕置きターイム！　のはじまりだぜ……？）

そんな風にほくそ笑む俺のことなど露知らず、ピケット侯爵はご機嫌さんでふんぞり返っている。

自分のことをみんなが認めてくれていると勘違いしているのだから、それも当然だろう。

そんな中、王と俺たちのやり取りを見ながら、マッチョ父は一人、微妙な顔で首をかしげていた。

（うんうん、さすが父。そうだよね。それが普通の反応だよね？）

「ふむ。では最後にグレンフィードよ、俺はお前に尋ねよう。お前はなぜそのような顔をしている？　ピケットが王国のためにと、ああも熱心に弁舌を振るったというのに」

少し間を置き、王はニヤリと笑いながら、最後にうちの父に問いかけた。

父は頭に？マークを浮かべつつ、しどろもどろに王の質問に答える。

「は、はぁ……。ピケット侯爵閣下の御高説は、私もしかとお聞きしました。し、しかしその上で些かの疑問が……」

父がチラリとピケットを見る。他方ピケットは、非の打ち所がないはずの自分の主張に何かケチをつけられるとでも思ったのか、途端に顔を真っ赤にして父を怒鳴りつけはじめる。

「何が疑問か‼　貴様のような卑しい者が、上級貴族たる私の主張に違を唱えるというのか⁉　身の程を知れ、身の程を‼」

その場の全員の目が、うちの父とピケットに注がれる。

だが父の口から出た言葉は……。

「い、いえ……。異を唱えると申しますか……、その……。そもそもライアン公爵閣下は、お亡くなりになったのですか？」

「な、何……？」

ピケットは相変わらず、蔑むように父を見る。

「ラ、ライアン公爵閣下がお亡くなりになったなど、そのような国家の一大事があれば、私の下にも情報が入ってくるかと……。ライアン公爵は本当に、お、お亡くなりになったのですか？」

疑問に満ち満ちた顔で、父は恐る恐るピケットに問いかけた。

「ふん！　田舎貴族は人の話もろくに聞けんようだなぁ!!　先ほどグレイトウォール家の訃報を記した書状を見て、国王陛下と宰相閣下がお話になっていただろうが!!」

凄い剣幕でそう叫びながら、ピケットは王とセドリック宰相の方を右手で示した。

どうやらピケットは、父とうまく会話が噛み合わないことにかなりイラついているらしい。

……ふふふ。けど、果たして噛み合ってないのはどっちの方かなぁ？

「……ピケットよ、少しいいか？」

「はっ！　国王陛下、なんなりと!!」

王からの問いかけにピケットは跪いたが、腹の肉が邪魔になっているのか、その動作はあまりにも緩慢だ。

「さっきからお前の話を聞いていて、俺も少々疑問に思っていたんだがな……。なぜお前はライアンが死んだと思ったんだ？」

「は……？　そ、それは……、先ほども申し上げましたとおり、陛下や宰相閣下が……」

「おかしいな？　俺や宰相は、『ライアンが死んだ』などとは一言も言ってないぞ？　俺はただ、『そうか、ライアンが……』と、つぶやいただけなんだがなぁ」

「……!?　……そっ……、それは……」

この時初めて何かを察したのか、ピケットの顔色が変わった。

優しかった王の口調はだんだんと厳しくなり、声のトーンも低くなっている。

そう、質問は既に、詰問に変わっているのだ。

「そ……、そうですか。は……、はは、ははははは！　この私としたことが、とんだ勘違いを！　しょ……書状です、書状にございます、陛下。先ほどエドワード様が提示された書状にそれが書かれていたではありませんか！　このピケット、目の良さには定評がありましてですね。遠目にチラリと見えてしまった次第にございます……！」

その作り笑いとは裏腹に、ピケットは全身から吹き出す汗でぐしょぐしょに濡れている。

「ほう……？　書状とは私が持っているこれのことかなピケットよ。お前はここに書かれている内容が見えたと申したな？　成程素晴らしい視力だな。よかろう、ではこの書状を皆の前で音読してみせてくれ。さあ、手に取るがよい」

セドリック宰相はゆっくりとピケットの方に歩み寄ると、先ほどエドワードから手渡された書状を、今度はピケットに渡す。

謁見の前、父や俺に接してくれた時のような朗らかさは鳴りを潜め、今発している声は、ただただ恐ろしく冷たいものだった。俺が怒られている立場だったら、ちびっちゃうかも……。

「い……、いいでしょう。では読ませていただき……、うっ!? こっ、これは……‼」

ピケットは、既に汗まみれの顔をさらに歪めるとともに、何度も書状の内容を読み上げようとするが、その度に言葉に詰まり、まったく進まない。

再び玉座の間にどよめきが起こった。

「静まれ皆の者。静かにせんと、ピケット侯爵閣下の美声がよく聞こえぬではないか。さあ読め……、読まんかぁ！　ピケットォ‼」

「ぐっ……‼」

セドリック宰相の一喝に、ピケットは顔を真っ青にして歯を食いしばると、震える声で少しずつ書状の内容を読み上げはじめた。

「は……、拝啓……国王陛下……。わ、私こと……ライアンは……、ラ、ライアンは……、きょ、今日も……今日も元気……はつらつ、やる気りんりん……で、復興したスラムの視察に……来て……おります……ぞ……。こ、ここの宿舎はまこと快適で……、食事も素晴らしく……、き、気分は……半分……バカンスです……。ら、らんらんらん……」

書状にはまだまだ続きがありそうだが、そこまで読み進めたところでピケットは黙りこくってしまい、挙句、がっくりと肩を落とすと読んでいた書状を床に落としてしまった。

そりゃそうだ。死んだと思っていたライアン爺さんが、王様宛に筆を執っているんだ。

ましてやそれが、ピケットの思惑どおりに死ぬどころか、元気はつらつランランランときたもんだから、そのショックたるやなおさらだろう。

「……うむ、どうしたピケットよ？　少々顔色が優れないようだが」

王が玉座からピケットを見下ろす。

その冷たい視線と口調は、大声を出したセドリック宰相よりも、なお一層の迫力があった。

（さすがは王様……！　こっちも怖え……！）

「こ……、これは何かの間違いです。そ、そうです！　勘違いです！　このような誰にでもある勘違いをそう責め立てられても、困ってしまいますな‼　そういえば最近、我が家の親類が亡くなったので、それと混同してしまっておりました……。はははははは……！」

あまりにも苦しい言い訳をするピケットだが、これは想定内だ。

どうせああだこうだと、口八丁で言い逃れしようとすることは事前に予想できていた。

その時、ヴィンセントがチラリと俺の方を見てきたので、俺もそれに合わせて小さく頷く。

するとヴィンセントが王へ進言をはじめた。

「……お話の最中申し訳ありません。恐れながら国王陛下、突然ではございますが、ぜひとも王に面会させたい者がおりますれば。厳粛なる謁見の場とは存じますが、面会をお許しいただけないでしょうか……？」

「ふむ、お前ほどの者が申し立てることだ、近所を散歩中のご老人……、などということはなかろう。許す。通すがいい。……ところでピケット、お前は一体どこへ行こうというのだ？　その場で控えていろ、安物の調度品の如くな。一歩たりとも、そこを動くことは許さん」

「は、はぁっ！　しょっ、承知いたしました！」

王がヴィンセントと話している間に、抜き足差し足でそっとこの場から抜け出そうとしていたピケットは動きを停止させた。

お前みたいなでかい奴、動いたらばれるに決まってんだろうが。

「国王陛下、最初の者たちが来たようです」

「うむ。よくぞ来た、俺はこの国の王ルーファス・グリフィン・グレイトバリアだ。お前たちも名乗るがいい」

ヴィンセントが案内すると、王はそう言って玉座の間に現れた二人に言葉を掛けた。

王の前で跪くのは二人の女性、そう、俺もよく見知った二人の女性だ。

「お初にお目にかかります、国王陛下。アタシの名はイザベル。王都の隅っこ、スラムの住人でさぁ。しゃべり方がなっちゃねぇのは、どうか勘弁してくださいな」

「なっ、何ぃっ⁉　イッ……、イザベル⁉　イザベルだとぉ⁉　そんなバカな……⁉」

ピケットが真っ青な顔で声を上げた。

「……どうしたピケットよ。そのようにまるで死人が蘇ったとでも言いたげな顔をして。そこなイザベルと顔見知りか？」

「あっ……、いっ、いや……、そういうわけでは……。失礼いたしました……」

ピケットはそう言って目を逸らすと、もう一人の女性が顔を上げた。

「初めまして国王陛下、うちはユリ・エチゼンヤと申します。この王都において、エチゼンヤ商会という小さな商家を営む父の手伝いなどをいたしております」

「ふふふ、これは驚いた。王都でも有数の巨大商家の娘と、スラムの女帝との取り合わせとはな。だがいずれにしても、お前たちのような美女たちと会えるなど、今日は良き日であるな。はっはっはっ」

ゴホン！　という咳払いとともに、セドリック宰相がジロリと王を睨むと、王は肩をすくめた。

「あっはっはっはっ！　おいおいおい、聞いたかいユリ？　アタシらが美人だってさ！　いいねぇ、この国の王様ときたら、よくわかってるじゃないか！」

イザベルは跪いたまま、大声を上げながら隣のユリの肩をバンバン叩いた。

うへぇ、痛そう……。

「あいたたたっ！　ちょ、痛い、痛いやんか！　す、すんません！　……恐悦至極に存じます」

王は突然爆笑しはじめたイザベルを咎めるでもなく、一緒になってけらけら笑っている。

（うひゃあ……。イザベルの奴、いきなりぶっ込むなぁ。大丈夫なのか、あんなこと言って。ユリはあれで割としっかりしてるから、あんま心配してないけど……）

「ふふふふ。さすがは数多くの冒険譚で世界にその名を馳せた英雄冒険者イザベルだな。俺を前にしてのその豪胆な態度。むしろ好感が持てるぞ？」

ふぅ、お咎めなし！　よかったよかった……ってなんで俺が冷や汗かかないといけないんだよ！

というかイザベルって、王様が知っているほど有名な人だったの？

「そりゃどうも。ま、元冒険者ですけどねぇ。今はスラムの皆と一緒にエチゼンヤ商会に雇われて、毎日このユリちゃんにこき使われる日々さ。……それはさておき、さっさとはじめましょうや。今日アタシがここに来た理由はただ一つ。自分の罪を告白するためだからね」

犯した罪を懺悔する前に、早々と不敬罪で打首獄門になるんじゃないか？　という俺の心配をよそに、イザベルは話を進めていく。

ユリはユリで、こき使うとか人聞き悪いこと言うなや！　というジト目でイザベルを見ていた。

「……ふっ、罪ときたか。では問おう、お前が犯した罪とは何だ？」

王は真っ直ぐにイザベルを見据えて問うと、イザベルも王を真っ直ぐに見上げて答える。

「アタシは先日スラムの仲間たちと一緒に、ここにいるユリ・エチゼンヤ他二名が物品を搬送中の荷馬車を襲撃した上、そこに積載されていたハイポーションを強奪したのさ」

一瞬、ピケットの背中が小さく揺れた。

「ほう……。エチゼンヤ商会の荷馬車を襲い、あろうことか貴重なハイポーションを強奪したとな……？　それが真実であれば、俺はお前を厳しく罰せねばならんが……、相違ないか？」

王は重ねてイザベルに問いかけたが、そんな言葉に臆するようなイザベルではない。一切躊躇することなく、逆に毅然とした態度で答える。

「間違いないよ。アタシらは金で雇われたのさ。雇い主はラプトン商会っていう奴らで、なぜか不思議と積荷がハイポーションであることを知っていたみたいな口振りだったね。……ま、噂で聞いた話じゃあ、元々ラプトン商会に指示を出した胴元は、そこで豚みたいにうずくまってるピケット侯爵さんってことらしいがねぇ？」

イザベルは、冷たくそして吐き捨てるようにそう言うと、顎でピケットを指した。

一応冷静に話してはいるものの、いつ飛びかかるともしれない様子に、内心気が気がじゃない。

「ぶっ、豚だと⁉　き……、きき、貴様ぁ⁉　スラムのゴミ風情が一体誰に向かって……」

名前を挙げられたピケットは立ち上がり、烈火の如く怒りを撒き散らす。だが。

「黙れ。お前に発言を許した覚えはない。豚のようにうずくまっていろ」

「はっ……、ははぁ！」

王の恐ろしく殺気の籠った声に、ピケットはもちろん、他の貴族までが縮み上がった。

……さすが、王様ってのは、伊達じゃないな……。

「ふっ……。アタシからは以上さ」

そう言い終えると、イザベルは再び跪いた。ほんの小さな声で、『ありがとよ、王様』と聞こえたのは俺だけだろうか。

「では次にユリ・エチゼンヤよ。先ほどのイザベル女史の話に間違いはないか？」

「はい、間違いございません。確かにここにいるイザベルさんに、グレイトウォール家に納めるはずだったハイポーションを奪われました」

王の問いに、今度はユリがはっきりと答えた。

「ほう。件のハイポーションはグレイトウォール家へ納品するための物であったか。そしてそれを奪われたと……。成程、察するにイザベルに強奪を指示した者は、グレイトウォール家にハイポーションを渡したくない理由があった、ということか……。ふむ、他に何かないか？」

「はい。この件と関連があるかどうかはわかりませんが、最近ラプトン商会の人間が、王都の各商家に対し、そこにいるピケット侯爵閣下の傘下に入れと恫喝して回り、さらにそれに従わないうちらのような店には、品物を卸さないように圧力をかけるという酷い所業が横行しております。……加えてその話の中では……」

　ユリは視線を落とし、少し言い淀んだ。

「どうした？　遠慮することはない。続けよ」

だが王にそう諭されると、ユリは顔を上げて言葉を続けた。

「はい……。大変申し上げにくいのですが……。その折、ラプトン商会の者曰く、ライアン財務卿は間もなく退任されると……。そしてその後任は、そこにおられるピケット侯爵閣下という説明を受けたのです！」

　ユリの言葉に、玉座の間は水を打ったようにシンと静まりかえった。

その場にいる全員の、文字どおり刺すような視線がピケットに注がれる。

(さて、この状況でピケットはどう出るかな……？)

王は、その痛いほどの沈黙を破り、ピケットへ水を向ける。

「……と、いうことだが。ピケットよ、どうだ？　この二人の言い分に、何か反論はあるか？」

王の言葉に、ピケットはスッと顔を上げると、さっきとは一転して冷静な口調で話しはじめた。

「……では、恐れながら国王陛下。私には反論などございません」

お？　これは予想外。意外にもちゃんと悪事を認めるのか？

「ほぅ、反論はないか。ではこの者らの言うとおり、お前自身が、何らかの理由でグレイトウォール家へ届けられるはずだったハイポーションを強奪するよう指示を出した、と認めるわけだな？」

頬杖をついたままの王は、長い脚をゆっくりと組み直すと、淡々とピケットに問いかける。

「くっ、くくくくっ……、あ～っはっはっはっ‼　国王陛下。そうではございません。反論しないと申し上げたのは、これらは全て反論する価値すらない、その者らの妄言だからです！」

ピケットは、汚らしい物を見るような目でイザベルとユリとを交互に見ながら、ゆっくりと首を左右に振った。その顔に下卑た笑みを浮かべながら。

「そもそもこ奴らの発言は、何の証拠もない全て想像でしかない絵空事。私は確かにラプトン商会を御用商人として召し抱えておりますが、そんな指示を出した記憶などございませんな。一体何を根拠にそのような世迷言を吹聴するのか、正気を疑います」

ピケットは薄ら笑いを浮かべながら、肩をすくめてそう言い放った。

どうやら相手が自分より弱い立場の者であれば、嵩にかかって攻めるらしい。

「ふむ、成程。確かにお前の言うとおり、今のところ物的証拠は何もない状況ではあるな」

「そうでしょうとも。この下衆な平民風情が、よくもまあ尊い血が流れる貴族の私に向かって数々の暴言を吐いてくれたものです。こんな誹りを受けた私はむしろ被害者ですぞ⁉　一体どのようにして償ってもらおうか、今から楽しみで仕方がありませんなぁ……！　ぐひひひっ……」

イザベルやユリの全身をじっくりと舐め回すように何度も見ながら、ピケットはじゅるりと舌舐めずりをした。

ユリが小声で、おえぇ気色悪ぅ……とつぶやく声が聞こえる。

「さて、国王陛下。私も侯爵としてお国のために何かと忙しい身。いつまでもこのような茶番に付き合っていられるほど暇ではございません。早々に、お暇させていただきますぞ」

ピケットはそう吐き捨てて億劫そうに立ち上がると、玉座の間から足早に立ち去ろうとする。

だがその時だった。

出入口の方から、再び聞き慣れた声が聞こえてくるではないか。

「おお！　こんな場所でお会いするとは奇遇ですな、ピケット侯爵閣下。本日は、かの有名なヴィンセント卿からお声掛けいただいた私めの話がまだ残っておりますゆえ、今しばらくお付き合い願えませんでしょうか？」

声の主は、持ち前の渋い声を発しながら、一歩また一歩と赤い絨毯の上を歩いていく。

そして王の下まで歩み出ると、その大きな身体を軽やかに翻し、サッと跪いた。

そう、新たに玉座の間に現れた者。

それは王都随一のガラテア工房を構えるドワーフの工房主、ガラテアその人だったのだ。

「お初にお目にかかります、国王陛下。我が名はガラテア。この麗しき白亜の城に守護されし王都の片隅にて、ガラテア工房という小さな工房を営んでおります。以後お見知りおきを」

ガラテアは、実に滑らかな所作で王に挨拶する。

さすがは荒くれ者の鍛冶職人たちを統率するドワーフ。初めて会った時の工房内での暴れっぷりからは想像もできないほど、立派な立ち振る舞いだ。

「はっはっは。かしこまっての自己紹介など必要ないだろう。老若男女、お前のことを知らぬ者はこの王都にはいない。我がグレイトバリア王国の技術の礎は、ガラテア工房によって支えられていると言っても過言ではないからな」

王は笑顔でガラテアを褒めたたえた。

一鍛冶職人が、ここまで一国一城の主に信頼されるということも稀なことではないだろうか。

これもガラテアの、平素からの物事に対する姿勢や人徳によるものなのだろう。

ワッツには到底無理な話だな、きゃはははっ。

「もったいなきお言葉、身に余る光栄にございます。我々のような者が、日々安心して鍛冶仕事に邁進できますのも、全て国王陛下の行き届いた治世の賜物と承知いたしております」

「ふっ。俺はあからさまな世辞は好かんが、この王都の技術に革命の風を起こしたお前にそう言われるのは素直に嬉しいぞ。ところで今日は、どのような面白い話を聞かせてくれるのだ？」

さっきまで嬉々として話していた王は、本題に入ったところで、ごく自然に顔から笑顔を消してゆく。そしてそれはガラテアも同じだった。

「はっ、では恐れながら。本日は思いがけず、このような高貴な場所でお話しさせていただく機会に恵まれましたゆえ、我が工房の存続に関するお願いに参った次第にございます」

「工房の存続……？　ふっ、おかしなことを言うな。我が国が誇るガラテア工房が潰れるわけがないだろう？　いや、むしろ潰れてもらってはこちらが困ってしまうぞ」

王がセドリック宰相に目配せすると、宰相はガラテアの方へと歩いていく。

そこでセドリック宰相は、ガラテアが懐から取り出した、一通の丸められた書状を受け取った。

「そ……、それは……!?」

その瞬間、行き場をなくして所在なげに佇立していたピケットが声を上げる。

「うん？　どうしたピケット？　よもやこの書状に見覚えでもあるのか？　……ん～、なになに、オリハルコン結晶……、短剣の製作？　……期日内にできない場合は……、工房を接収だと？」

セドリック宰相が書状の一端を読み上げるや、王の表情はみるみる険しくなっていく。

「オリハルコンの精製などと、何という無理難題。だが安心するがいい、ガラテア。このような出鱈目で荒唐無稽な書状、この国王ルーファスの名において無効とする。たとえ契約が果たせずとも、俺がガラテア工房の存続を認めよう」

王はそう言い終わると、眉間にシワを寄せてギロッとピケットを睨みつけた。

「……へ、陛下！　こ、これは……、違うのです。私は、何も……」

「お気遣い痛み入ります国王陛下。ですがご心配には及びません。既に契約は果たされたのです」

ピケットが再び苦しい言い訳をしようとしたところで、ガラテアが静かにそうつぶやいた。

「うむ？　それはどういう意味だ？　まさかオリハルコン結晶を……」

ピケットの言葉など、まったく聞く耳を持たなかった王が、ガラテアの言葉には即座に反応する。

その時ガラテアが、自身の懐から一振りの短剣を取り出し、王に示した。

玉座の間に、本日一番のどよめきが巻き起こる。

いつの間にあつらえたのか、様々な装飾が施された美しい鞘からゆっくりとその姿を現した刀身は、見る者全てを魅了するような、白銀の輝きを放っていた。

ヴィンセントなどの騎士が持つ長剣に比べれば、刀身の長さや幅などその全てが小さいにもかかわらず、それを補って余りある絶対的な迫力と、最早芸術と言っても過言ではないある種の神秘的な美しさに、誰もが圧倒された。

「な……、なんということだ……。うむ……、間違いない。それは間違いなくオリハルコンを素材とした逸品……。お前の持つその短剣からは、我がグレイトバリア王国の至宝たる『聖剣』と同じ輝きが見て取れる……」

王や宰相、陪席の貴族の他、汗だくのピケットまでが、目を見開いて言葉を失っていた。

「左様でございます国王陛下。そして本件に関しましては、そちらにいらっしゃいますレイン様……いや、レイン子爵様のまさに神の御業とも言うべき魔法の力によって、御覧のとおりオリハルコンの精製に成功した次第にございます」

あ!?　バカッ！　別に俺のことは言わんでもよかったのに……！

「なんと……。もしそれが事実なら、この世界の歴史に未来永劫名を刻まれるであろう大偉業だぞ……？　そも神代の聖遺物以外、オリハルコンを用いた武具などあるはずもないからな……」

王は口元に拳を当て、白銀の輝きを放ち続けるオリハルコンの短剣に目を奪われている。もちろん、セドリック宰相やマッチョ父も同じ反応だ。

（オ……、オリハルコンって、そんなにヤバイもんだったのか……）

俺は密かに頭を抱えた。

まずい……、ひっじょーに、まずい。だって俺、あん時テンション爆上がりのまま調子に乗って、変な形のキセルを二本も作っちゃったよぉ……。

それに比べて相手は国宝、しかも聖剣ときたら、これ……。い、いよいよ、オリハルコンの無駄遣いをしたレイン君、死刑！　……ってなっちゃうパターンか？（泣）

「へ、陛下……！　わ、私めはこれを見越してガラテア工房にオリハルコンの精製を依頼したのでございます！　そもそもその短剣の素となったオリハルコン結晶は、我がモートン侯爵家代々の家宝！　さ、さあ、ガラテアとやら！　さっさとその短剣を私に渡せ！　今回は特別に、これで契約は成立したと認めてやろうではないか！」

何をどう勘違いしたのか、ピケットは言うにこと欠いて、短剣を渡すようにガラテアに迫った。

だがその表情はなぜか一転して明るい。

やったぞ、一発逆転！　……とでも考えているのだろうか？

「そうでしたなぁ、ピケット侯爵閣下……」

ガラテアはそうつぶやくと、オリハルコンの短剣を懐になおしてしまった。

「お、おいコラ！　なぜ剣をしまう⁉　それをさっさと私に渡せ！　それは私の物だぞ⁉」

ピケットはガラテアの方に駆け寄り、跪いたままのガラテアの胸倉を掴む。

ジロリ……。

ガラテアは、衣服を引っ張るピケットを一睨みすると、その場でゆっくりと立ち上がった。

高い身長をほこるガラテアの胸倉を掴んでいたピケットは哀れにも、ガラテアの服を持ったまま背伸びをしてつま先立ちするような滑稽な姿になってしまう。

「き……貴様……⁉　あわわわわわ……⁉」

「ぷっ……！」

「くくっ……、あの格好ときたら……！」

他の貴族たちからも、失笑とともにヒソヒソと囁く声が聞こえる。

確かに、子供が駄々をこねて父親にしがみついているように見えるなこれは、ぷぷーっ！

横のマッチョ父など、笑いをかみ殺して真っ赤な顔で半泣きだ。

「ピケット侯爵閣下。申し訳ありませんが、剣を渡すわけには参りませんな。いや、正確に言えば、あなたに剣を渡す必要がないのです」

「な……、ななっ、なんだと、貴様⁉」

掴んでいた胸倉をパッと離したピケットは、なおもガラテアに詰め寄った。

「たわけたことを‼　私は署名入りの書状で貴様に短剣の製作を依頼しただろうが‼　それが何よりの証拠だ‼　そのオリハルコンの短剣は、誰が何と言おうと私の物だ‼」

その言葉をガラテアは鼻で笑うと、恐ろしく冷たい目でピケットを見下ろしながら言う。

「おっしゃるとおり、あなた様の依頼書面が何よりの証拠でございます。内容は一言一句覚えておりますよ？　腸《はらわた》が煮えくり返る思いで、何度も何度も読み返しましたのでな……」

今度はガラテアが、一歩また一歩とピケットの方に詰め寄っていく。

他方ピケットはというと、ガラテアの迫力に気圧され、逆にすごすごと後退していく。

「き……、きさ……、きさ……、貴様ぁ……!?」

「内容はこうでした……、『ガラテア工房殿　当モートン侯爵家の至宝たるオリハルコン結晶の使用を許可する故、当該結晶を精製の上、短剣を製作せよ。期日は二週間とし、一切の猶予は認めない。なお本件依頼を果たせぬ場合、当家の名の下、貴工房を接収する』……と。覚えておいでですね？　ピケット侯爵閣下。……まあ覚えておられなくとも、今はセドリック宰相が原本をお持ちですが」

……ドンッ！

後退し続けたピケットは、ついに玉座の間の壁際まで追い込まれた。

そこで壁を背にしたまま、歯ぎしりしながらガラテアを見上げる。

「ぬぐっ……!?　そ、それがどうしたと……」

「……書かれていないのですよ」

「は……、はあ!?　一体何を……」

「ですから、あなた様からの依頼は、短剣を製作することのみ。作った後の剣の使途は書かれていない、と申し上げているのです」

汗だくで息を切らすピケットに対し、ガラテアは静かにつぶやく。

「な、なんだとぉ……⁉　バカも休み休み言え‼　短剣製作を指示したのはこの私だし、そもオリハルコン結晶は我がモートン家の家宝であるぞ⁉　な、なればこそ、その短剣は私の物に決まっておるではないか‼」

ピケットは必死の形相でガラテアに食って掛かる。

そりゃ世界に何本もないという、聖剣をはじめとする聖遺物（聖キセル含む……）に勝るとも劣らない超希少価値のある短剣が手に入るか否かの瀬戸際なら必死にもなるだろう。特にこういう欲の皮の突っ張った奴なら、なおさらか。

「成程……。書状に書かれていないことも事実として主張されるわけですな。ではお伺いしますが、ピケット侯爵閣下……。我が工房は神代以降完全に途絶えたオリハルコン精製技術を発見した上、それを素材とした短剣の製作にも成功しました。……にもかかわらず、不逞の輩に我が工房を襲わせ、あまつさえ、私を含む職人全てを皆殺しにしようとした忌むべき蛮行……。それも書状には記されておりませんが、織り込み済みということでよろしいのですな？」

……その後ろ姿からも伝わってくる強烈な怒気。

ガラテアの声は冷たく、漏れ出る殺気を隠そうともしていない。

「うぬ……⁉　し、知らん……、知らんぞ！　この私がそんなことを知るわけがなかろう‼　王都でウロウロする冒険者崩れどものことなど、いちいち気になどしていられるか‼」

「ほう……。なぜ我が工房を襲ったのが冒険者崩れだとご存知で？　ピケット侯爵閣下は、ご自身が知りもしないことを見通す千里眼でもお持ちなのですかな？　実に羨ましいことです」

「あっ……⁉　……あ……、あぁ……。い、いや……、それは……」

口を半開きにして全身から汗を吹き出しながら、ピケットは酷く狼狽していた。

ガコン……！

その時、再び玉座の間の出入口扉が開き、一人の男性が駆け込んできた。

「申し上げます！　グレイトウォール家が家臣、マッケンロー・サードホークが火急の報告をいたします！　我が主のご命令により、捜索・差押・検証中のピケット侯爵の王都別邸地下室より、多数の死体及び廃棄された無数のハイポーションの空瓶を発見いたしました！」

マッケンローと名乗った騎士風の男性は、玉座の間において大声でそう叫んだ。

「うぐぐぐぐ⁉　くっ、くそがぁ……！　どけぇい‼」

ドスンドスンドスンドスン……！

報告にきたマッケンローを物凄い形相で睨みつけたピケットは、唐突にその場から出入口の方へ向けて走り出した。

おそらく逃げようとしたのだろうが、太りすぎた身体と緩慢な動作においてはそれが叶うはずもなく、側にいたガラテアがピケットの背中に膝を当てて押し倒すと、軽々と抑え込んだ。

「ぎょひぃぃ⁉」

哀れピケットは、うつ伏せの状態で完全に制圧され、辛うじて手足をばたばたと動かすことができるのみとなった。

「……許す。報告を続けよ」

王は静かにそうつぶやいた。その厳しい眼差しからは、静かな、だが確かな怒りを感じる。

「はっ！　発見された遺体は、その……、損傷があまりにも激しいと申しますか……。か、辛うじて人の形をしていたのであろうということが推認できます。数はおそらく三〇から四〇名ほどではないかと思われますが……、先に申し上げたような状態ですので、現在のところ、正確な人数は把握できかねます……」

「……生存者はいたのか？」

「いえ……、モートン侯爵家の関係者の他は、誰も……」

マッケンローは青い顔をしながら、報告を続けた。

時折こみ上げる吐き気を我慢しているその様子から、相当に酷い光景を見てしまったのだろうということが窺い知れる。

「き……、貴様ぁ!?　……誰の許しを得て侯爵たる私の屋敷を……、うぐっ!?」

上から制圧しているガラテアがグッと膝に体重をかけると、ピケットは情けない声を出し、再び沈黙した。

「……恐れながら、国王陛下。多数の遺体につきましてはおそらく、先だってご報告申し上げた悪魔召喚によるものだと思われます。そこな息子ヴィンセントも、我が父ライアンに取り憑いていた黒い悪魔を目撃しております」

ふいに発せられたエドワードの言葉に、あの変態黒山羊さんのことを思い出してしまう。

チラリとユリの方を見ると、おそらく俺と同じことを考えているのだろう、げぇ～……という表情で舌を出していた。

「そして悪魔召喚には多くの犠牲……、有り体に申し上げますと、生贄が必要とされておりますので、多数の遺体についてはその儀式が執り行われた結果かと……」

「そうか……、わかった。もういい……」

王は右手を上げてエドワードの言葉を遮ると、殺気の籠った厳しい目をピケットへと向けた。

「……最早これまでだ。ピケット・オーブリー・モートン。これまでの経緯から、お前が目を覆いたくなるような数多くの陰惨な犯罪を敢行したことは明白……」

「………」

王は厳しい口調でピケットを責める。

……が、肝心のピケットは、王の方を見てはいるものの、ガラテアの下で微動だにしない。

（なんだ……？　苦しくて気絶しちゃったか？　けどそれにしてはなんか雰囲気が……）

――何かがおかしい。どうにもピケットから嫌な気配が……。

「ピケットよ、最後に何か弁明はあるか？　申し開きがあるなら聞こう」

王はピケットに対し、最後通牒と言わんばかりにそう告げる。

だがその直後、ガラテアの脚の下にいるピケットが、不気味に蠢いた。

「……ぐひっ……、ぐひひひひひひっ……。では国王陛下、少々よろしいですか……？」

（――！　強い魔力反応!?　まずい‼）

「ガラテアさん！　ピケットから離れて‼」

突然ピケットから噴出しはじめた異様な魔力に、俺はただならぬ雰囲気を感じ、力一杯叫んだ。

……だが……。

ブッシュウウゥゥゥ……‼

その刹那、血煙が舞う。

王や宰相、そこにいた高名な貴族たちも含め、誰もが目を疑った。

突然のことに静まり返った玉座の間には、ピケットから発せられる、低く不気味な笑い声が響いていた。

第七話 暴かれたその正体

ポタッ……。ポタッ……。

滴り落ちる真っ赤な液体は、ガラテアの身体から流れ出る深紅の血だ。

それは腰の辺りから肩口にかけて、まるで鋭利な刃物で切り裂かれたような傷口だった。

「くっ……⁉　こ、これは……！」

ガラテアは俺の叫び声に咄嗟に反応し、後ろに飛び退いたことで、かろうじて致命傷を避けることができたようだ。

「ぐひっ……、ぐひひひっ……。外したか……。まあいい……、いずれ死ぬのは同じこと……。早いか遅いかだけの話よ……」

そこに立っていたのは、紛れもなくピケットだった。

さっきまできっちりガラテアに押さえ込まれていたはずなのに。

そしてそのピケットに驚くべき変化が起こりはじめる。

ググ……。ビクンビクン……。

ググ……グググググ……！　ビクンビクンビクン‼

ニヤニヤと笑っていたピケットの身体が不気味に蠢きはじめ、一瞬収縮したかと思いきや、その直後、大きく拡張をはじめたのだ。

ベシャッ！　ブシュゥ‼

「うぐっ……！　うくく……、くははっ！　……最早……、このピケットなる……汚らしい……人間の……、皮を……ぐうっ‼　かぶっている必要も……なくなったな‼　私……、いや……吾輩は……、うぎぎぎ……‼　……ただ……、お前たちを蹂躙する……のみ……‼」

不気味に蠢くピケットは、身体中の穴という穴から、変な液体や時には肉片のような物体Xを撒き散らしている。

……いや、最早これは、ピケットだったものと呼称すべきか。

あまりにショッキングなその光景に、その場の誰もが顔を青くする。

「父上……。何か危険な雰囲気をビンビン感じます。王や宰相、その他の貴族の方々を一箇所に集めてお守りください。最悪、王様を連れて脱出することも頭の片隅に置いておいてください。加えて怪我をしたガラテアさんの手当もお願いします。ことが落ち着けば私が診ますので」

しかしながら、ここでトチ狂ったピケットだったものをほったらかしにするわけにはいかない。

百害あって一利なし、という言葉がこれほどぴったり当てはまる存在なんて他にいないだろう。

俺は今すぐにでもお家に帰りたい気持ちを抑え、マッチョ父に防衛に徹するようお願いする。

「……うむ、わかった。だがレイン、くれぐれも気を付けろよ。こいつはあまりに異常だ……！」

「承知しております……」

マッチョ父はそう言うと、陪席の貴族たちを王のいる玉座の方へと誘導しはじめる。

セドリック宰相やエドワードもいるので、こちらは心配なさそうだ。

俺は、なおも奇声を上げながら肥大し続けるピケットだったものに対峙する。

その時だった。

「はぁ、またおかしなことになっちまったねぇ？　大事な仲間を手に掛けた人間のクズだとは思っていたが、そもそも人間じゃあなかったとはねぇ。ま、ちょうどいいじゃないか。殺さないように手加減する必要もなさそうだし？」

ゆっくりと俺の右側に立ったのはイザベルだった。

失った仲間たちの無念を晴らすべく今日まで耐えてきたイザベルの身体は、うっすらと、だが強烈な熱さを放つ炎に覆われており、既に臨戦態勢を取っている。

そしてもう一人……。

「ピケット……。いや、最早それは最初からピケットではなかったのであろうな。ふっ……、私は全てを民に捧げると誓った王国騎士なれど、今日ばかりは唯一人の剣士として、我が祖父の受けた痛みや苦しみ、存分に思い知らせてくれるぞ！」

俺の左側に立ち、スラリと剣を抜いて構えるのは、爺ちゃん大好き騎士のヴィンセントだった。

こちらからは、燃え盛る炎でさえ凍り付くような、凄まじい氷の魔力を感じる。

最後に。

「グルルルルッ……」

鋭い牙を剥き、俺の前に立ったのはシロだった。

さっきまでよだれを垂らして爆睡していたが、どうやらシロも何かただならぬ雰囲気を感じ取ったらしい。

無論、既にシロの周りにも螺旋状の気流が渦巻いており、準備万端といったところだ。

「へへっ……。なんだかパーティーを組んでるみたいで、新鮮な気分ですね」

我ながら、こんな異常事態であるにもかかわらず、自分の左右や前に立ってくれる頼もしい人たちの姿に、俺はついはにかんでしまった。……まあシロは犬《フェンリル》だが。

「あっはっはっはっ！　こんなクソみたいな状況でそんなことが言えるあんたは、やっぱ只者じゃないね！　今日はハンサム君もいることだし、いやあ、お姉さんは嬉しいよ！」

「ふっ、私こそ。我が友レインは元より、かの有名なイザベル殿とともに戦えるなど、光栄の至り。よろしくお願いしたい」

ヴィンセントは左手で前髪をかき上げると、いつもの爽やかスマイルを飛ばした。

おお？　意外に息が合いそうな感じだな、この二人。性格が正反対っぽいから、それが逆にいいのかも……。

「ふふ……、ふはははははっ！　どうもお待たせして申し訳ありませんでしたね、皆様。……して、末期の語り合いは、もう十分堪能されましたかな……？」

「うおっと、コイツを忘れてましたよ」

あらためてピケットだったものに視線をやると……、こりゃあでかい！　そしてでかいだけじゃなく、めちゃくちゃ気持ち悪い！

ピケットだったものの肉体は縦にも横にも肥大化し、その高さはおよそ三〜四メートル、横幅も二メートル強はある。

　さらに驚くべきことに、その皮膚は黄緑色に変色するとともに、白目と黒目が逆転したような、不愉快かつおぞましい顔つきになっていた。

　また、さっきまで着ていたキングサイズの高級そうな装いは見事に弾け飛び、かろうじて黒の半ズボンを穿いているような状態に……。

「久々にこの姿に戻りましたが……、少々やりすぎてしまうかもしれませんなぁ……。申し訳ありませんが、どうぞご勘弁を」

　ピケットだったものは、自身の肉体の変化に酔いしれている。そしてその口から発せられる丁寧な物言いが、逆に腹立たしい。

　だがその口調とは裏腹に、ピケットだったものは、自分の体の臭いをくんくん嗅ぎ回ったり、ズボンの中に手を突っ込んでごそごそ動かしてニヤニヤしたりと、頭はいかにも悪そうだ。

「そうか……。やはりお前はピケットではなかったのだな。奴もお前のようなおぞましい輩に取って代わられたとあっては、浮かばれんな……」

　玉座に座ったまま、王は汚いものを見るような目で、冷たくそう言い放った。

「ふふふふふ……。吾輩を前にしてそのように虚勢を張る姿勢は褒めてあげましょう。ご褒美として、この中の誰よりも惨たらしく《うつくしく》、そしてゆっくりと時間を掛けて喰い殺してあげましょうね？　……あぁ、それと。申し遅れましたが、吾輩アバドンと申します。ごくごく短時間であろうかと思いますが、以後お見知りおきを」

「アバドン……、聞かん名だ。いかにも頭が弱そうに見えるが、お前はカエルか何かの魔獣か？　だとすれば、ここは人間の国の高貴な場所だ。さっさとそこいらの沼に帰ることを勧めるがな」

王は手でシッ！　シッ！　と払いのけるような仕草をする。

「うふふふっ！　この高位悪魔である吾輩に向かって言うではありませんか……？　しかしながら、吾輩は自らのことを語る気持ちはございません。あなた方も、これから食べる蟻や芋虫に対してわざわざ出自を語ることはありませんでしょう？　まあ名前だけでも知って死んでいただければ結構ですとも」

アバドンと名乗った目の前の悪魔が笑う度、肥大した体中の脂肪がぶるんぶるんと不快に動く。

そんな様子を見ながら、王は肩で大きくため息をつき、ゆっくりと首を横に振る。

「成程。高位悪魔などと自称するお前は、ある程度の位に就く悪魔なのだな？　だとすると、お前の他にも上位下位問わず、まだ汚らしい悪魔が複数存在するという話か。まあ、今はこの程度わかれば十分だ。多くの情報提供、感謝するぞ？」

王の言葉に、アバドンは初めてハッした表情を浮かべた。

自分の言葉から、意図せず色々な情報を見透かされたことに驚いたらしい。

（アバドン……、アバドンか……。悪魔と自称してはいるものの、何となくこないだの変態黒山羊さんとは雰囲気が違う気がするが……）

「最後に一つ言っておくが……。ここにいる者は多分、蟻や芋虫の類は食わんぞ？　いつどうやってピケットに成り代わっていたのかは知らんが、貴族としての立ち振る舞いもあまりにお粗末であったしな。……あぁ、ところでお前、周りの者から、『お前は頭が悪いから黙っていろ！』などと言われたりしてないか？」

「むっ⁉　むぎぎぎ……！　ぎ、ぎざまぁ……！　言わせておけば調子に乗りおって……。吾輩は賢い……、賢いんだ……！　帝国の支配基盤をより強固なものにするため、王国貴族の立場を利用することを思い付いたのは、この吾輩なのだぞ⁉」

「ほう……？　お前たち自称悪魔は、帝国の周辺で糸を引いているわけか。これはこれは、警戒対象が絞れて助かった。重ねて礼を言うぞ？」

「むが――っっっ‼」

アバドンは額に青筋を立て、恐ろしい形相で王を睨みつけながら地団駄を踏んだ。

コイツ……、やっぱり頭がちょっとアレなんだな……。

「わ……、吾輩は……、吾輩はぁ……！」

怒りに震えるアバドンの黄緑色の見るに耐えないぶよんぶよんの肉が、ぶるぶると揺れる。

「吾輩は間違ってなどいない‼　……ぐひっ！　ぐひゃひゃひゃひゃぁ‼　貴様等を一人残らず喰い殺し、さらに外に出て王国の人間全てを喰い殺して、この国を支配するのだぁ‼」

最初の丁寧さはどこへやら。アバドンは口汚くそう叫ぶと、王が座る玉座へ向かって猛然と走り出した。

（全員喰っちゃったら支配も何もあったもんじゃないだろうに。やっぱコイツ頭が……）

その時だった。

ブオフゥ……‼

アバドンの足元から凄まじい勢いで、強烈な紅い火柱が立ち昇った。

「ぅあっちぃっ……‼」

このすんごい熱波は……！

「むぐぅ……⁉」

アバドンもその火柱に驚いたのか、思わず立ち止まる。

「おい……。どこへ行こうってんだい？　あんたの相手はアタシだよ……」

振り向いたアバドンの前に立ちはだかったのはイザベルだった。

「ぐひひひ……、美味そうな女……。吾輩にかわいがってほしいのですかな……？」

にちゃあ……という効果音が聞こえてきそうなほど、アバドンは下卑た笑いを浮かべ、おもむろにイザベルの方へ歩き出そうとした。

だがそのアバドンの足は一向に前に出なかった。

「んんん……？　これは……？」

自分の足元を確かめるアバドンの視界に映ったのは、極度の冷気を放つ氷の結晶だった。

あたかも高価な美術品であるかのように美しく構築された氷塊は、アバドンの足の裏から大腿部の辺りまでを完璧に凍結させていた。

「醜い悪魔め。我がアイスソードの威力、その身をもって知るがいい……！」

ヴィンセントは、自らアイスソードと銘打った剣の切っ先を、アバドンの喉元へと向けた。

（アイスソードか……。頼むから、殺されて奪い取られたりしないでくれよ？）

……ところであの剣、どっかで見たことがあるような気がしないでもないが……。気のせいだよね？

「仇であるピケットの野郎に化けてたんだ！　責任とってこれをくらいな‼」

ドズゥッ‼

「うむっ……⁉」

紅蓮の炎をまとったイザベルから、渾身のパンチが繰り出された。

その強烈な一撃がアバドンの腹部に突き刺さるや、その中心から恐ろしいほどの炎が噴き出し、アバドンの全身を灼いていく。

お、俺がスラムでイザベルと戦った際、あの攻撃をまともにくらってたら、あんな風に丸焼けになってたのかと思うと、背筋が寒くなるぜ……。

「アオ――――ン‼」

次の瞬間、間髪入れず天井近くまで飛び上がったシロが、アバドンに向かって風の魔法を行使した。

放たれたのは、切れ味凄まじい真空の刃だ。

「ぬぐっ……⁉」

アバドンの両腕が、二の腕付近から鈍い音を立ててその場に落ちる。

そして床に落下した自身の腕に一瞬目を奪われたアバドンが、視線を前に戻したその時――。

「とどめだ！」

ヴィンセントは軽やかに宙を舞った。

ヒュン……！

放たれたのは、目にも留まらぬ横一条の剣閃。

ヴィンセントはそのまま優雅に着地すると、剣を一振りし、そのまま鞘に収める。

キィン……。

「………‼」

ゴト……。……ズシーン……‼

納刀の響きが合図であったかのように、アバドンの首が無残に床に転がり落ちたかと思うと、時間差で黄緑色の巨体が轟音とともに床に沈んだ。

すげぇな、ヴィンセント！　ぶっとい首が一瞬でもげちゃったよ！

「おお……、やったぞ‼」

「さすがは氷結王子だ！」

「いや、あそこでイザベルの一撃があればこそではないか‼」

「そ、それよりもあの白い犬……、さっき魔法を使っていなかったか？」

一様に沸き立つ王国貴族たち。

異形の怪物の討伐に、王を含め、その場にいた全員が歓喜していた。

ヴィンセントとハイタッチなんかしつつ、俺たちも喜んでいた。

……けど、油断もしてたんだよな……。

「あぶない‼」

突然、耳をつんざくような誰かの叫び声が玉座の間に響き渡るとともに、駆け抜けていく怒号と時を同じくして、一条の光が迸る。

それがまるで空を斬り裂くような短剣の軌跡だとわかるまで、さほど時間はかからなかった。

しかし驚くべきは件の短剣の着地点……いや、突き刺さった先という表現が正しいか。

そこには胸の辺りに深々と短剣が刺さった、頭と両腕のない悪魔が立っていたのだから。

この黄緑色の化け物は、灼かれ、凍らされ、そして首すら落とされてなお死ぬことなく、油断していたイザベルの背後に忍び寄っていたのだ。

そしてさらに特筆すべきは、アバドンの腹部に顕れた裂け目だ。

俺はてっきりイザベルにぶん殴られた傷だとばかり思っていたのだが、目を凝らしてよく見ると、なんとそれは口だったのだ。

不気味に開いたその腹の口は、内部が紫色で大小不揃いの牙が無数に、かつ不規則に生えている様子がうかがえた。

「ちっ……、これはあぶなかったねぇ……。このアタシとしたことが油断したよ。あともう少しで、豚ガエルの栄養にされちまうとこだった。ありがとよ、ガラテアの旦那」

額の汗を拭いつつ、イザベルは苦笑いを浮かべた。

そう、物凄い勢いで短剣を投擲したのは、先ほどアバドンに傷を負わされて流血し、倒れていたガラテアその人だった。

未だ止血もままならぬその身体で、胸元に収めていたオリハルコンの短剣を、全力でアバドンに投げつけてくれたのだ。

「……いえ、この程度お安い御用ですよ。後方から密かに這い寄るソレの姿が見えましたのでね……、うぐっ……!?」

ガラテアはニヤリと笑うと、傷口を押さえながら再びその場に膝から崩れ落ちた。

「ぐひひひ、残念です。もう少しで女の柔らかそうな肉をペロペロぷりぷりコリコリできましたのに……。あ、ちょっと年齢がいってそうですから、そこまで柔らかくはないかも知れませんが」

その矢先、なんと先ほどヴィンセントに斬り落とされ、床に転がっていたアバドンの首がしゃべりはじめたではないか。

さらに、突然床に落ちたアバドンの両腕と肩口のそれぞれの切断面から、むにゃむにゃの肉の糸だか何だかわからない、とにかく汚らしい触手のような物が伸びはじめたかと思うと、あっという間にくっついてしまった。

「よいっしょっと……、むんっ」

さらにアバドンが、くっついたばかりの腕で床に落ちたままの頭を持ち上げ、そのまま無造作に首元に乗せたところ、こちらもしっかり元に戻ってしまった。

「くっ……、悪魔め……。存外にしぶといな……」

ヴィンセントは再びスラリと剣を抜くと、そのまま正眼に構えた。

「グルルル……！」

シロも牙を剝きながら、いつでも飛びかかることができるよう、再び前傾姿勢を取っている。

「おっと？　こんなところにまだゴミが引っついてましたね。ポイッと」

カランカラン……！

アバドンは胸の辺りに刺さっていたオリハルコンの短剣を抜くと、そのまま足下に投げ捨てた。

「さらなる悪魔召喚のために工房を頂こうと思ったのですが、まさかそこから吾輩の崇高な計画に綻びが生じてしまうとは……。ぐっひっひっひ……、世の中ままなりませんなぁ！」

アバドンはニヤニヤしながら、吐き捨てるようにそう言った。

（……みんなで一生懸命作った剣をゴミだと……？　……っの野郎！）

「黙りな！　このクソ豚ガエルがぁ‼」

その時、イザベルが猛然とアバドンに向かって駆け出した。

「少し年上で色気があるだと⁉　お前みてぇな豚ガエルにそんなこと言われても、嬉しくもなんともないんだよぉ‼」

ドズッ！　バキッ！　ドガァ‼

イザベルの強烈な連続攻撃が容赦なくアバドンに突き刺さる。

若干、双方の言動に行き違いがあるようだが、これは触れてはいけない地雷……。俺は騙されないんだからね！

　だが当のアバドンはというと……。

「……あはは～ん……、気持ちいいですなぁ……。女の拳の感触や、じんわりと温かい体温が伝わってきますねぇ……。あああ……」

　通常なら一撃で悶絶しそうなパンチやキックを何発もくらいながら、アバドンは鳥肌が立つような気色の悪い言葉を並べ立てる。

「ちぃっ……！」

　さすがに気持ち悪かったのか、イザベルが一旦後方に飛び退いた。

「あらあら～、もう離れて行ってしまうのですか？　吾輩非常に残念です……。ぐひひひ……」

ジュウゥゥ……。

　イザベルに殴られたアバドンの傷が、不快な音と黄緑色の煙を立てながら、急速に消えていく。

「うむ……、なんという再生能力……。やはり悪魔と名乗るだけのことはあるか……」

　セドリック宰相をはじめ、後方で待機している王やマッチョ父たちも、アバドンの復元能力に驚愕している。

「申し訳ありません。またまた絶望させてしまいましたかな？　吾輩生まれつきこういう肉体で、受けた傷がすぐに塞がってしまうのですよ。羨ましいですか？　羨ましいですよね？」

　余裕しゃくしゃくのアバドンは、ぶよぶよの肉体のくせに、筋肉自慢のボディービルダーたちが、マッチョ大会で見せるような決めポーズを何度もとった。

さあもっと来てごらん？　と言わんばかりのアバドンだが、その時俺は、凄まじい再生能力をほこるアバドンの肉体に、ほんの一点だけ違和感を覚えた。

（あれ……？　イザベルにぶん殴られたところはすぐに治ったのに、あそこだけは……。そうか、自分から悪魔なんて言ってたし、もしかしてこいつも……）

「ぐっひっひっひっ……、さてさて諸君。皆様とのお遊戯もそこそこ楽しかったのですが、吾輩はとても忙しい身。この国の者を全て喰いつくすという大事なお仕事も残っていることですし、そろそろ終わらせようと考えておりますです」

おっと、考えがまとまらないうちになんか言い出したぞ。一体何をやらかす気だ？

そう言うが早いか、アバドンは両手を上げると、脚を大きく開いて小刻みに震えはじめた。

「……一人ずつ殺すのはとても時間がかかりますのでね、賢い吾輩は、全員同時に皆殺しにさせていただきますね……」

ブルブルブル……。ブルブルブルブルブルブルブルブル……!!

アバドンが蠢く早さがどんどん加速していくとともに、徐々にではあるが、その巨体が収縮をはじめた。

（こっ……、これは……!?）

「皆さん！　僕の後ろに下がって!!」

俺は咄嗟にそう叫びながら後方に跳んだ。

アバドンが何をしようとしているかが何となくわかった俺は、同時に身体中に魔力を練り込んでいく。そう、思いっきり練り上げるのは、闇の力に相反する光の魔力だ。

「あいよ！」

「承知！」

「ワンワン！」

ヴィンセントたちの退避を確認しつつ、俺は他の全員が避難する玉座の方を背にし、アバドンに対峙した。

その間もアバドンはどんどんと収縮を続け、最初あれだけ大きかったその巨体は、今や半分ぐらいの大きさにまで縮んでしまっている。

（……間に合ってくれよ……‼）

俺は両手を前に出し、身体の中で練り上げた光の魔力を解き放った。

パァァァァ……‼

その直後、俺の前に光の障壁が顕現した。

それはあたかも、このグレイトバリア城を守護する白亜の城壁の如く。

「さようなら諸君。あぁ、それと、ご遺体の後始末はご心配なく。骨の一かけらまで、全て美味しくいただきますのでね……？　ぐひひひ……」

アバドンがそう言った次の瞬間——。

「炸・裂・肉・団・子ぉ〜‼」

ドバ……！　ドババババ‼　ドババババババババババババババァァァァ‼

その間抜けな掛け声とは裏腹に、アバドンの肉体が凄まじい勢いで弾け飛んだ。

自分を中心としたありとあらゆる方向に向け、まるで機関銃の如き超威力で、無数の肉片が絶え間なく射出されていく。

ズドン！　ベシャア‼　ズドドドン‼　ベシャベシャベシャベシャア‼

玉座の間の壁、床、天井など、あらゆる箇所に次々に穴が開いていく。

上からぶら下がっている良さげな布や、高級そうな赤絨毯が瞬く間にボロボロになっていくとともに、あの分厚い出入口扉にも肉片がめり込んでいく様子は、まさに恐怖の一言につきる。

ベシャ！　ブシャ‼　ベチャブチャア‼

（ひえぇ⁉　俺が創った光の障壁に、どんどん肉がひっついていく！　汚いよぉ！）

アバドンの恐ろしく気持ち悪い自爆攻撃は、その後しばらくの間、止むことなく続いた。

しばらくの後、ばらばらになったアバドンの肉体が急速に復元されていく。

「ぐひひ、やはりこの姿はいい。少々やりすぎてしまうのが欠点ですがねぇ……。さて、美味しそうな挽肉は出来上がりましたでしょうか……？　吾輩もう我慢できません……。じゅるり……」

そう言って口から流れ出るよだれを拭ったアバドンだが、どうやら目の前の光景は、アバドンにとって少々思っていたものと違っていたらしい。

「んん～？　んん……⁉　な……、なにぃ⁉」

「ふぅ。いや～、今のはちょっと肝を冷やしましたよ。これまで経験してきた中でもトップクラスに恐ろしい攻撃でした」

俺は大きくため息をつきながら、にっこり笑ってそう言った。

マジで光の障壁を張って正解だったぜ。変に炎とかで相殺してたら、もしかしたら小さい肉片とかがスルーされて、服とかに引っついて汚れちゃったかもしれないしな！

「な……、なな、なぜだ……？　吾輩は確かに諸君らをミンチにしたはず……」

どうやらアバドンは、俺たちが生きていることが理解できず、思考が追い付いていないらしい。

まあ、元々あまり頭が良さそうじゃないし、仕方ないよね。

「さあ、皆さん！　反撃開始といきましょうか！」

再び俺の横に並び立つヴィンセント、イザベル、そしてシロに対し、俺は檄を飛ばす。

「ぐひひひ……、なぁにが『さあ、皆さん！　反撃開始といきましょうか！』ですか。何かの偶然で生き残ったくせに……」

攻撃を防がれ、何か言わないと気が済まなかったのか、アバドンは俺の言葉や仕草を真似ながら挑発してきた。

俺もノリでそう言ってしまって少し恥ずかしかったので、親指まで立てて俺の真似をするのは勘弁してほしい。アバドンのくせに若干ものまねのクォリティ高いし！

（……とは言ったものの、こいつはいつまた爆散するかわかったもんじゃないし、下手に俺が動くと、マッチョ父たちが不意打ちされる恐れもある。となるとここは……）

「すみません。僕はあいつの攻撃に備え、いつでも全員を守れるようにしていたいと考えますので、何とか皆さんであいつを追い詰めていただけませんでしょうか」

　玉座付近まで後退していた俺たちは、作戦会議をしつつ、再びゆっくりとアバドンの方へと近づいていく。

「そりゃ、あの豚ガエルをぶっ飛ばせりゃあ気分爽快だろうけどねぇ。ぶん殴ったそばから元に戻っちまうからなぁ……」

　胸の前で拳をバンバン突き合わせながら、イザベルが顔をしかめる。

「レイン。君のその顔、何か作戦があるんだな……？」

　左手で髪をかきあげながら、ヴィンセントは真剣な眼差しで俺の方を見た。

「はい。僕の考えが正しければおそらく大丈夫かと。あいつの弱点は何となくわかりましたので」

「ワンワン！　ワンワン！」

　俺は歩きながら、体を擦り寄せてくるシロの頭や顎の下をワシャワシャモフモフしてやる。

「皆さんは、どうか僕を信じて全力で奴を攻撃してください」

　俺はニヤリと笑うと、再び身体の中におもいきり魔力を練り込んだ。

　膨大な魔力が身体から溢れ出し、一瞬、春一番が吹き抜けたような風を巻き起こす。

「相変わらず凄まじいな……。だが仲間だと思うと、なんと頼もしいことか」

　ヴィンセントが目を閉じて微笑んだ。

　かつての俺の家での悲しい出来事でも思い出しているのだろうか。

「ははっ！　こんな気合いの入ったもん見せられたら、やるっきゃないねぇ！　ま、あんたが大丈夫だってんだから大丈夫なんだろうさ。アタシらはそれを信じて、ぶちかますだけさね！」

イザベルのまとっていた炎が、一段と勢いを増した。

「アオ────ン‼」

シロは言わずもがな。ふわっふわのしっぽをふりふりさせながら、やる気満々だ。

そして玉座の間の中心辺りにおいて、俺たちは再びアバドンと対峙した。

「ふふん……？　多少は魔法の腕に覚えがあるみたいですが、『さあ、皆さん！　反撃開始といきましょうか！』なんておっしゃってたぐらいですから、せいぜい楽しませてくださいねぇ？」

まだものまねしとったんかい⁉　マジでもう勘弁してくれ！　あと顔マネすんのもやめろ！

俺は苦笑しながら、身体の中で練り込んだ膨大な魔力を混ぜ合わせはじめる。

（さて、しっかりイメージしろよ、俺……。火、水、そして風。これらの属性を全て『光』と混ぜ合わせるんだ……。そして今回はそれらを俺自身じゃなく、全て彼らに……）

その途端、俺の身体から急速に魔力が失われていく。

いかに魔力回復の速い体質とはいえ、やはり複数の属性を同時に合成するとなると、魔力消費のスピードが半端じゃない。

（……はぁ、しんどい。こりゃまだまだ訓練が必要だな……）

「おい豚ガエル。あんたのデートの相手はアタシらさ。間違えてんじゃないよ……？」

不敵な笑みを浮かべながら、イザベルがファイティングポーズをとる。

「ヴゥ～……。グルルルル……」

シロも前傾姿勢のまま、ゆっくりとアバドンの方へとにじり寄っていく。

「その醜い肉体、二度と復元できぬようバラバラに斬り裂いてくれよう」

ヴィンセントは両手で剣を握り直すと、その精悍な顔の横までグリップを持ち上げた。

「シロ、イザベルさんも、どうかお願いします。そして……」

そして何より、せっかくこの世界でできた大切な友達を失いたくない。

「……ヴィンセント様……。あぁ……いや、ヴィニー。頼んだよ？　これが終わったら、後で美味しい紅茶でも飲みましょう」

俺の言葉に、ふとヴィンセントがこちらを振り向いた。

（うわっ⁉　パァァァ……！　って効果音が鳴りそうな、そんな嬉しそうな顔でこっち見んなよヴィンセント。目まで潤ませやがって……、言った俺の方が恥ずかしいだろうが！）

俺がそう思った次の瞬間、突然ヴィンセントの姿が視界から消えた。

「はああああ――っっ‼」

雄叫びを上げながら、ヴィンセントは凄まじいスピードでアバドンの方へと向かっていく。

恐ろしいまでの気迫だが、なぜかその顔は嬉しそうにニヤニヤしていた。

「何を笑っているのですか、気持ちの悪い‼　さあ来なさい！　今度こそ美味しくハラワタを喰い尽くしてあげましょうねぇ‼」

アバドンは、その丸太のような太い右腕を上げ、大きく振りかぶった。

そしてそこから繰り出された、イザベルに勝るとも劣らない凄まじい勢いの手拳がヴィンセントに襲いかかる。

(やばいか……!?)

一瞬背中に嫌な汗をかいた俺だったが、次の瞬間にはそれが杞憂にすぎなかったことを悟る。

軽やかに跳躍したヴィンセントは、アバドンの強烈なパンチをなんなく躱すとともに、そのまま空中で身体を捻り、瞬時に攻撃態勢へと移る。

空を切ったアバドンの右手がいとも簡単に床を貫き、無数の細かな破片が舞い散った。

(……よっしゃ、今だ!!)

「それっ!」

俺は目にも留まらぬ速さで振り下ろされるヴィンセントの剣に、身体の中で合成した魔法を行使した。

次の瞬間、美しく煌めく剣撃一閃――。

ヴィンセントの剣の一振りは、再びアバドンの右腕を斬り落とした。

さらによく見ると斬り落とされたその腕は、まるで新鮮なお刺身の如く、何枚にもスライスされているではないか。

そのまま優雅に着地したヴィンセントは、油断なくアバドンの攻撃に備え、残心を示す。

(す、すげぇな……。一体何回斬ったんだよ……?)

「ぐっひっひっひ……。なかなかの剣の腕前ですね……。またもや私の腕が地面に落ちてしまいました。……ですが吾輩の肉体の特性、お忘れではないですよね？」

　アバドンは余裕の表情でヴィンセントを見下ろした。

　ふふふ、今度はそう上手くいくかな？　と、俺は内心ほくそ笑む。

「この程度の傷、すぐにまた元に戻って……って、うん……？　なんだ……？　おかしい、腕が元に戻らな……うぐっ⁉　うぐああぁぁ⁉　ぶっぎゃああああああ‼　こっ、これはぁ⁉　痛い⁉　痛い痛いイタイいたいぃ⁉　斬られた腕が痛ぃいい⁉」

　先ほどとは打って変わり、アバドンは全力で苦しみはじめた。

（だが、まだまだこっからだぜ？）

「次はアタシさ！　でやあああ‼」

　ズドド……！　ズドドドドドド……‼

　ヴィンセントに続き、イザベルの怒涛のラッシュがアバドンを襲う。

「ぐっぎゃあああ⁉　あ……、熱っ……⁉　熱い！　痛い！　熱いぃ‼　痛いぃ‼　お……、女の拳が……、脚が……！　吾輩の肉体を灼いていくぅぅ……⁉」

　最後にイザベルの跳び回し蹴りが正確に顔面を捉え、吹っ飛ばされたアバドンは、凄まじい勢いで壁に叩きつけられた。

「がはぁ……⁉」

　不気味な紫色の血を吐き出し、アバドンはその場に崩れ落ちた。

「お……、お前の仕業か、この糞チビめがぁ……‼　吾輩に、吾輩に何をしたぁ……⁉」

息も絶え絶えに、なんとか起き上がったアバドンは何かを察したのか、俺に怨嗟の言葉を投げかける。

「うん、僕ですか？　混ぜ合わせたんですよ」

俺は小さくつぶやき、アバドンに対してそう答える。

「はぁ……⁉　ま……、混ぜ混ぜ……？」

「……ですから。僕はそれぞれの魔力属性を合成した上で、魔法を行使したんですよ」

俺はやれやれという風に、首を左右に振りながら言った。

「わ……、吾輩にちゃんとわかるように説明することを求める……‼」

残った左腕で、アバドンは俺を指差した。

なんでそんなに上から目線なんだよ……。まあいいや。

「ふふふ……、あなた光の魔力属性が苦手でしょう？」

俺は片目をつむってアバドンにそう問いかける。

「うっ……⁉　わ、吾輩の完璧な肉体に、じゃじゃ……、弱点などありはしないのですが⁉」

めちゃくちゃ取り乱すアバドンの姿に、俺はちょっと笑いそうになった。

「そうでしょうか？　でもどうやら、体の方は正直みたいですよ？」

俺はそう言うと、今度は人差し指でアバドンの胸の辺りを指す。

「なに……？　……あぁ⁉　こ、ここ……、これは……‼」

「やっと気が付きましたか？　うまく治ってないんですよ、その場所だけね」

驚異的な復元能力を擁するアバドンの肉体だったが、ただ一箇所のみ、傷が再生されずにそのまま残っていた場所があった。

――そう。そこは先刻ガラテアが投擲したオリハルコンの短剣が刺さった場所なのだ。

俺は肩をすくめて解説を続ける。ちゃんと理解してくれるかな？

「オリハルコンの短剣は、火と光の属性を合成し、聖炎とでも呼ぶべき炎を用いて作られました。であれば、剣自体がそれらの属性を帯びていることは自明の理。だから僕は、ヴィニーの剣やイザベルさんの身体に、それぞれ水と光、火と光とを混ぜ合わせた魔法をまとわせて、あなたを攻撃してもらったんですよ」

キュオオオッ……‼

ヴィンセントの構える剣から、白銀に輝く冷気が立ちこめる。

イザベルの身体からも、オリハルコンを精製した時のような白く力強い炎が燃え上がっている。

「……あなたがゴミと言って投げ捨てたこれ。この剣が、僕に弱点《それ》を教えてくれたんですよ。ふふっ……、皮肉なものですね？」

カチャ……。

俺は側に落ちていたオリハルコンの短剣を拾い上げると、アバドンにそう告げた。

「ぐひひひ……、成程……。まさかそんな些細なことから吾輩の秘密を看破されるとは思ってもみませんでしたなぁ……。ですがねぇ、困りますよ？　……肝心なことを忘れてもらっては」

さっきまで慌てふためいていたアバドンは一転、粘着質の下卑た笑いをその顔に浮かべる。

「ふむ、肝心なこと？　それは一体何のことでしょうか？」

俺は持っていたハンカチで、短剣についた汚れを丁寧に拭きながら質問した。

（ま、大方何を言い出すか、察しはついてるが……）

「吾輩……、もう準備完了してるんですよねぇ……」

「はぁ」

「ぐっひっひっひっ……。吾輩が時間稼ぎしてること、気付きませんでしたかぁ？　ぐひゃひゃひゃひゃひゃ……。この至近距離じゃ、防ぎようがないですよねぇ？」

「はぁ」

突如アバドンが、残った左腕を勢いよく前方に突き出したかと思うと、それが一気に収縮する。

「ぐひゃひゃひゃひゃっ……！　吹き飛びなさい‼　炸・裂・肉・団・子ぉ――――っ‼」

ドッバァ――――ン‼

その刹那、アバドンの左腕が爆散した。どうやらずっと、この不意打ちのタイミングを窺っていたらしい。だが……。

ジユウウゥゥゥ……‼

「なっ……、なにぃぃぃ……⁉　わ、吾輩の腕の肉片が……、消えていく……？」

アバドンはそう叫びながら、驚愕に目を見開いていた。

なぜなら、アバドンの左腕を爆散させる（主に精神衛生的に）恐ろしい攻撃は、その効果をまったくといっていいほど発揮できていなかったからだ。

正確に言えば、爆散はしたものの、汚らしい破片が飛び散ることはなかった。

「ワンワン‼」

俺は駆け寄って来たシロを優しくモフる。よしよし、よくやったな、かわいい奴め。

そう、うちの賢いシロは、ヴィンセントやイザベルがアバドンをボコボコにしている最中、既にこのような事態を想定し、アバドンの周りに風魔法によるぽよんぽよんの空気の壁を創り出していたのだ。

そうとは知らず、爆散したアバドンの左腕の肉片は、風＋光の空気の壁に触れた途端に消滅しただけでなく、その腕もほとんど再生することはなかった。

「ぬぐっ……、ぐぐぐぅ……！」

ヒュン！　ヒュヒュヒュン‼

俺がオリハルコンの短剣を軽く振ってみると、形のない空気すら切り裂いたかのように、甲高い音が響いた。

ガラテアには申し訳ないが、もうしばらくの間、お借りすることにしよう。

「さてと、そろそろ終局としましょうか。残念ながらこれまでのことを鑑みるに、お宅は最早この世にいていい存在じゃないと、僕は思うんですよね……」

俺は最後にシロのしっぽを一撫でし、するりと手から離すと、ゆっくりと満身創痍のアバドンへと近づいていく。もちろん、身体の中に残った最後の魔力を、爆速で練り込みながら。

「わ……、吾輩を殺せば、ほっ……、他の悪魔の情報が……、て、手に入りませんぞ⁉」

俺は肩を回してストレッチをしながら、アバドンの言葉に構わず歩みを進める。

ま、ほぼスッカラカンの魔力だが、消耗したコイツをぶっ飛ばすくらいわけないだろう。

「い……、命を……、たす……、たすたす、助けてくれるならば……、これからは心を入れ替えて……、お……、おおお……、王国のために……、働いて……」

息も絶え絶えのアバドンは、壁に自らの背中を押し付けながら、ダラダラと脂汗をかき、必死に命乞いをする。

俺はチラリと王の方を見た。

王は肩をすくめると、無言で首を左右に振りながら、両の手の平を身体の横で上に向けた。

「……だ、そうです」

俺は、練り込んだ光属性の魔力全てをオリハルコンの短剣に流し込むと、そのまま右手を振り上げる。

（効率よく、効率よく。一気にコイツを叩き潰せるようなものを……！）

ブゥ――――……ン‼

「あ……、あぁ……。あああああっっ⁉」

「よし、これがいい。お宅にはちまちま攻撃するより、これが一番効きそうですもんね？」

高く掲げたオリハルコンの短剣から発せられる、眩しいほどに白く輝く光。

俺の頭上には、短剣を軸として巨大な光が板状の形をなして顕現していた。

よし、イメージどおりできたぞ。

スーパーハエタタキ君（当社比光魔力増）とでも名付けるかな。

……聖剣の素材にもなるオリハルコンを、こんな感じに使っちゃってごめんね？

「そ……、そんな……、そんなバカな……。吾輩が……、序列上位の悪魔たるこの吾輩が……、こ……、こんな所で……、下等な人間風情に……」

「……ま、今度は働き者にでも、生まれ変わってください」

俺はそうつぶやくと、おもいきりスーパーハエタタキ君（当社比光魔力増）を振り下ろした。

「ぐぐっ……!!　ぢぐじょおぉぉぉぉおおお…………!!」

バッチコ――――――――ン!!

ギュオオオオオオ!!

「うわっと！」

「くっ!?」

「ワフン！」

轟音とともに、アバドンを中心として凄まじい衝撃波と激しい光が迸った。

それからしばらくの後、やがて光は収束し、舞い散っていた塵や埃も徐々に落ち着いて、視界が開けていく。

「ふぅ。（主に精神的に）恐ろしい敵でした……」

俺は左手で額の汗を拭いながら、アバドンを……いや、アバドンがいた場所に目をやった。

そこには最早、アバドンと名乗った悪魔の姿は見当たらない。

唯一、アバドンがこの世にいたことを証明するものは、その場に僅かに残った衣服と、そして何かが灼け焦げたような、床のドス黒い痕跡だけだった。

第八話　パーティー会場にて

「んぐっ！　んぐっ！　んぐっ！　ぷっは～っっ‼　こりゃうまい‼　シュワシュワ攻めてくるこの喉越し、何杯飲んでもたまらんわい‼　しかしエール、いや、ビールと言ったか。キンキンに冷やしたこのビールとは、かくも美味いもんかのう」

「そうでっしゃろ、ライアン公爵様～？　このプラウドロード家発祥のビール、業務用から一般家庭向けまで、今後の流通や販売はうちらエチゼンヤ商会が責任持ってきっちり手掛けていきますさかい、どうかどうか御用商人の件、よろしく頼んますわ～」

「はっはっは！　このような美味い酒がいつでも飲めるというのであれば、御用商人などそれこそ酒のつまみ程度の安いものよ！　よいよい、御用商人の件は承知したぞ。そしてこのビールの増産を、一分一秒でも早く進めるがよいぞ‼」

「きゃ～っ！　ほんまおおきに‼　ほらほら、まだまだビールはようさんありますよって、ガンガンいったってください‼　ほら、ほら、ほらぁ‼」

「おっほ～っっ‼」

（……お、恐ろしい……）

目の前で繰り広げられる、ユリとライアン公爵のカオスなやり取り。

大きな商談にアルコールをフル活用するユリの姿は、前世の接待飲み会を彷彿とさせるぜ……。

しっかし国の財務のトップを担う人間が、自分家《じぶんち》のこととはいえ、あんなにも簡単に大事な約束をしてしまっていいものか。

あのユリのことだ、一度言質を取った儲け話はたとえアンデッドと化しても覚えているはずだ。

グレイトウォール家は最早逃げられないぞ……？　くわばらくわばら……。

今宵俺たちは、死の淵から無事生還したライアン公爵の快気祝い名目のパーティーに参加していた。

先日お邪魔したグレイトウォール家王都別邸の大広間を使用し、『おかえり！　ライアン・グレイトウォール大先輩』という、快気祝いだか何だかよくわからない横断幕まで掲げられ、飲めや歌えやのどんちゃん騒ぎだ。

そしてそこには主役のライアン公爵をはじめ、エドワードやヴィンセントといったグレイトウォール家縁の関係者はもちろん、うちのマッチョ父やフリードやシロ、そしてユリやガラテアなど、数多くの人たちがこのパーティーに招かれていた。

無論、表向きは前述のとおりライアン公爵の快気祝いではあるものの、その実、俺たちが王城の玉座の間でぶっ飛ばした悪魔、アバドンに対する祝勝会も兼ねている。

この一連の出来事に関しては、王自らが厳しい緘口令《かんこうれい》を敷いたものの、ここには関係者しかいないから問題はないそうだ。

いや……、いやいやいや。やっぱり問題はあった。

それはアバドンに対する緘口令とか、そんな些末なことじゃない。

そう、なんでみんなしてガンガン酒を飲んで騒いでいるくせに、俺だけトマートジュースなんだよぉぉ！！？　ちっきしょう～‼

　トマート好きはヴィンセントの奴だけかと思ってたのに、まさかグレイトウォール家全員が生粋のトマート愛好家だとは思わなかったぜ……‼

　ヴィンセントの父エドワードから、『当家のトマートジュースは最早神の領域だぞ？　有象無象の酒など、この深紅の液体には遠く及ばぬ』などと大真面目な顔で言われ、グラスにたっぷり注がれたトマートジュースを渡された時、『いや、これ元々はうちで栽培してるトマートなんスけど……』と言って断ることができなかった自分の器の小ささが憎い……。

　くぅ……、ゆるふわ母にケツを蹴られてまで醸造に携わってきたビールなのに……。

　あぁ……、俺が酒を味わえるのは一体いつになるのだろうか……。

　こうなりゃいっそ、トマートジュースをベースに、ブラッディ・メアリーでも開発して……。

「……ふっ、楽しんでいるか、レイン？」

　グラスを片手に俺に話しかけてきたとある人物、前髪をかき上げながら颯爽と現れた金髪碧眼、加えて長身のイケメン男性。

　そう、氷結王子（笑）こと、ヴィンセント・グレイトウォールだ。

　主催者側として正装に身を包んだヴィンセントは、こうも絵になるものか……？　と思うほどの美男子っぷりだ。

（……ちっ、イケメンめ……。アバドンの肉に埋もれて、一緒に爆散しろ）

「……ええ。こういう場にはほとんど参加したことがありませんので、大変興味深いです」

俺は酒への執着心を鋼鉄の理性で抑え込み、トマートジュースを一口飲みながら笑顔で答えた。

「そうか、それはよかった。今となってはレインも子爵となった身だ。今後はこのようなパーティーに参加する機会がどんどん増えていくだろうな」

「げぇ、忘れてました……。そういえばそんなことになってましたね。はぁ、子爵とかパーティーとか面倒くさそうだなぁ……。僕には爵位なんて必要ありませんので、シロとかに譲ったりできやしませんかねぇ？」

俺はそう言って、チラリとシロの方を見た。

当のシロは、数人のメイドさんに囲まれて、豪華な料理をこれでもかというほど一生懸命に貪っている。

（おいおい、ちょっとは遠慮してくれよ……。なんかうちが普段あんまし食べ物をあげてないみたいに思われるじゃんか……）

「はっはっは、それはいい。シロも先の戦いでは大活躍だったからな。……しかしこのように冗談を言えるのも、お爺様が無事死の淵から生還されたゆえのことだな。無論、それは全て君のお陰だ。心より感謝しているぞ、我が友レインよ」

ヴィンセントは真剣な眼差しで俺を見つめると、深々と頭を下げた。

……恥ずかしいから勘弁してくれ。

「やめてください、ヴィニー。僕なんてただ単にきっかけを作ったにすぎませんよ。ライアン公爵様をはじめ、平素からグレイトウォール家の皆様方が、誠心誠意この国のために尽くしているからこそ、国王陛下やセドリック宰相など、上層部の方々がしっかりと話を聞いてくださったのではないでしょうか」

「そ……、そうか？　そのように言われると、些か面映ゆいな……」

ヴィンセントはグラスの中のトマートジュースを見つめながら、クルクルと回す。

俺はそんな微笑ましいヴィンセントの様子を見ながら、今回の事案の顛末を思い返す。

まず、今回の大騒動の一番の原因ともいえる、あのピケットが率いたモートン侯爵家だが。

結論から言うと、モートン侯爵家はこのグレイトバリア王国から消滅した。

さらに、モートン侯爵家とともに多くの悪事に加担したと認定されたラプトン商会に関してだが、商会長であるラプトンは財産を全て没収された上で国外追放となった。

あの出来事の後、モートン侯爵家やラプトン商会に対する徹底した捜索・差押・検証がなされるとともに、関係者に対する厳しい取り調べが行われた結果、多くの犠牲者を出した悪魔召喚やライアン公爵暗殺未遂事件をはじめ、その他にも贈収賄や公金横領、果ては麻薬の密売に至るまで、ピケットの悪事が出るわ出るわ。

誰がどう考えてもモートン侯爵家に関しては『お家断絶』という選択肢以外なかったらしい。

ただ、これらの犯罪は全てピケットがラプトン商会を通じ、冒険者崩れなどを雇いながら単独で敢行していたらしく、事情を知らなかった正妻や多くの側室そして子供たちに関しては、王国内の僻地に送り込まれ、一生慎ましく暮らしていくことを条件に、処刑までされることはなかったとのこと。

今回に関しては、元凶たる悪魔の存在が発覚したこと、また、モートン侯爵家に古くから仕えていたという老執事やその配下の使用人たちが真摯に捜査に協力し、知っていることを包み隠さず証言したことにより、他の同種事案とは比べ物にならないぐらいスムーズに全容が解明されたという点が大きく考慮された、ということをセドリック宰相から聞かされた。

ピケット自身は、元々どうしようもないボンクラで、自分の利益や快楽のことしか考えないクズのような人間だったらしいが、実際はその老執事が裏で必死に領地経営を行い、時には私財を投じて貧困に喘ぐ家庭を救うなどしていて、領民にとっては『モートン家の執事こそ、我々の真の領主である』という話が常識だったらしい。

モートン侯爵家が治めていた領地はしばらく国王の直轄地となり、今後の方針が正式に決定するまでの暫定措置として、優秀な代官が派遣されるとのことだった。

……体制が変わり、その老執事をはじめ、真面目に一生懸命働いていた人たちが少しでも報われることを祈るばかりだ。

「おぉ、これはこれは。レイン様……あぁ、いやいや、レイン子爵様、ご機嫌麗しゅう」

続いて現れたのは、ガラテア工房の長、ガラテアだった。

遠目から嬉しそうにビールをがぶ飲みしている姿が見えたが、その顔色にほとんど変化はない。

きっとワッツと同じで、めちゃくちゃ飲むんだろうな。

「ガラテアさん、こんばんは。けどその子爵っていうのはやめてくださいよ。いつもどおりでお願いします」

「ふふふ、レイン様はそういうお方でしたな。……いやぁ、それにしてもこのビールとはなんとも美味いものですなぁ。我々ドワーフは酒には一家言あるものですが、これは何と言いますか、そのような些末なことを忘れさせてくれる美味さです。酒を冷やす、というのもまさに異次元の発想ですな」

そりゃそうだ。その無類の酒好きドワーフと一緒に作ったわけだしね。

「そうだ、ガラテアさん。これお返しいたします。非常時だったとはいえ、勝手に使わせていただいてすみませんでした！」

俺は罰当たりな使い方をしてアバドンをぶっ潰した、オリハルコンの短剣をガラテアに差し出した。

だがガラテアは、まるで俺がそうすることがわかっていたかのように、剣を受け取ろうとはせず、逆に懐からある物を取り出した。

「ふふふ、レイン様、どうかこれをお納めください」

「えっ⁉」

それは鞘だった。

それはガラテアが玉座の間で王に提示した時とはまた違った、意匠を凝らした美しい鞘だ。

……そしてさらに驚くべきことに、その鞘には……。

「プ、プラウドロード家の家紋が入ってる……」

俺は目を白黒させながら、ガラテアと鞘を交互に見た。

「我々は最初から、この短剣をレイン様にお譲りするつもりでした。これはオリハルコンの精製という奇跡を目の当たりにした私やシャーレイをはじめ、工房の職人たちの総意なのです」

でも……、さすがにそれはちょっと……。

俺はちょこっと火を起こしただけで、後は任せっきりだったのに……。

「いや……、それはあまりにも申し訳ないと言いますか～……。ちょっと……」

俺は頭をポリポリかきながら苦笑いを浮かべる。

「いえ、どうか受け取ってくださいレイン様。その短剣自身も、せっかくこの世に生まれてきたのに、ただただ棚に飾られているだけでは悲嘆に暮れましょう」

ガラテアは微笑みながらそう言うと、もう一度俺の方に鞘を差し出した。

どうやらこちらも一度言い出したら聞かない性格のようだ。

「……わかりました。では遠慮なく受け取らせていただきます。ガラテア工房の皆様の心意気や、この素晴らしい剣に恥じないよう、今後も精一杯精進いたします」

俺はガラテアから恭しく鞘を受け取ると、丁寧に短剣を納めた。

「ありがとうございます。ふふふ……、どうかお気になさらず。それに私の方には、この大切なキセルがありますゆえ……」

ガラテアはそう言って歪な形のキセルに火を点けると、おいしそうに煙を吐き出した。

自分が贈った物とはいえ、いざ目の前で使われると、ちょっと照れちゃうなぁ……。

「ガラテア殿。ご挨拶が遅れまして申し訳ありません。私はまだ貴方にお礼を言えていませんでした。先の戦い、貴方の目の醒めるような投擲によりこの命を救っていただいたこと、心より感謝申し上げます」

俺がドギマギしながら剣をしまっていたところで、今度はヴィンセントがガラテアに対し深々と一礼した。

「これはこれは、ご丁寧にヴィンセント様。しかし、お気遣いなど無用にございます。私こそ、あなた様の卓越した剣に命を救われた身。目にも留まらぬ剣撃の冴え、さすがは氷結王子と讃えられるヴィンセント様ですな。私は感動さえ覚えましたぞ？」

そうベタ褒めしながら、ガラテアはヴィンセントの持つグラスにトマートジュースを注ぐ。

「いや、なんともお恥ずかしい。だがレインの魔法の補助が無ければ、あの悪魔を私の剣のみで倒せていたかどうか。……ですが助けていただいた感謝を糧に、今後は一人でも皆様をお守りできるよう王国騎士として、より一層精進してゆく所存です」

今度はヴィンセントがガラテアのグラスにビールを注ぐ。

「素晴らしいお心です。ヴィンセント様やレイン様のような若い方々がいらっしゃるということだけで、この王国の未来は明るい！　新しい剣の相談などがございましたら、いつでも我が工房をお訪ねください。精一杯、打たせていただきます」

ヴィンセントとガラテアがあらためて乾杯していたその時だった。

ざわ……！

にわかに会場がざわついた。

カツ、カツ、カツ……。

小気味良いハイヒールの音を響かせながら突然パーティー会場に現れた一人の女性が、男性陣の視線を釘付けにする。

その女性は、スラリと高い背丈と凛とした姿勢で歩みを進めていくとともに、若干いやらしい言い方で恐縮だが、出るところは出て、引き締まるべきところはキュッと引き締まった均整の取れた美しいスタイルだった。

そんな誰もが振り向くような美しい女性が、真っ赤なドレスに身を包み、なぜか一直線に俺たちの方へと歩み寄って来るではないか。

「ねえねえ、あれはヴィニーの親戚の人……？」

俺はヒソヒソと問いかける。

「い……、いや……。我が家門に、あのように可憐な女性がいるとは聞いていないが……」

ヴィンセントは、見たこともないような表情で顔を赤くしている。

え……、おいおい……、なになにヴィニー君？　その赤い顔は。

「やぁ、お三方。遅くなっちまって悪かったねぇ」

ヴィンセントとガラテアそして俺を含めた三人が、それぞれ顔を見合わせる。

「えっと……、誰かの知り合い……、ですか？」

「か……、可憐だ……！」

「はて……、うちのお客様ではございませんが……」

「おいおい、あんたら。何大ボケかましくさってんだい？　まさかわかんねぇのか？　アタシだよ、イザベルだよ」

イ……、イザ……、イザ……??

「「「えぇ————っっっ!?」」」

ひぇ～っ！　うっ……、うっ……、うっそだぁ～!!

「何が、えぇ——っ!?　だよ。まったく失礼な奴らだね。ここのメイドやらなんやらが、どうしてもドレスを着ろってしつこくてさぁ……、えらく時間をくっちまったんだよ。……ったく、久々にこんなの着たけど、やっぱ歩きにくいったらありゃしないね」

ひ……、人とはこんなにも変わるものなんか？

このイザベルの変化に比べれば、俺の魔法なんてヘソが茶を沸かしてさらに蒸発してしまうレベルだぞ!?

「ちょっ……、えぇ……？　ほんまに……、イザベルさんなん……？」

そこへ突如闖入してきた関西弁風の若い女性。

そう、ライアン公爵に酒の勢いで色々と契約を迫っていた、どちらかといえばむしろ悪徳商人に見えなくもない、ユリ・エチゼンヤその人だ。

「ちょっとおかしいやん！　めちゃくちゃ綺麗やんか！　なんでそないボン！　キュッ！　ボン！　やねん!?　……イザベルさんだけはうちと一緒で、年齢と彼氏いない歴が等しいモテない女性の代表格やと思っとったのにぃ!!」

　ユリは前世のおじさん連中のような言葉遣いで、自分とイザベルとを見比べては嘆いている。

「ふぅん……。雇い主とはいえ、言うねぇあんた……。実はアタシ、これでも一応他国のものとはいえ、一代騎士爵の爵位を持ってるんだけどねぇ……？　今の発言ときたら、無礼打ちされても文句は言えない代物だと思うんだけど……？」

　若干頭にきたのか、イザベルが物凄い迫力でユリに迫っていく。顔と顔との距離は一センチにも満たない勢いだ。

（んでもってイザベル、実は爵位を持っていたのか。まあ、かつては英雄冒険者とか言われてたらしいし、当然っちゃぁ当然なのかも……）

「ひええ⁉　か……、堪忍してくださ～い!!」

　ユリはそのまま脱兎の如く逃走していった。

『うわーん！　労働者の反乱やぁ！』などと泣きながら叫ぶ声は、聞こえていないフリをしよう。

　そんな風にパーティーにイザベルも加わり、いよいよ役者も揃ったというところか。

　うちのマッチョ父も、ライアン公爵やエドワードさんにしっかり挨拶して盛り上がってるみたいだし、これで両家の絆が深まってくれたなら御の字だ。

　……あと、ちょっとでも税金が安くなるようにしっかりと頑張ってほしいものだな。

　そんなパーティー会場で、俺はホッと一息ついた。

　みんなが笑顔で大騒ぎする会場を見ながら、全てうまくいってよかったと思う反面、ほんの僅かだが、心の中に小さなトゲのように残った疑問について考える。

そもそも俺たちが倒したアバドンは、一体いつからアバドンだったのだろうか。

アバドンと戦う前にぶっ飛ばしたあの変態黒山羊、あいつは確かに言った。

自分を召喚したのはピケットだと。そして、ピケットに命令されてライアン公爵を殺すつもりだったと。

あの時の必死な様子から、変態黒山羊がアバドンのことを隠して嘘を付いたとは考えにくい。

おそらく、あいつを召喚したのは本当にピケットの方だったのだろう。

それがいつからアバドンに成り代わっていたのか……。そもそも同じ悪魔の変態黒山羊も知らない、何か特殊な事情があるのか……？

そしてもう一つ頭をもたげる大きな問題。

それはあの時玉座の間でアバドンを文字どおり叩き潰した時、その体から魔石が排出されなかったことだ。

当初俺は、魔石ごと粉々にしてしまったか？　とも思ったが、あのユリが『後片付けは任せといてください！』とか言いながら、血眼で魔石を探していたが見つからずにしょんぼりしていたので、本当に欠片ほどの魔石も無かったのだろう。

それは元々ピケットが人間だったからなのか、それとも他に何か理由があるのか……。

しかし、いずれにしても現時点ではどれもこれも推測の域を出ないし、考えれば考えるほど考がまとまらず泥沼にハマっていくようだ。

（はぁ……。結局のところ、今は帝国の動向を警戒しつつ、有事に備えてしっかりと準備をしときましょう、ってことぐらいしかわかんないんだよなぁ）

俺は今度は、大きくため息をついた。

ゆっくりとゴロゴロして暮らしていきたいのに、まだ色々あるのかなぁ……。

そのように今後のことに関し、俺が頭を悩ませていたその時だった。

「どうした、レインよ？　浮かない顔をして」

突然俺の横に現れたのはマッチョ父だった。

驚きつつも、俺は笑顔で答える。

「いえ……、ちょっと考えごとを……」

「もしやピケット侯爵の成り代わり時期や、なぜ魔石が出現しなかったのか、ということでも考えていたか？」

「――っ！」

俺は核心を突く質問に、ハッとして父の顔を見た。

な……、なんで……？

「ははは！　なんで僕の考えてることがわかったの？　とでも言いたげな顔だな。バカにするな。これでも私はお前の父親だぞ？　かわいい息子の考えていることぐらい、わからなくてどうする」

父はこともなげにそう言った。

「そう、ですか……。はい、父上のおっしゃるとおりです。それらのことを思案しつつ、少々今後の心配などをしておりました」

俺は再び視線を地面へと落とす。だが。

ぽんっ……。

父は俺の肩へ手を置いた。……驚くほど優しく……。

「レイン。何もかも一人で背負い込むことはないんだぞ。いくら考えても、現状答えを得られないということなど、ままある話だ。それになぁ……」

「それに……？」

俺は父の顔を覗き込む。

「ほら見てみろ、目の前の光景を。今は身分の上下など関係なく、どいつもこいつもバカみたいに騒いでいるじゃないか。そしてその全員が、心の底から笑っているだろう？」

食事を食べ飽きたのか、お腹を出して仰向けで爆睡するシロ。

色んな人に忙しなくビールを注いで回るユリや、そつなく会場の整理整頓に当たっているフリード。

ビールを片手に豪快に笑うイザベルと、その横で赤い顔をしながら照れ笑いのヴィンセント。

なぜかほぼ全裸になって踊っているライアン公爵。

嬉々として武器や防具の話をするガラテアとエドワードなどなど。

確かに父の言うとおり、この場にいる誰も彼もが、心から楽しそうな表情をしていた。

「レイン。お前はこの皆の笑顔を精一杯護り通したんだ。そんな素晴らしいお前のこと、私はいつも誇りに思っているぞ？」

「……っ」

父のその言葉に俺はうつむいた。加えて、喉の奥にキュンとかすかな痛みを覚える。

……いつもゆるふわ母に頭が上がらないマッチョ父のくせに……。

……こないだ泥酔してたマッチョ父のくせに……。

いきなりそんなこと言うもんだから、目から汗が………。

父は続ける。

「……悪魔などという存在が現れたのだ、今後も何かと騒動が起こるかもしれん……。いや、きっと起こるのだろう。だがな、たとえ魔法の力ではお前に及ばずとも、私やミリアはいつでもお前やエリーを護る盾となろう。何度でも言う。お前は決して一人ではないぞ。大切な我が息子、レインフォードよ」

……それ以上、俺は言葉が出てこなかった……。

憎まれ口でも叩きながら、ありがとうと言いたかったのに……。

まだまだ興奮冷めやらぬパーティー会場の隅で、優しく肩に置かれた父の手が、いつにも増して温かく、そして大きく感じられた。

最終話
白銀の森にて

「は～、疲れた～。エリー、ちょっと休憩してお昼にしよう、シロもおいで～」

「はい、おにたま！」

「ワンワン！　ハッハッハッ‼」

自宅近くの森の中で営む家庭菜園において、真っ赤なトマートを収穫していた俺は、大きく背伸びをしながらエリーとシロに笑顔でそう呼びかけると、持参した麻製のレジャーシートを敷き、そこへ簡単なサンドイッチや果物、そして紅茶などを用意した。

ふふふ、シロには朝採れの新鮮なミルクもあるぜ？

ゆっくり召し上がれ……って、もう食べとるんかい！　というか、もうほとんどない⁉

相変わらず、どれだけ食い意地張ってんだよお前は。

……まあ、かわいいから許しちゃうんだけど。

「さぁエリー、シロ。採れたてのトマートを切ったから、たくさん食べてね」

俺は軽い水の魔法でトマートを洗浄しつつ、ガラテアから貰ったオリハルコンの短剣でそれを美しくスライスし、エリーに差し出した。

「わぁ！　おいしそう！　……はむはむはむ……、甘い！　すごく甘くておいしいトマートですね、おにたま！」

「ワンワンワン！　ガツガツガツ！」

「ははは。またヴィニーにも送ってやる予定だから、少しぐらいは残してあげてね？」

シロに負けじと、小さなお口で一生懸命にトマートやサンドイッチを頬張るエリーの姿がとてもかわいらしく、俺は思わず目を細めた。

……あの王都でのアバドンと名乗る悪魔との戦いから数ヶ月経つが、国内はもちろん、うちの領内もとても平和だった。

　ことがことだけに上層部も迂闊に動くことができず、緘口令を敷きつつ帝国の動きを警戒しているらしいが、今のところこれといって特異な動きもないらしい。

　俺だって元々戦いなんて好きじゃないし、平和が続くならそれはそれで素晴らしいことだ。

　ま、来るべき時が来たら、また全力で立ち向かうだけさ。

　ふとそんなことを考えていた時の出来事だった。

　ガサガサガサ……！

　突如、近くの茂みが怪しく動いた。

　一瞬フォレストウルフか何かが、サンドイッチの匂いにでも釣られて迷い出たかと思って警戒したが……。

「やあレイン！　久しぶりだな‼」

「おぉ、リア⁉　お久しぶりです！」

　なんと茂みから顔を出したのは、エルフ村の女性エルフ、リアだった。

翠色の長い髪を後ろで束ね、弓と矢を携えたその姿は相変わらず凛として、そしてとても美しかった。

「ふっふっふっ……、僕もいるのを忘れないでほしいね」

「え……？　あ、何だ、エルさんもいたんですか」

「な、何なのかなその薄い反応は！　僕も久しぶりに君に会ったのにね⁉」

同じく翠色の髪で……って、うん、長いからもういいや。

「ちょっと⁉　何だかわからないが、物凄く失礼な対応をされた気がするんだが⁉」

「まあまあ、お祖母様……」

リアがとりなしてくれたところで、俺はエルとリアにもレジャーシートの上に座ってもらい、一緒にランチタイムを過ごすことにした。

ここでもし、『俺たち飯食ってる途中だからまたね』なんてエルに言おうものなら、一生ネチネチと攻撃ならぬ口撃されそうな気がするからな。

「うん！　このサンドイッチというやつ、とても美味しいね！　パンの生地がふかふかでとても柔らかい！　加えてこの真っ赤なトマート、色や形もいいし、口当たりも甘くって最高だ！」

「さすがはレインだな！　我々エルフでもここまでの野菜や果物はなかなか作れないぞ？」

「それはそれは、喜んでもらえて嬉しいです。そのトマートなんかは、エリーが一生懸命に育てたものなんですよ？　どんどん食べてくださいね」

「成程！　エリー君のようなかわいらしい女の子が作ったトマートなら、ここまで美味しいのも頷けるね」

　俺の言葉に、エルがエリーの方を見ながら何度も頷いた。

　実はエルとリアは、交易の挨拶がてら、何度かうちの実家を訪ねて来たことがあり、うちの両親やフリードは当然のことながら、エリーとも顔見知りなのだ。

「ありがとうエルたん！　エルたんこそ、いつも美味しいお紅茶の葉っぱ、ありがとです！　エリーはエルたんのお紅茶大好きです！」

「いや～んエリー君、本当に天使……。昔はリアもこれくらい素直でかわいかったのに……。今は最早見る影もなく……、はぁ……」

「わ、悪かったですね、かわいくなくて！　そんなのは遠い昔の話でしょう！」

「ははは！　エリーとお二人を比べちゃあいけませんよ？　そもそもお二人は僕たちよりどんだけ年長者なんだよって話で……、うっ⁉」

　俺はそこまで言いかけたところで、強烈な殺気に満ち満ちた二人の視線を感じ、思わず言葉を飲み込んだ。

　……危ない危ない、地雷はそこかしこに転がっているということを、つい忘れてたぜ。

「と、ところで二人はこんな場所で何をしていたんです？」

　俺はエルとリアに尋ねた。

「うん？　いやぁ、別に何も。たまには村の外を散策しようと外に出たところ、リアが怖い顔をして勝手に付いてきたのさ」

「はぁ、またそんなことを……。困りますよ、お祖母様、軽率な行動をされては。我々が村の外に出る際は、しっかりとした準備とそれ相応の警戒態勢を敷いた上でですね……」

肩をすくめて首を左右に振るエルをたしなめるように、リアは腕を組んで顔をしかめる。

リアからすれば自由奔放なエルが心配なのだろう。いくら憎まれ口を叩こうとも、今はもうたった一人しかいない肉親なのだから。

「はいはい、わかってますったら。ま、その矢先に森の中でレイン君たちの魔力を感じてね。いい暇つぶ……、ぜひ元気な顔が見たいと思って、こちらにまかり越したというわけさ」

おい……、お前今何か変な言葉が出かかってたぞ？

「ははは、けれどそこはお祖母様に感謝だな。私としても、レインの顔を見ることができて、今日はとてもいい日だ」

「……！　い、いやぁ、それはこちらこそですよ、リア」

リアの真っ直ぐな笑顔に俺は少し照れてしまい、頭をぽりぽりとかきながらうつむいた。

「おやおや～？　何だい何だい、お二人さ～ん。まだ日も高いうちからお熱いことですな～」

「……？　おにたま、おあついことですな！　あははは！」

セクハラ親父のようないやらしい目をしながら、エルが手を叩いて囃し立てる。

「ちょっ、何言ってんの⁉　エリーまで真似しちゃいけません！　せっかく清流のような澄んだエリーの心が、そこの年配エルフみたいにひん曲がった挙句、泥水みたいに濁っちゃうからね⁉」

「そ、それはちょっと言いすぎではないのかな⁉　そも瘴気を発する毒の沼地の如く性根の腐ったレイン君には、言われたくない話だね！」

　俺の言葉にカチンときたのか、今度はエルが目を剝いて怒り出す。

「んな⁉　なぁ～に～⁉」

「なんだい、やろうっていうのかい⁉」

　エルと俺は、どちらも頬をぷくっと膨らませ、額と額をかち当ててにらみ合う。

「ま、まあまあ、レイン……。お祖母様も、そうやってレインをからかうのはやめてください。はぁ、まったく……。まともなのはエリーちゃんや私だけなのか……。仕方ない、とっておきだったのだが、これを出すか……」

　リアはそんなことを言いながら、持って来ていた小さな包みをごそごそと解き出した。

（お、何かうまい果物でも持って来てくれたのかな？　もしくは新種の茶葉⁉　なんだなんだ、気が利くじゃんリア。これはまた大量生産&出荷で、またまた大儲けの予感……、ん……？　でも何かちょっと変な臭いがしない……？）

「ジャジャーン！　私お手製の『エルフ村ランチセット～太古の森の香りを感じて～』だ！」

「……ひっ⁉」

　俺はリアが取り出した荷物を見て驚愕するとともに、無意識のうちに無属性魔力で身体を強化した。

　そう、麻で編まれた小さなバスケットの中で、大魔王のように鎮座しているのは、自称料理上手のリア特製、謎の物体Xだったのだ。

「ふふふ、そんなに驚かなくてもいいではないか。……は、恥ずかしながら、最近は弓や魔法よりも料理の練習ばかりしていてな。これまで以上に上達してきたと自負しているんだ……」

リアは顔を赤らめて少しはにかみながら、なぜか俺の方へと物体Xを近づけてくる。

なんとも言えない異臭が俺の鼻腔に侵入し、瞬く間に嗅覚を奪っていく……。

(ま、まさか現代なら警察に通報でもされそうなこの臭いが、太古の森の香りというものなのか……?)

「じょ、上達ですかぁ……。だ、誰かに味見してもらったりとかは……」

「いやぁ、それがな、見た目も風味も決して悪くないと思うのだが、皆一様に『こんなに愛情のこもった料理は、ぜひレイン君に食べさせてあげて！』などと遠慮して、味見してくれないのだ」

両手を広げて首を左右に振るリアをよそに、俺がチラリとエルを見ると、いつの間にか若干俺たちから距離を取っているではないか。そしてにこにこしながら、どうぞと言わんばかりに両手を差し出し、物体Xを勧めてくる。

「……いやぁ、さっきサンドイッチをたくさん食べましたし、今はちょっとお腹が……」

「うん？　サンドイッチはエリーちゃんやシロがほとんど食べていたように思うが？」

(げぇっ⁉　み、見てたのか……‼　あっ⁉　シロまでいつの間にあんなに遠くに⁉　くっそ～、こ、このままでは命の危険が……)

ある意味先日の悪魔《アバドン》との戦いよりも恐ろしい事態に、額から流れ出る汗をハンカチで拭っていたその時だった。

「……あぁ、こちらでしたか坊ちゃま。おっと、これはこれはエル様にリア様も。ご機嫌麗しゅう」

ふと一人の男性が現れたかと思うと、丁寧かつ優雅にお辞儀した。

そう、そこに現れたのはうちの超優秀スーパー執事お兄さんのフリードだった。

「フッ！　フリードォ‼」

俺は天の助けとばかりに、猛ダッシュでフリードの下に駆け寄り、物体Xから距離を取ると、深呼吸を繰り返して鼻と肺に正常な空気を送り込んだ。

「どうかなさいましたか、坊ちゃま。そのように取り乱されて」

「い、いいえ、大丈夫です。いつもの僕ですよ、何の問題もありません。ところでフリードこそどうしたんです？　ここへやって来るなんて珍しいじゃないですか」

俺は呼吸を整えながら、努めて冷静にフリードに質問した。

「ええ。先ほどブリヤート族の先触れの方がいらっしゃいまして、夕刻前にはバゼル様以下、セルジ様、バートル様、そしてホラン様もお着きになるとのことです」

「おぉ、そっか！　じゃあそろそろ帰って歓迎会の準備をしないとね！」

そう。今日は二ヶ月に一回のブリヤート族地龍キャラバン隊が交易でうちの領内を訪れる日なのだが、前々から一度遊びに来たいと言っていたホランの要望を受け、うちの実家に招待していたのだ。

実は今日ここに野菜や果物の収穫に来たのも、せっかく訪ねて来てくれる彼らに新鮮な農作物を食べてもらいたかったためだったりする！

「ふっ、来客のようだな。では今日のところは私たちは帰るとしよう。邪魔になっても困るしな」

リアはそう言って物体Xを丁寧にしまうと、ゆっくりと立ち上がった。だがそんなリアに対し、エルが予想外の言葉を発する。

「ねぇ、リア。せっかくだから僕たちもお邪魔しちゃおっか？」

「「えぇっ⁉」」

リアと俺は、まったく同時に素っ頓狂な声を上げてしまった。それもそのはず、まさかエルがうちの実家以外と関わり合いを持とうとするなどとは思いもしなかったからだ。

どうやらそれはリアも同じだったらしく、焦りと不安が入り混じったような複雑な顔でエルの顔を覗き込む。

「おっ、お祖母様、それは危険では⁉　プラウドロード家の面々はさておいても、他の人間たちの前にそう易々と姿を現すわけには……」

「う～ん、まあね～……。けどリア、君もよく知っているだろう？　このレインフォード・プラウドロードなる少年の不思議な魅力と底知れぬ可能性を」

「――――！」

「僕はね、リア。あの時エンシェントドラゴンを退けた異常な魔力ももちろんだけど、それ以上に、あれだけ人族のことを毛嫌いしていたうちの村の面々とすっかり打ち解けた彼の不思議な魅力につい期待してしまうんだよ。彼とともにゆけば、いつか大昔のように、エルフと人とが、共に手を取り合って暮らしていける日が来るんじゃないか、とね」

「お祖母様……」

「もちろん、ことを急げば失敗することもよくわかっているさ。けど、レイン君が信頼して懇意にしている人たちだろう？　であれば、我々としても安心できる気がするのだが……。どうだい、レイン君？」

　真剣な眼差しで俺をじっと見つめるエルに、思わず俺は目をぱちくりさせる。これまで悪態ついていたエルの口からそんな言葉が飛び出すとは予想もしていなかったからだ。

「ふふふ、あははは！　もっちろん！　答えはイエス！　とても信頼できる人たちですとも！」

　俺は満面の笑みでエルにピースサインを送った。

「そうか。ではお邪魔させてもらうとしよう。いいね、リア？」

「はい、お祖母様」

「やったぁ！　エルたまもリアたまも来てくれて、エリーもとても嬉しいです！　ねえシロちゃん！」

「ワンワン！　アオーン！」

「承知いたしました。では皆様、こちらへどうぞ」

フリードに促され、その場にいた全員がうちの実家の方へと歩き出した。

ブリヤート族の皆に加え、飛び入り参加のエルとリアも加わり、今日はきっと楽しい夜になるだろう。

俺はふと目を閉じて思考を巡らせる。

（この世界に転生して十年余り、色々なことがあったなぁ。苦しいことや腹の立つこともあったけど……）

俺はそのまま小さく笑うと、身体の中に急速に魔力を練り込んだ。

水の魔力と光の魔力を同時に発生させ、それを丁寧に混ぜ合わせる。

突然の魔力反応に、そこにいた全員が何事かとこちらを振り返るが、俺は気にしない。

そして俺は、そのまま身体全体から四方八方全方向に魔力を解き放った。

サアァァァァ――……！

「おぉ、これは……！」

「うん！　とても素晴らしい」

「坊ちゃま、お見事です」

「ワンワン！」

「おにたま……。とても綺麗です……」

そこにいた全員が、一様に目の前の光景に目を輝かせた。

清らかな水と生命力溢れる癒しの光とを混ぜ合わせるとともに、俺はそれを霧状にして広く森の中へと浸透させると、森の木々や小さな植物たちが俺の魔力に呼応し、辺り一面に色とりどりの美しい花を咲かせ、この白銀の森を彩ってくれたのだ。

（……けど、女神様がくれた『ある程度の魔法の才能』のお陰で、俺はみんなを笑顔にすることができる……）

「さぁ、帰りましょう！　今日は楽しい夜になりそうですね‼」

俺はにっこり笑顔で親指を立て、大きな声でそう言った。

これからも、きっと色々な出来事が起こるのだろう。もちろん楽しいことばかりではなく、時には辛いこともあるはずだ。

けど、こんなにも笑顔の家族や友人たちがいれば、きっと大丈夫。

今はこの世界に来ることができて、本当に本当によかったと思うぜ！

俺はふと空を見上げる。

美しい花が咲き乱れる森の木々の間から見える空は、今日も突き抜けるような青さだった。

Mノベルス

発行・株式会社　双葉社

進化の実
1
知らないうちに
勝ち組人生
Miku
美紅
Umiko
U35
illustrator
ある日、柊誠一の通っている高校が学校ごと異世界に転移した。デブ&ブサイクの誠一はクラスメイトに仲間はずれにされ、一人森をさまよう。クレバーモンキーが持っていた〝進化の実〟を食べて飢えをしのぐが、ステータスで《運》がゼロの誠一は、カイザーコングのサリアに襲われる。しかし……『私、初メテ。ダカラ、優シクシテネ?』なぜか、サリアに求婚されたアぁぁぁ!? 一途なサリアに〝ゴリラもありかな〟なんて思っていた矢先、2人は悲劇に見舞われる。しかし〝進化の実〟を食べていた2人には、信じられない奇跡が!?――『小説家になろう』発、大人気アニマルファンタジー!
モンスター文庫

本書に対するご意見、ご感想をお寄せください。

あて先

〒162-8540 東京都新宿区東五軒町3-28
双葉社　モンスター文庫編集部
「比古 新先生」係／「ゆーにっと先生」係
もしくは monster@futabasha.co.jp まで

「ある程度《ていど》(?)の魔法《まほう》の才能《さいのう》」で今度《こんど》こそ異世界《いせかい》でスローライフをおくります③

2023年10月31日　第1刷発行

著　者　比古《ぴこ》新《あらた》

発行者　島野浩二

発行所　株式会社双葉社
〒162-8540　東京都新宿区東五軒町3番28号
［電話］03-5261-4818（営業）　03-5261-4851（編集）
http://www.futabasha.co.jp/（双葉社の書籍・コミック・ムックが買えます）

印刷・製本所　三晃印刷株式会社

［電話］03-5261-4822（製作部）
ISBN 978-4-575-24688-9 C0093